沙門空海唐の国にて鬼と宴す

巻ノ三

波斯の壺や水差しなどをこの西市で売っている、
マハメットの娘たちであった。

トリスナイ。
トゥルスングリ。
グリテケン。
その三人であった。

空海や逸勢たちとは、すでに顔見知りであった。
空海と逸勢は、人だかりの輪の中に入って、
娘たちの踊りを眺めた。

女たちの動きに合わせて、彼女たちが身につけている
赤や青や黄の衣の裾が翻る。

イラスト／森 美夏

目次

沙門空海唐の国にて鬼と宴す

巻ノ三

夢枕 獏

角川文庫
17133

主な登場人物

―――徳宗～順宗皇帝の時代―――

空海《くうかい》　密《みつ》を求め入唐《にっとう》した、若き修行僧。
橘逸勢《たちばなのはやなり》　遣唐使として長安《ちょうあん》にやってきた儒学生《じゅがくせい》。空海の親友。
丹翁《たんおう》　道士。空海の周囲に出没し、助言を与える。
劉雲樵《りゅううんしょう》　長安の役人。屋敷が猫の妖物《ようぶつ》にとりつかれ、妻を寝取られてしまう。
徐文強《じょぶんきょう》　所有する綿畑から謎の囁《ささや》き声が聞こえるという事件が起きる。
張彦高《ちょうげんこう》　長安の役人。徐文強の顔見知り。
大猴《たいこう》　天竺《てんじく》生まれの巨漢。
玉蓮《ぎょくれん》　胡玉楼《こぎょくろう》の妓生。
麗香《れいか》　雅風楼《がふうろう》の妓生。

マハメット　波斯《ペルシア》人の商人。トリスナイ、トゥルスングリ、グリテケンの三姉妹を娘に持つ。

恵果《けいか》　青龍寺《せいりゅうじ》和尚。

鳳鳴《ほうめい》　青龍寺の僧侶。西蔵《チベット》出身。

安薩宝《あんさつぽう》　祆教《けんきょう》（ゾロアスター教）の寺の主。

白楽天《はくらくてん》　後の大詩人。玄宗皇帝と楊貴妃の関係を題材に、詩作を練っている。

王叔文《おうしゅくぶん》　順宗皇帝の身辺に仕《つか》える宰相。

柳宗元《りゅうそうげん》　王叔文の側近。中唐を代表する文人。

韓愈《かんゆ》　柳宗元の同僚。同じく中唐を代表する文人。

子英《しえい》　柳宗元の部下。

赤《せき》　柳宗元の部下。

周明徳《しゅうめいとく》　方士。ドゥルジの手下。

ドゥルジ　カラパン（波斯《ペルシア》における呪師）。

――玄宗皇帝の時代――

安倍仲麻呂《あべのなかまろ》　玄宗の時代に入唐し、生涯を唐で過ごす。中国名は晁衡《ちょうこう》。
李白《りはく》　唐を代表する詩人。玄宗の寵《ちょう》を得るが後に失脚する。
玄宗《げんそう》　皇帝。側室の楊貴妃を溺愛《できあい》する。
楊貴妃《ようきひ》　玄宗の側室。玄宗の寵愛を一身に受けるが、安禄山の乱をきっかけに、非業の死を遂げる。
安禄山《あんろくざん》　将官。貴妃に可愛がられ養子となるが、後に反乱を起こし、玄宗らを長安から追う。
高力士《こうりきし》　玄宗に仕える宦官《かんがん》。
黄鶴《こうかく》　胡《こ》の道士。楊貴妃の処刑にあたり、ある提案をする。
丹龍《たんりゅう》　黄鶴の弟子。
白龍《はくりゅう》　黄鶴の弟子。
不空《ふくう》　密教僧。

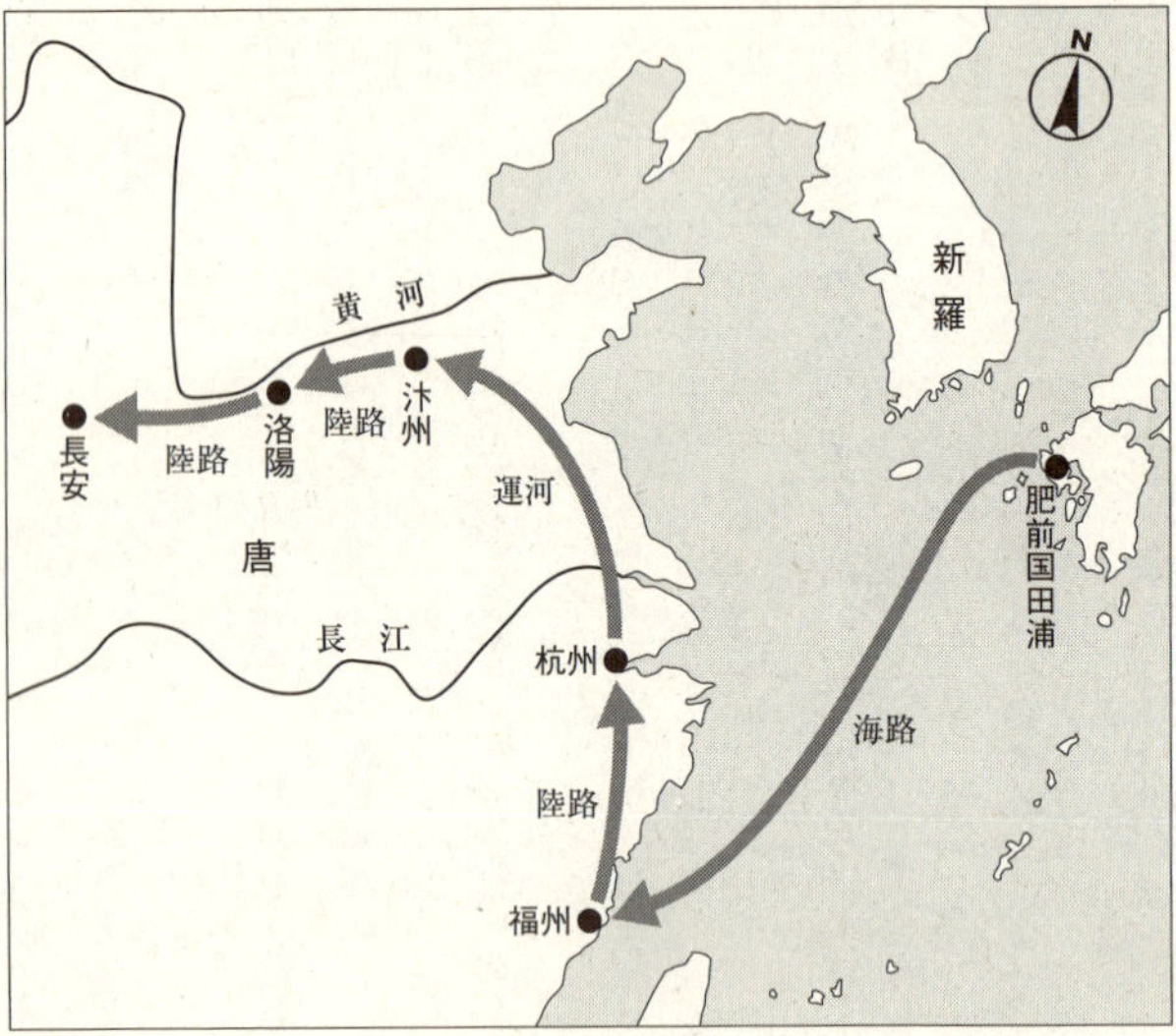

空海入唐経路

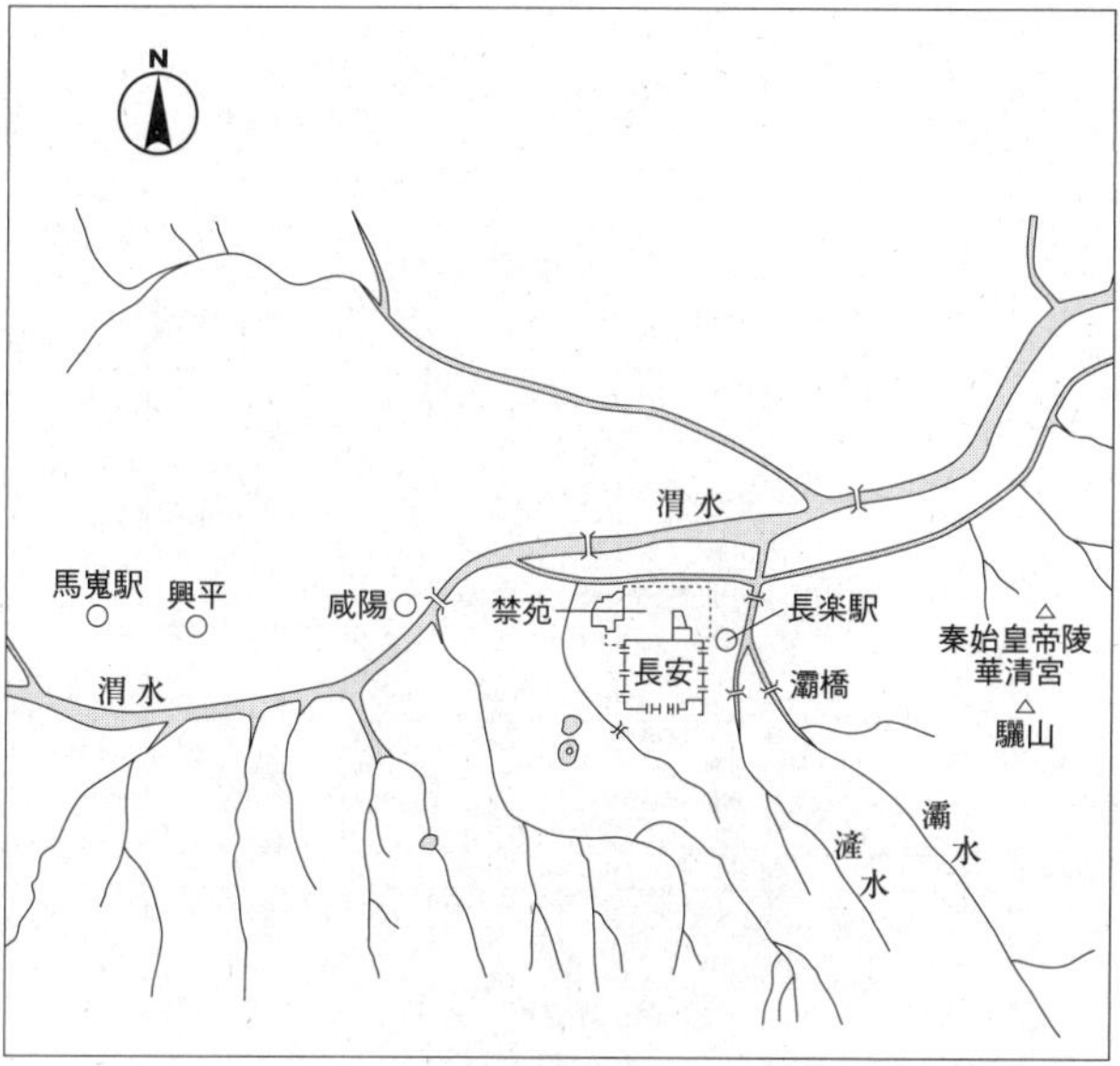

長安周辺図

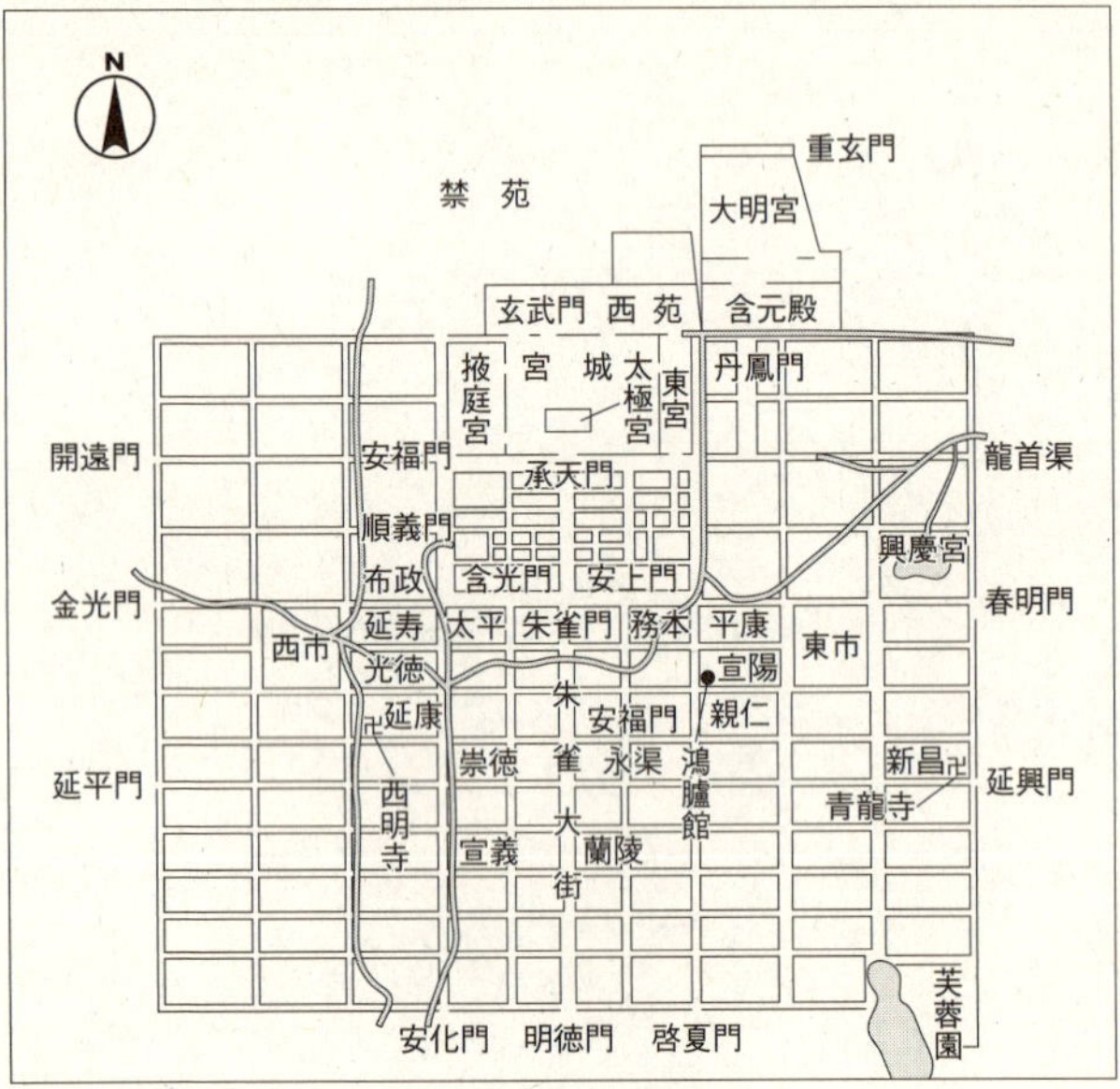
N
禁 苑
重玄門
大明宮
玄武門 西 苑
含元殿
掖庭宮
宮 城
太極宮
東宮
丹鳳門
開遠門
安福門
承天門
龍首渠
順義門
興慶宮
布政
含光門
安上門
金光門
春明門
延寿
太平
朱雀門
務本
平康
西市
光徳
宣陽
東市
延康
朱雀大街
安福門
親仁
崇徳
永渠
鴻臚館
新昌
延平門
西明寺
延興門
青龍寺
宣義
蘭陵
芙蓉園
安化門
明徳門
啓夏門

長安市街図

第二十三章　秘牡丹

一

空海の部屋——というよりは、そこは、赤い牡丹《ぼたん》の花の中である。

もう少し正確に言うなら、丹翁《たんおう》の術《じゅつ》の中だ。

家ほどもあろうかと思われる、巨大な牡丹の花びらの上に、空海は座している。

樹ほどもある黄色い蕊《しべ》の横で、橘 逸勢《たちばなのはやなり》と並んで、丹翁と向き合っているのである。

空海は、長い物語——安倍仲麻呂《あべのなかまろ》が、李白《りはく》にあてた文《ふみ》を、今、読み終えたばかりであった。

倭言葉《やまとことば》で書かれたその文を眼で読みながら、それを唐語に換《か》えて声に出す。そういうやり方で、空海は、それを読んできたのである。

玄宗《げんそう》皇帝と楊貴妃《ようきひ》との、奇態なる物語であった。

逸勢は、言葉もない。

丹翁もまた、言葉もなく、座したまま、天を仰《あお》いでいる。

「丹翁どの、泣いておられまするか……」

空海の声が響いた。

と……

ふいに、周囲の赤い色彩が色褪《いろあ》せて、気がついてみれば、空海の部屋であった。

灯火が揺れ、座した三人の中央に、赤い牡丹の花がひとつ、ぽつんと、夢の名残《なごり》のように、そこに落ちているばかりである。

天を仰いでいた丹翁が顔を伏せ、右手の指先で眼のあたりをぬぐった。

「いや、なつかしい話を聞かせてもろうたわい……」

丹翁が顔をあげた。

「丹翁どの。この晁衡《ちょうこう》どのの文の中に書かれてあった丹龍《たんりゅう》というのは、もしや、あなたのことではありませんか」

空海が訊《き》いた。

「いかにも……」

「では、ここに記されている話は、全て事実と?」

「うむ」

丹翁はうなずき、

「晁衡どの、このような文を残しておられたとは知らなんだ……」

低い声でつぶやいた。

文の書かれた巻子《かんす》は、まだ、空海の手の中にある。

「丹翁どのは、この文の中身、全て御存知のことでございましたか」

「知っておる。そこに書かれていることも、書かれていないこともだ……」

「それは、共に姿を消した、丹龍、白龍《はくりゅう》、楊玉環《ようぎょくかん》——その後に姿を消した黄鶴《こうかく》の行方と、その後に何があったかということを含んでのことですか——」

「そうだ」

「何故《なぜ》、姿を消されたのですか？」

空海が問うと、丹翁は沈黙した。

「丹翁どの——」

重ねて空海が問うと、丹翁は、空海を見やり、

「空海よ、これは、我らが秘事《ひじ》なのだ」

「我らと申されましたか」

「言うた」

「それは、いったい、誰と、誰のことです？」

「この丹翁と白龍、そして黄鶴道士と、楊玉環。あるいはこれに、玄宗皇帝の名も、高力《こうりき》士《し》の名も加えてもよい。さらに言うなれば、青龍寺《せいりゅうじ》もだ……」

「なんと」

「その文で、ようやくわしも得心《とくしん》をした。これはいずれも、五十年も昔に見た夢の話よ。それが、まだ続いておるということだ。そのおりに、我らが蒔《ま》いた種を、我ら自らが刈ら

ねばならぬ時が来たということだ。いやはや、なんとも……」

丹翁は、溜め息のように言葉を吐き出し、小さく唇に笑みを浮かべ、

「空海よ。何年、何十年経《た》とうと、人というのは、結局、自分の為《な》したことからは、逃がれられぬもののようよなあ……」

「――――」

「数十年近くも、このことから逃げてきたとも言えるが、結局、わしは、これから逃げきれなんだということよ」

苦《にが》い塊《かたま》りを呑《の》み込むように丹翁は言った。

「いよいよ、この夢を終らせようと言うか、白龍よ……」

空海にでもなく、逸勢にでもなく、独《ひと》り言のように丹翁は言った。

「夢を?」

「遥《はる》かな夢よ……」

天を見あげ、そうつぶやき、その視線を、丹翁は空海にもどした。

「今、白龍という名を口になさりましたが……」

「空海よ。これは、公《おおやけごと》ではない。私《わたくしごと》だ……」

「あの晩、徐文強《じよぶんきよう》の綿畑で出会った人影と、丹翁どのはお知り合いでございましたか
――」

「うむ」

「あれも、私《わたくしごと》の分ですか」

「そうだ。空海よ、文を読んでもろうた礼に、そのことならば話をしてやろう」

「そのこと？」

「綿畑から出てきた俑《よう》のことさ」

「丹翁どのが埋められたとおっしゃっていましたね」

「言うた」

「あの膨大《ぼうだい》な量の俑を、でございますか」

「いいや」

丹翁は静かに首を左右に振った。

「這《は》い出てきた、何体かの俑のことだ。這い出てきた俑は、もともと、あそこに埋まっていたものではない。這い出てきたのは、我らが、もともと埋まっていた俑に似せて造った俑なのだ」

「なんと——」

「聞くがよい、空海……」

そう言って、丹翁は、その俑の一件について語り出したのであった。

二

秋の、野であった。

あたりは、一面、秋の草で覆《おお》われている。

その草を掻《か》き分けながら、三人の男が歩いている。

ひとりは、五十歳を越えたかと見える男である。

髪は黒かったが、瞳は、灰色がかった淡い色をしている。鼻が高い。

ふたりは、少年であった。

どちらも、十二歳から十四歳くらいに見えた。

五十歳くらいの男は、道士の着る服を着て、先頭に立って歩いている。

その道士姿の男が、ふたりの少年を引き連れて歩いているのである。

道士姿の男は、黄鶴である。

ふたりの少年は、丹龍と白龍であった。

もともとは、別の名があったのだが、この道士に、丹龍、白龍の名をつけられた。

何カ所かに、高く薄《すすき》が群生しており、その中へ入ると、人の姿はほとんど見えなくなり、ただ、その銀色の穂だけが動くのが見える。

野薊《のあざみ》の群落を分けてゆく時も、さほど速度をかえるわけでもなかった。

ただ、歩いてゆく。

風が動き始めていた。

陽光は、中天《ちゅうてん》に向かって登りかけている時であり、草には、まだ、消え残った朝露が宿っている。

歩くと、裾や袖が露で濡れ、重くなる。

しかし、風が吹くたびに、袖がふくらんで、そこから水気を天に奪ってゆく。

ふたりの少年――白龍と丹龍は、それぞれ、肩に一本ずつ鍬《くわ》を担《かつ》いでいる。

進んでゆく方向に向かって、右手に、驪山陵《りざんりょう》が見えている。

秦《しん》の始皇帝《しこうてい》の墓だ。

風が吹けば、一面の野の草が揺れる。

人は、この三人の他は、誰も見えない。

風と共に、草のように男たちが着ている服の袖や、髪がなびく。

「今少し先じゃ」

短く、先頭を歩いていた黄鶴がつぶやいた。

「わかるか……」

と、黄鶴が、後方から歩いてくるふたりに問うた。

「多少は……」

「この、妙に首筋の毛をくすぐるようなもののことですか」

ふたりの少年、白龍と丹龍は答えた。

「そうか、わかるか」

満足そうに、黄鶴がうなずいた。

「この地にはな、巨大な呪《しゅ》がかけられている」

独り言のように、黄鶴はつぶやいた。

歩きながら、黄鶴は、深ぶかと息を吸い込み、周囲を見やった。

「このあたり一帯、全てがそうだ。どうだ、なんという大きさか……」

賛嘆《さんたん》の声をあげた。

「よいか、これはまだ、わしの他は、誰も知らぬことじゃ。この秘事を、誰かに洩《も》らすではないぞ」

丹龍と白龍がうなずく。

「わしがな、これを見つけたのは、もう、十五年も昔のことじゃ。そもそもこの呪は、かの始皇帝の驪山陵にかけられた呪よ。この呪によって、始皇帝は、死後の自分を守ろうとしたのであろうな。生身の、生きた人間も、どうやらこの呪のために埋められている……」

黄鶴は、歩きながら、だんだんと饒舌《じょうぜつ》になってゆく。

「この呪を利用してやろうと考えたのが十年前よ。そこで、わしは、あるものを十年前に、ここに埋めた……今日は、それを掘り出しにゆく」

三人は、風の中を歩いてゆく。

「よし、このあたりぞ」

黄鶴は立ち止まり、そこで眼を閉じた。

小さく呪を唱えながら、草の中に膝《ひざ》を突いて、右の掌《てのひら》を地にあてた。

「おう、ここよ、ここよ」

立ちあがって、自分の頭から、髪を一本抜いた。

その髪の一方の端を唇に咥《くわ》え、また、膝を突く。

今度は、両掌を地に突いて、前かがみになり、咥えた髪の毛の一方の端を地に触れさせた。

眼を閉じる。

そして、口を結んだまま、呪を唱える。

唐土《もろこし》の呪ではない。

異国の呪のようであった。

しばらくして、眼を開き、立ちあがって咥えていた髪の毛を吐き捨てた。

「間違いない。舌先に、ぴりぴりと地の呪が触れてくるわ」

黄鶴は、白龍と丹龍を見やり、

「ここを掘るがよい」

そう言った。

白龍と丹龍は、無言で、黙々と掘り始めた。黄鶴は、草の中に寝転んで、天をゆく雲を眺めている。

「なあ、白龍よ、丹龍よ。いずれ、わが呪をもって、この国を動かしてみせようぞ……」

時おり、天に向かって、独り言のようにつぶやく。

草を咥え、天を見あげ、草を吐き出して、

「呪といえば、女子《おなご》の美しさというものもまた、一種の呪よ。それもまた、男の心のみならず、国まで動かすことがあるのだ……」

そんなこともつぶやく。

途中、一度だけ休んで食事をとった。

食事を済ませると、すぐにまた、丹龍と白龍は土を掘る作業に入った。

時おり、身を乗り出して、深くなってゆく穴を見ていた黄鶴が、掘り方に注文をつけ始めた。

「もう少し、広く掘らねばならん。まだまだ深く掘るからな」

「ひとりは土を掘り、もうひとりは、土を穴の外へ出せ」

やがて、それが、

「そろそろじゃ、気をつけて鍬を下ろせ、埋めてあるものを、鍬で壊《こわ》してしまっては何にもならぬからな」

そうなった。

この頃には、もう陽が傾きかけている。

ほどなく。

丹龍が、使っていた鍬が、地中の堅いものに触れた。

石ではなかった。

「それよ、それよ」

すでに、黄鶴は立ちあがって穴を覗《のぞ》き込んでいる。

ようやく、穴の中から掘り出したのは、四体の、ほぼ等身大の俑《よう》であった。いずれも、戦装束《いくさしょうぞく》に身を包んだ男たちである。

その四体の周囲に、まだ、同様の俑が埋まっていたが、

「いや、そちらは本物よ。掘るにはおよばぬぞ――」

そう言って、掘るのをやめさせた。

「驚いたか?」

穴の底にいるふたりに向かって、上から黄鶴が言った。

「このあたり一帯には、どこだろうと、それと同じものが埋まっておる。その数、およそ七〇〇〇体はあろうよ。偶然に、わしがここを通ったおりに、地の気の乱れを感じて、調べてみたら、そういう俑が埋まっておったのさ――」

黄鶴の声は、生々と穴に響いた。

「その四体を、外へ出さねばならん。しかし、心配はするな。ぬしらは、何もせんでよい。

穴の外へ出よ」

黄鶴はそう言った。

白龍と丹龍は、穴の縁《ふち》に立って、穴の外にあがった。

黄鶴は、穴の縁に立って、その底に横たわる四体の俑を見下ろしながら、両手で印契《ムドラー》を結んで、呪を唱え始めた。

「天の神地の神にものもうす。我はザルドゥシュトの末なり。オフルマズドと『神霊書《アルダー・ウィーラーフ》』にかけて命ず。ヤザタなり。アータル、ミスラ、ウルスラグナ、マーフよ、我が願いに感応し、アシャによって力を発動せしめたまえ。我が土の息子たちに生命《いのち》を与えさせたまえ……」

その後は、再び異国の呪となった。

と——

「む」

「むう」

白龍と丹龍が声をあげた。

穴の底に横たわっていた像が、びくり、もぞりと、四肢《しし》を動かし始めたのである。

動き出した。

黄鶴の異国の呪が響く。

四体の像は、ぎこちなく、ぶつかったり、倒れたりしながら、それぞれ、四つん這いになり、手を穴の縁にかけ、何度も失敗をしながら、穴の外に這い出てきた。

四体の像が、黄鶴の前に、立って並んだ。

その四体の像に、今ようやく西の地平に沈みかけた赤い陽光が当っている。

低い声で、楽しそうに、黄鶴が笑っている。

「十年だ。十年で、もう動く。思った通りだ。ここの呪のかけられた俑に似せて造った俑はみごとにこの地の呪を集めおったわ――」

高い声で笑った。

「この俑を造るおり、土を捏《こね》る時には、わが髪を切って混ぜ、爪を切って混ぜた。もう十年も埋めておけば、こやつらは人と同様に動くようになるぞ。答えよ、土の子らよ、わが息子たちよ。生命を与えられて嬉《うれ》しいか――」

四体の像の唇から、しゅうう、というような呼気が洩れた。

しゅううう。

しゅううう。

しゅううう。

しゅううう。

四体の像が、自らの心の裡《うち》を答えているのか、はたまた、黄鶴が答えさせているのか。

それはわからない。

しかし、この四体の像が動き、自ら穴の中から這い出てきたというのは、まぎれもない事実であった。

陽が沈みきる前に、四体の像は、黄鶴に命ぜられて、再び穴の底に降り、そこに横たわった。

すでに、像が入る前に、穴は浅くしてあった。

「次には、自力で穴の中から出ることができるようにしておかねばなるまいからな。重ならずに、寝かせておかねばなるまいよ」

そして、穴を埋めた。

埋め終った時には、空に、星が瞬《またた》き始めていた。

「白龍よ、丹龍よ。いずれは、これを使う日がやって来よう……」

「はい」

「はい」

白龍と丹龍は、黄鶴に向かって頭《こうべ》を下げた。

星の下を、ゆっくりと、三人は歩き始めていた。

三

部屋は、しん、と静まりかえっている。

灯火は、今にも消えそうなほど細くなっており、冷たい夜気《やき》が部屋を満たしていた。

「あれを知る者、今は、わし以外には白龍しかおらぬ」

空海は、冷気を、闇と共に深ぶかと吸い込み、

「では、丹翁殿、徐文強の綿畑から出てきた俑の一件は、全て、白龍が仕業《しわざ》と――」

丹翁を見やった。

「うむ」

丹翁が、顎《あご》を引いてうなずいた。

「あの、劉雲樵《りゅううんしょう》の家の猫の件についても……」

「おそらくは――」

「いったい、何のために白龍はそのようなことをしているのですか――」

「――」

問われて、丹翁は口を開かなかった。唇を閉じたまま、何事か考えている風であった。

空海は、彼方《かなた》へ眼をやったままの丹翁の次の言葉を待った。

「色々、わからぬこともある……」

丹翁は、低い声でつぶやいた。

「長い時間が、我らの間には横たわっている。玄宗、高力士、晁衡、黄鶴、白龍、そして――」

丹翁は、いったん言葉を切り、眼を閉じてから、

「楊玉環……」

染み入るような声で言った。

丹翁は、眼を開き、

「しかし、わかっていることもある」

「――」

「ひとつ、これだけは、はっきり言えような……」

「なんでしょう」

「あれはな、このわしを呼び出すための白龍の手よ」

「白龍の？」

「始皇帝の驪山陵《りざんりよう》の近くの地中から、俑が出てきて動き出したとなれば、いずれは、この丹翁の耳に届くことになる。届けば、必ずやこのわしが出てくるであろうと、白龍は考えたのであろうよ」

「なんと……」

空海は、律儀に声をあげ、

「では、黄鶴道士は？」

「問うな、空海よ――」

「――」

「それは、我等が私《わたくしごと》であり、秘事《ひじ》――」

「――」

「いずれ、機会が巡ってくれれば、話をする日もあろう」

ゆっくりと、丹翁が、部屋の中央に立ちあがってゆく。

「空海よ。今宵《こよい》は、なつかしい話をば、聴かせてもろうた」

「はい」

「これはな、わしと白龍がことよ。我等の間で決着をつけねばならぬこと……」

丹翁は、戸口の方へ向かって歩き出した。

「丹翁どの……」

空海が、その背に声をかけたが、もう、丹翁は答えなかった。

扉を押し開き、丹翁は外に出ていた。

「空海!?」

逸勢が、膝を立てたが、空海が眼でそれを制した。

「空海よ、歳月の過ぐるは、瞬《またた》く間ぞ……」

外から、丹翁のつぶやく声が響いてきた。

「その才を無駄にするな」

それきり、丹翁の声も気配も、夜気の中から消えていた。

空海と逸勢の前に、丹翁が持ってきた、安倍仲麻呂が、李白にあてた文の巻子が、弱い灯火を浴びて、残っているばかりであった。

第二十四章　第二の文《ふみ》

一

日に日に華やいでゆく長安《ちょうあん》の街を、空海と橘逸勢は歩いている。

柳宗元《りゅうそうげん》の屋敷に向かっている。

柳葉の緑は柔らかく萌《も》え、黄砂《こうさ》の時期にはまだ少し早いものの、景色は、春の化粧《けわい》を深めている。

唐語のみならず、胡《こ》の言葉や、吐蕃《とばん》の言葉が聴かれる街の賑《にぎ》わいにも、すでにふたりは馴《な》じんでいる。

道をゆく、男や女たちの服装も春めいてきており、流行《はやり》の胡の服や、胡の靴《くつ》を履《は》いている婦人も歩いている。

今さらながらの春であった。

「空海よ、不思議だなあ」

歩きながら、逸勢はつぶやく。

「何がだ？」

と、空海。

「このように、異国の地にも、きちんと春というものが巡って来るということがだ」

逸勢は、周囲の景色に眼をやりながら、ややはずんだ声をあげた。

「昨夜の、安倍仲麻呂どのの文には、思わず眼頭を押さえてしまったが、仲麻呂どのも、いかばかりか、お淋しかったことであろう。今、あの国を離れてみて、しみじみと仲麻呂どのの心が思いやられるのだよ。その仲麻呂どのも、この春の巡りの確かなことには、心を慰《なぐさ》められたことであろうなあ」

しみじみと、逸勢は溜め息をついた。

うむ、

うむ、

と、うなずきながら、空海も歩いている。

空海の懐《ふところ》には、安倍仲麻呂が、李白に宛《あ》てた文が入っている。

「しかし、空海よ、おまえの言った通りだったな」

「何がだ？」

「例の、あれさ、徐文強の綿畑から出てきた俑《よう》とか、猫だとかの一件だよ」

「ほう」

「おまえ、あれは、何故あのように目立つようなことをしたのかと、それを考えればいいと言っていたではないか」

「おまえの言っていた通りだったではないか――」

「気がついたのは、逸勢、おまえだぞ」

「いや、おまえだよ、空海」

「うむ」

「丹翁どのの言い方では、まさにあれは白龍が、自分を呼び寄せるためのものであったのだと言っていたではないか――」

「そうだったな」

「では、何のために、丹翁どのを呼び寄せようとしたのであろうかな」

「さあて。それは、丹翁どの御自身に問うてみぬことにはわかるまいな」

「それはそうだが――」

「どうした」

「気になる」

「気になるか」

「なる」

逸勢は、うなずき、

「なあ、空海、おまえ、そのことの見当がつかないか」

「つかぬ」

「あのことか」

「駄目か」

「つかぬが、しかし、どうやらその秘密は楊玉環、貴妃さまにあるのだろうよ」

「どのような秘密だ」

「わからん」

「はっきり言う男だな」

「すまん」

「昨夜からおれは、どうにも、その貴妃どのが哀れでならないのだよ」

「うむ」

「皇帝によって、無理やり夫《おっと》から離され、親娘《おやこ》以上に歳《とし》の離れた男を夫《つま》として、あげくの果てに、その男の命で殺されることになってしまったわけだろう。晁衡《ちょうこう》どのの文が本当なら、殺されずには済んだのだろうが、生きながら墓所《ぼしょ》に埋められ、その後、掘り出されはしたものの、気がふれていて、今はどこへ行ってどうなったかなぞ、誰も知るものはない……」

「――――」

「困ったなあ」

「どうした」

「おれはどうも、春になると、このようなことを考えてしまうらしい」

空海と逸勢は、並びながら歩いている。

「だが、よいのか？」

逸勢が問うた。

「何がだ？」

と、空海。

「まだ、朝の早い時間に、こうして柳宗元先生のお宅にうかがうことがだ」

「悪くはないだろう」

「しかし、寝ているかもしれず、場合によったら、屋敷に居《お》られないかもしれないではないか」

「そうだな」

「何故ゆく」

「色々、気になることがあるからな」

「何がだ」

「たとえば、李香蘭《りこうらん》の家に、この晁衡どのの文があるということとか、どうも敵に知られてしまっているところがあるではないか」

「うむ」

「柳宗元先生は先生で、えらく、お忍《しの》びで出るのを、他人に知られぬようにしている。これは、もしかしたら、密偵《みってい》が中におるやもしれぬ。そうなら——」

「そうなら？」

「わざわざ、連絡をとり、これこれの件で空海がお会いしたいと告げれば、柳宗元先生が、また、あれこれと手を打ったりしているうちに、それが密偵にわかってしまう」

「ふむ」

「たとえば、こうして、いきなり、連絡もせずに会いに行ってしまうということの方が、案外だいじょうぶなところがあるのだ」

「そういうものか」

「難しく考えるな。実は、おれは、久しぶりに、馬車などではなく、この街を歩いてみたくなっただけなのだからな。それが本当のところさ」

空海は言った。

「おう、逸勢よ、話しているうちに、どうやらあれに、柳先生のお屋敷が見えてきたようだぞ」

二

「おおう……」

空海の語るのを、声もなく、凝《じ》っと押し黙って聴いていた柳宗元が、話が終って、思わず獣に似た声をあげていた。

「晁衡どのの文に、まさか、そのようなことが書かれてあったとは……」

拳《こぶし》を握り、それを卓《つくえ》の上に乗せ、柳宗元は唇を噛《か》んだ。

柳宗元が、書庫として使っている一室であった。

周囲《まわ》りの棚に、様々な巻子《かんす》が山積みにされ、新しい墨《すみ》の匂いと、古い墨の匂いが、典籍《てんせき》の匂いと混ざり合って、その部屋の大気の中に満ちている。

空海と逸勢を、この部屋へ通し、安倍仲麻呂の文が見つかり、しかも、今空海が持参していることを知らされて、柳宗元は、悦《よろこ》んだ。

空海は、昨夜のことを、語ってきかせ、丹翁にそうしてやったように、あらためて柳宗元に、文の内容を、読んで聴かせてやった。

それが、今、ようやく終ったところであった。

「まさに、数奇、奇態なる物語であった――」

まだ、興奮のさめぬ声で、柳宗元は言った。

「唐朝廷にとって、秘中の秘。めったなことで他人には洩らせぬこと――」

「はい」

空海がうなずいた。

「しかし、この文、本物であろうか」

「おそらくは、間違いないと思われます。この文字、大和詞《やまとことば》で書かれたものでありますれば、めったなことでは、他人の筆で成るものではありません」

「むう……」

「ところで、柳先生。お訊《たず》ねしたいことがあるのですが——」

「なんなりと、空海どの——」

「この晁衡どのの文ですが、いったい、いつ、どのようにして手に入れられたものなのですか——」

空海が問うと、

「おう、それよ、それ——」

柳宗元が、声を大きくした。

「実は、私の方からも、空海どのにお話ししておかねばならぬことがありましてな」

柳宗元は、大きくした声を、再び低めて、身を乗り出した。

「どのような？」

「実は、晁衡どのの文、どうやら、これだけでは、なさそうでな」

「といいますと」

「もうひとつ、晁衡どのの文が、これとは別にあるらしい」

「なんと」

「それにはまず、今、空海どのが訊かれた、この文が、どうして、この私の手元にあるのか、そのことからお話し申しあげねばなりませぬ——」

「はい」

柳宗元の真剣な様子に、空海も、思わず、身を乗り出している。

ごくり——
と、音をたてて、逸勢が唾《つば》を呑《の》み込んだ。

三

「実は、この文、どうやら李白殿には出されなかったようなのです」

柳宗元は、囁《ささや》くように言った。

「ほんとうに？」

「ええ」

「何故⁉」

「こちらの、この文が書かれた日付を見て下さい——」

柳宗元は、手紙を押し開き、最後の箇所を指で示した。

〝宝応元年秋　これを封す〟

「ははあ——」

その文字を眺めていた空海が、何ごとかを理解したようにうなずいた。

「なるほど、そういうことでしたか」

空海は、嬉々《きき》とした声をあげた。

その声を、横で聴いていた逸勢は、不満そうに空海を見た。

「おい、空海よ。おれには、何のことだかわからないぞ」

「逸勢よ、宝応元年というのは、どういう年だかわかるか」

「宝応元年？」

「この年は、晁衡殿がお書きになっている通り、玄宗上皇が亡くなられた年だ。そしてな、かの高力士殿が亡くなられたのもこの年だぞ」

「粛宗《しゆくそう》皇帝がお亡くなりになられたのも、同じ年ですな」

柳宗元が言った。

「なんと――」

この宝応元年、正確に言えば、上元三年四月五日に、玄宗はこの世を去っている。

西暦七六二年。

玄宗の死によって、上元三年が、宝応元年と、元号を改められたのである。

玄宗の死後、わずかに十三日後四月十八日に、玄宗の息子であった粛宗が崩《ほう》じ、それからさらに二日後の、四月二十日に、高力士がこの世を去っているのである。

「それから、逸勢よ。晁衡殿が書かれた文の相手である李白翁も、同じその年に亡くなられているのだ」

「な、な……」

逸勢は、うまい言葉を見つけられずに、口を開いたまま、数度、眼をしばたたいた。

やはり、宝応元年十一月、当塗《とうと》の地において李白もまたこの世を去っているのである。

つまり——

「まあ、逸勢よ、どうやらこういうことらしい。晁衡殿が、この文を書かれたのは、玄宗上皇が亡くなられ、粛宗皇帝が崩御《ほうぎょ》され、高力士殿も亡くなられた後ではあったのだが、まだ、李白翁は生きておられたのさ。しかし、この文を出さぬうちに、李白殿までこの世を去られ、それで、結局、この文は出されぬまま、晁衡殿自らの手によって封印されたということではないか——」

「なるほど。しかし、空海。どうも、おまえの言い方を聴いていると、玄宗上皇や、粛宗皇帝、高力士殿、李白殿の死が、何やら関係があると言っているように聴こえるぞ」

「あるとは言ってない」

「ないとも言ってないぞ」

「ありそうだとは思っている」

「どういう関係がだ?」

「わからん」

空海は、顎を引いて、逸勢を見た。

空海は、しばらく、何か考える風で首を傾《かし》げてから、

「おう、そうだ、思い出したぞ」

「何をだ」

「たしか、玄宗上皇が亡くなられたその翌年であったなあ――」

「だから、何がなのだ」

「史朝義《しちょうぎ》が、安禄山《あんろくざん》の部下であった、李懐仙《りかいせん》に殺されたのがだよ」

そこまで言われれば、逸勢もわかる。逸勢もそれが何のことだかわかるくらいには、唐の歴史については書を読んでいるからである。

楊貴妃が馬嵬駅《ばかいえき》で埋められることとなった、叛乱《はんらん》の主謀者は、安禄山である。この安禄山は、若い段《だん》夫人が生んだ安慶恩《あんけいおん》を太子にしようとして、息子の安慶緒《あんけいちょ》に恨《うら》まれ、そして安慶緒自身の手によって殺されている。

安慶恩が太子になれば、安禄山が死した後は、この安慶恩が皇帝となることになり、そうなれば、まず、安慶緒の生命はないからである。

この飲んだくれの安慶緒は、部下の武将である史思明《ししめい》に殺され、史思明は、一時、洛陽《らくよう》を奪回するかと思えるほどの勢いを見せたが、史思明もまた、息子の史朝義に殺され、その史朝義もまた、安禄山の部下であった李懐仙に殺され、それで、ようやく、九年にわたる〝安史《あんし》の乱〟が終了をみたのである。

結局は、自滅であった。

それが、玄宗や高力士や、粛宗、李白らが死んだ年の翌年、宝応二年であったというのである。

「むむう」

逸勢が、思わず唸《うな》るような声をあげ、柳宗元は柳宗元で、

「いやはや、なんとも——」

感に堪《た》えぬ声をあげた。

「ところで——」

と、空海は、柳宗元に声をかけた。

「玄宗上皇が、お亡くなりになったおりのことについて、何か御存知ではありませんか
——」

「さあ。見当がつきませんね。宦官《かんがん》の李輔国《りほこく》という男が、粛宗皇帝と玄宗上皇を会わせぬようにし、死ぬ二年前に、高力士殿も、李輔国のために、湖南《こなん》に流されてしまったと耳にしています」

「李輔国ですか」

「その宦官が、玄宗上皇を、興慶宮《こうけいきゅう》から西内《せいだい》に移してしまったらしいのです。結局、上皇は神竜殿でお亡くなりになったと耳にしております」

この時、玄宗七十八歳。

「高力士殿が亡くなられたのは、確か、恩赦《おんしゃ》にあって、長安にもどる途中であったとか
——」

「ええ、そうです」

柳宗元は、この異国の僧の博学に今さらながら驚き、うなずいていた。

二年——

高力士は、玄宗上皇の側《そば》から離れていた。

それが、ようやく、再び会うことができる。

息をはずませるようにして、高力士が、流されていた湖南の巫州《ふしゅう》から朗州《ろうしゅう》までたどりついた時、そこで、彼は玄宗の訃報《ふほう》を知ったのであった。

上皇の崩《ほう》ぜしを聞きて、号慟《ごうどう》し、血を嘔《は》きて卒《しゅつ》す。

と、『資治通鑑《しじつがん》』は、高力士の死について記している。

高力士は、その知らせを聴き、遥か北方の都を望み、号哭《ごうこく》して血を吐き、そこで死んだ。

玄宗と共に、宮廷での権力をほしいままにしてきた人物の、鮮やかなまでに悲痛な死であった。

『高力士伝』によれば、これは、次のような記述となる。

七月巫山を発し、朗州に至り、八月病《やまい》漸《ようや》くきはまる。左右に謂《い》ひて曰《いわ》く、

「吾《われ》年すでに七十九。寿と謂《い》ふべし。官開府儀同三司に至る。貴と謂ふべし。すでに貴かつ寿、死すとも何か恨まん……」

案外にこれも、真実の高力士の死を伝えているようでもある。

この高力士、巫州に流されている間に、詩を創っている。

兩京作芹賣
五渓無人採
夷夏雖不同
氣味終不改

兩京芹《りようきようせり》を作り賣るも
五渓《ごけい》人の採《と》ること無《な》し
夷夏《いか》同じからずと雖《いえど》も
氣味《きみ》つひに改まらず

「ほう、このような詩を――」

空海は言った。

高力士が、都をしのんで詩《うた》っているのだが、空海も、さすがにこの詩までは知らなかった。

柳宗元が、高力士の死について、空海と逸勢に語って聴かせながら、この詩のことを思い出して、吟《ぎん》じてみせたのである。

「上手というほどのものではありませんが、どこか、朴《ぼく》なものが感じられます」

柳宗元は言った。

「ところで、柳先生――」

空海は、柳宗元に言った。

「何でしょう」

「先ほどの、玄宗上皇や粛宗皇帝の死についてなのですが、そのあたりの事情について、詳しい方を御存知ありませんか。できれば話をうかがってみたいのです」

「やはり、何か、あるのですか」

「今は、何とも言えませんが、ちょっと気になるのです」

「わかりました。適当な人物がいるかどうか、あたってみましょう」

「お願いします」

「高力士殿や、李白殿についてはいかがですか?」

「もし、心あたりがあれば――」

「何人か、知人があちらこちらにおりますので、文でもやって、知っている者がいるかどうか、尋ねてみましょう」

そのやりとりを、黙って横で聴いていた逸勢は、溜め息をついた。

「空海よ、なんだか、この件は、よほど根が深いような気がするな。もともと、なんとかできると考えていたわけではないのだが、このおれなぞには、もう、手におえぬもののようだな——」

神妙な口調で、逸勢は言った。

「おれだって、これが、どこまで手におえるものかどうかなぞ、わかってはいないよ」

空海は、逸勢にそう言い、柳宗元にまた向きなおった。

「それはそれとして、柳先生、お話を続けていただけませんか？」

「話？」

「晁衡どのの文が、どうやって、柳先生のお手元にやってきたのかというお話です——」

「おお、そうであった。その話がまだ、済んでいなかった」

「ぜひ」

「どこまで、話をしたか？」

「文が、実は、もうひとつあってというところまではうかがいました」

「おう、それよそれ——」

柳宗元は身を乗り出した。

四

「実は、わたしの、母方の親類筋に、晁衡どのの、お身内のような方がおりましてな」

柳宗元は、居ずまいを正し、背を伸ばしてから、そう言った。

頬のあたりに、力が入っている。

それにつられたように逸勢が、腰の位置をかえて、同じように背筋を伸ばした。

空海だけが変らない。

空海は、はじめからすっきりと背が伸びており、自然体である。

すでに、昼をまわろうかという時間になっている。

「名を、白鈴《はくりん》と申しましてな。色々と、晁衡どのの、お身のまわりのことなどお世話していたということらしいのです」

「晁衡どのが、お身のまわりに、女性をおかれていたということですね」

「まあ、そういう風に、わたしは理解しております」

「それで?」

「白鈴は、晁衡どのより、十歳ほども若かったでしょうか。大暦五年（七七〇）七十歳で、お亡くなりになったおりにも、そのお側《そば》にいたのです」

「はい」

空海は、うながすようにうなずいた。

「亡くなられた後、様々な品物を、白鈴が処分をし、自分が形見にともらうものを幾つか手元に残しただけで、多くのもの、屋敷やその他の調度品なども、人手に渡ってしまったのです」

「――――」

「白鈴が手元に残しましたのは、生前に晁衡どのが書かれた文の写しや、書の類《たぐい》でした。その中に――」

と、柳宗元が言うと、

「晁衡どのが書かれた、この、李白翁にあてられた、倭国《わこく》の文字で書かれた文があったということですか」

空海が言った。

「その通りです。しかし、それだけではありません」

「というと？」

「文は、ひとつだけでなく、もうひとつ、あったらしいのですよ」

「らしいとは？」

「わたしの母が、そのようにわたしに言っていたということです」

「説明をしていただけますか」

「そうですね。順を追って話をした方がわかり易《やす》いでしょう」

柳宗元は、あらたまって身を乗り出した。

空海を見やり、

「晁衡どのが亡くなられた後、白鈴が身を寄せたのが、わたしの母の家だったのです」

「なるほど」

「白鈴は、めったに晁衡どのの話はされなかったのですが、あるとき、珍しく興がのったのか、まだ、若かった母を相手に、晁衡どののことを、ひとしきり話されたそうです」

「ええ」

「白鈴は、晁衡どのが、安史の乱のおり、玄宗上皇とともに、蜀《しょく》の地へ逃げていたおりに、晁衡どのと知り合われたそうです。そういう話をしているおりに、何を思ったか、白鈴が、それまで誰にも見せることをしなかった晁衡どのの文や書を出してきて、母に見せてくれたのだそうです」

「それはまだ、お持ちなのですか」

訊ねたのは、逸勢であった。

「まだ、わたしの実家にあると思いますよ。その文や書の中から、わたしは、この倭国の文字の文を見つけたのですから――」

「機会があれば、いつか、ぜひ拝見したいものです」

逸勢は、好奇心を露《あらわ》にして言った。

「なあ、空海――」

同意を求めるように空海を見た。

「確かに――」

と、空海は短く答え、

「白鈴どのが、晁衡どのの文や書を見せてくれたそのおりに、あなたのお母上が、この文を見られたのですね」

「そうです。白鈴が、これは何々、これは何々と色々と見せてくれた最後に、この文を取り出して、これは、わたしにも何だかわからないのです」

そう言ったと、柳宗元は言うのであった。

「わからない?」

「つまり、文字は書いてあるが、それがどういう意味かわからなかったということですか――」

「こうなってみると、倭国の文字ということも、白鈴どのが知っていたかどうか」

「わからないのです。まったく読めなかったのか、それとも、多少くらいは読めたのか――」

「母上はどのように判断されていたのですか?」

「読めはしないが、まったくというほどではなかったのではないかと――」

「何故でしょう」

「その文を見せてもらっている時に、白鈴が言っていた言葉があるというのです」

「どのような」

「はい。母が、実際にそれを手にとって、中を開いてみたというのです。すると、中は、ごらんのように倭国の文字だったのです。むろん、読めはしなかったのですが、いくらかは読める字がある」

「それは？」

「楊玉環《ようぎょくかん》、玄宗皇帝、長安など、人の名前や、固有の名称などです」

「ははあ——」

「それで、何やら、その人たちのことが書かれているということまでは理解できたのですが、では、その人たちのどういうことについて書かれているのかということが、わからなかったと、母は言っておりました」

そのおりのことを思い出したのか、柳宗元の眼つきが遠くなった。

「しかし、そのおり、白鈴が、母に言った言葉があると——」

「さっきも、そうおっしゃっていましたね」

「白鈴は、こう言っていたと、母はわたしに言いました——」

柳宗元は、いったん言葉を切り、空海と逸勢を見やり、そのおりの母の声をまねるようにして、

「これに、どういうことが書かれているのか、私にはわかりませぬが、ひとつだけ、何について書かれているのかということは、よく承知しております……」

そう言った。

「母は、それは何でしょうと、白鈴に問うたそうです。すると、白鈴は、あらたまったように母を見やって——」

と、柳宗元は、自分の両膝の上に両手を乗せ、

「これは、晁衡どのが、生涯にただ一度、心を奪われた女《かた》について書かれたものなのです
……」

女の声音《こわね》でそういった。

「心を奪われた女性？」

「はい」

「しかし、その中に出てくる女性といえば、ただ一人しか――」

と、逸勢は、おそるおそる言った。

「楊玉環――」

空海が、はっきりと、その名を口にした。

「そうです。楊貴妃様です」

柳宗元が言った。

「では、晁衡どのが、生涯にただ一度、心を奪われた女性というのは、楊貴妃様と――」

逸勢は言った。

「そういうことになります」

柳宗元は、そう言って、口を一文字に結んだ。

ふう、と、逸勢が溜めていた息を吐いた。

「私にはわかります、女でござりまする故――白鈴は、そう言っていたと――」

柳宗元が言った。

「しかし、我々が読んだものには、そのようなことが、はっきりとは書かれておりませんでしたが――」

空海が言った。

「もうひとつ、文があったと申しあげませんでしたか」

「というと？」

「その時、母が、白鈴から見せられた巻子《かんす》の文は、二巻、あったというのです」

「なんと――」

逸勢が声をあげた。

「では、そのもう一巻はどうされたのですか――」

空海が問うた。

「それが、わからないのです」

「わからない？」

「ええ」

「この一巻は、どのようにして、手に入れられたのですか」

「白鈴が死んだおり、その遺品が、母の家に残されたからです。その中に、晁衡どのの文が一巻、残されていたのですが、もう一巻が、どうしても見つからなかったのだというのです」

「どうしたのでしょう」

「どさくさにまぎれて、紛失したか、あるいは、まだ、家のどこかに残っているか――」

「それとも、生きているうちに、白鈴どのが、誰かに渡したか、それとも、処分されたか――」

「処分?」

「お焼きになられたとか――」

「焼く?」

「自分の夫ともいうべきお方が好きだったという、自分ではない別の女性のことが書かれていた文なら、あるいは燃やされたということも――」

「考えられますな」

柳宗元がうなずいた。

「あるいは、盗まれたか……」

と、また空海は言った。

「しかし、考えていてもしかたありません。わたしは、もう一度、母へ連絡をとって、徹底的に、家の方を捜させてみることにいたしましょう」

「母上は、まだ、御存命でいらっしゃるのですね」

「ええ。昔ほどではありませんが、まだ元気に出歩いておりますよ」

「お幾つになられました?」

「今年、五十七歳になったと思います」

「場合によったら、母上にお会いして、お話をうかがうことはできましょうか――」

「必要であれば、いつでもだんどりをいたしますよ」

「もし、捜してもう一巻の文が見つからなかったら、その時は、ぜひ――」

　空海が言うと、

「おう、かまいませんとも」

　柳宗元は、大きくうなずいたのであった。

第二十五章　恵果

一

身体《からだ》が熱い。

水も、油も入ってない、からからの鍋の中で、炒《い》られているようであった。

冷たい水で、喉《のど》をうるおしたいのだが、身体が動かない。ぬるぬるとした粘液質の汗が、毛穴から蛭《ひる》のように這い出てきて、肌にまとわりつく。

病《やまい》を患《わずら》っているのだとわかっている。

身体の中心から、不快感がぬけない。心の臓も、肝の臓も、内臓がみんな腐りかけているのかもしれない。

吐く息にも、内臓の腐った臭いがこもっているような気がする。六十歳を超えた肉体は、みな、このようになるのだろうか。

この世に、永久にとどまることができるものなどない——

そうとわかっている。

人の肉体が衰《おとろ》え、機能しなくなってゆくのは、この宇宙の理《ことわり》である。

形あるものは必ず滅びる――

その滅びが、今、自分の身体にやってきただけのことなのだ。

もう、あと何年ももつ身体ではない。

死という現象そのものへの恐怖はない。

多くの有情《うじょう》が、この宇宙よりひとつの個として生まれ、その個がまた宇宙へと帰ってゆく。死というのは、宇宙へ帰ってゆくための儀式のようなものであると、自分は理解している。

多くの個、多くの生命が、これまで幾度となく繰り返し続けてきた儀式に自分も参加する――それだけのことだ。

恵果《けいか》はそう考えている。

心残りがあるとすれば、自分の裡《うち》にある、胎蔵界《たいぞうかい》、金剛界《こんごうかい》、両部の密教の体系を、それを受くるにふさわしい人物に伝えぬまま、この世を去ることである。

執着と言えば、それが執着だ。

深夜――

恵果は、眠っている。

眠りながら、眠っている自分の肉体を意識し、その肉体が味わっている温度を感知している。肉体の外からやってくる温度ではない。自らの肉体の内部から生まれてくる温度と腐臭。

それらを、明晰《めいせき》な意識で、認知している。

まるで、この肉体の温度も腐臭も、こういう状態から意識の眼で眺むる時、一種の夢のようなものだ。夢の中で、自分の行為を冷静に観察しているもうひとりの自分のように、自分は今、自分の肉体や、その肉体が味わっている温度、その肉体が放っている腐臭を眺めている。

とすると、これは、本当に夢なのか——

眠りながら、自分の肉体と意識を冷静に見つめている自分を、さらにもうひとりの自分が夢見ているのか——

不思議な意識の混乱があった。

その混乱を、恵果は楽しんでいる。

と——

小さな声を、恵果は耳にした。

〝恵果よ……〟

と、その声は言った。

〝恵果よ……〟

耳に響いているのか、それとも自分の心に直接響いているのか、あまりにもその声が微《かす》かなため、見当がつかない。

〝恵果よ……〟

その声が、自分の名を呼んでいる。

何者か？

誰が、何のために呼んでいるのか。

そもそも、いつ、このように自分の名を呼べるほど近くまで、それはやってきたのか。

ああ、あれか。

あの腐臭。

さっきの腐臭——自分が腐臭と考えていたものに、何者かが意識を乗せて、自分の中に入り込んで来たのだ。

いや、もしかすると、それは、腐臭そのものに姿を変えて、自分に近づいてきたのだろう。まるで、自らの内部から生じたもののように、それが、腐臭というかたちをとって、ひそかに恵果の意識の内部に忍び込んでいたのだ。

声が言った。

〝来《こ》よ……〟

来いとな。

〝どこへ？〟

恵果は、思わず、夢の中で答えていた。

いけない。

夢の中の意識で、恵果は思う。

幻覚や幻聴——特に、何者かが意識的に操っているそれらのものに応えれば、ますますその術中にはまることになる。

しかし——

それを拒否すれば、それはもう、自分に呼びかけては来ないかもしれない。

この青龍寺《せいりゅうじ》の——しかも、この恵果の寝所にまでやってきて、外法《げほう》の術をもってこの自分にこういうことを仕掛けてくる奴がいるとは——

おもしろい。

恵果は、そうも思っている。

〝何者か？〟

恵果が問うと、

〝応《おう》……〟

と、相手は嬉《うれ》しそうに声を大きくして、

〝我は、この現象界《げんしょうかい》の統一者にして、最高者——〟

そう言った。

現象界というのは、つまり、人や生命が生まれ、生き、死んでゆく世界のことである。ものが生じ、変化《へんげ》し、滅してゆく世界のことである。すなわち、この宇宙のことだ。

〝最高者よ——〟

と、恵果は声に呼びかけた。

〝どこへゆけばよろしいのか〟
〝まず、起きよ。起きて立つがよい〟
恵果は、言われるままに、起き、夜具から出て立ちあがった。
床が、素足に冷たい。
〝来よ〟
声が言う。
声のする方向に、恵果は歩いてゆく。
素足が、板の床を踏み、夜気《やき》の中へ——
冷たい夜気であった。
春近いとはいえ、夜は、しんしんと冷え込み、薄氷も張る。
氷のような石畳を踏んで、縁廂《えんびさし》の下を歩いてゆく。
〝来よ……〟
本堂の方へ。
青い月光が、軒の上から、斜めに軒下まで差し込んでくる。
恵果の足元には、その月光が青く溜っている。
本堂の扉を開け、中へ——
灯火が、ひとつ、ふたつ、点《とも》っている。
正面が、黄金の大日如来《だいにちにょらい》の座像である。

座高で、人の丈の倍ほどもあろうか。

左手の親指を曲げ、左手自身の中に握り込み、人差し指を一本立てる——その人差し指を、やはり親指を手の中に握り込んだ右手の金剛拳《こんごうけん》で握る。

智拳印《ちけんいん》と呼ばれる大日如来の印契《ムドラー》である。

大日如来——

梵語《ぼんご》で、マハーヴァイローチャナ——漢字では摩訶毘盧遮那《まかびるしゃな》と音写する。

この宇宙の根本原理、真理を、大日如来という仏の名で呼ぶ。釈迦牟尼仏《しゃかむにぶつ》などとは違って、本来は人間的な肉体を持たない仏であるのだが、ひとつの象徴的な表現として、このように描かれる。

大きな堂の中心に、八葉の蓮華《れんげ》の台座があり、そこに如来は座している。

如来像の周囲に諸仏が座し、堂の四隅の東西南北には、それぞれ、その方角を守護する尊神《そんしん》の像が配されている。

東の持国天《じこくてん》。

西の広目天《こうもくてん》。

南の増長天《ぞうちょうてん》。

北の多聞天《たもんてん》。

本堂の暗がりの中で、まるで、それらの諸仏や尊神が、生あるもののように、灯火の色を映して、揺らいでいる。

大日如来の黄金の肌が、灯火の赤い色を受けて、周囲の闇を、黄金の色に染めているようであった。

どの諸仏も、尊神も、艶《なまめ》かしく闇の中でその黄金色を呼吸していた。

「来たか、恵果よ」

大日如来が、その唇を動かして、低い声で言った。

「あなたでござりましたか」

恵果は、言った。

「いかにも、ぬしを呼んだは、この大日如来よ」

「して、御用件は？」

「急《せ》くな、恵果よ」

大日如来が、智拳印を解き、両手を自らの膝の上に置いた。

「徳宗《とくそう》が、死んだな……」

如来が、黄金の唇を動かして言った。

「はい」

「あれは、このわしがやった」

「あなたさまが」

「おう、あの男も、生きすぎたのでなあ」

「これはこれは――」

「次は、順宗《じゅんそう》」

「順宗皇帝を、あなたさまが、殺すのですか？」

「不思議がることはあるまい。この世に生ずるもの、滅するものも、全ては皆、このマハーヴァイローチャナの掌《たなごころ》が上のこと……」

大日如来の言うことは、むろん正しい。

大日如来は、この宇宙を動かす原理のことだ。そうであれば、この世のあらゆるできごとは、人の生死であろうが、草木の生死であろうが、禽獣《きんじゅう》、虫の生死であろうが、皆、大日如来の掌の上のできごとであるといっていい。

「わしが殺す。ぬしが守ってみよ」

大日如来が、片膝を立て、ゆっくりと立ちあがった。

すると、周囲の諸仏や、尊神の、座したものは立ちあがり、立っているものは、両手を持ちあげて、声を揃えた。

「守ってみよ」

と、持国天が言った。

「守ってみよ」

と、広目天が言った。

「守ってみよ」

と、増長天が言った。

「守ってみよ」

と、多聞天が言った。

「守ってみよ」

「守ってみよ」

「守ってみよ」

「守ってみよ」

諸仏、諸尊が、両手をあげ、足を踏み鳴らし、高い声でからからと嗤《わら》った。

大日如来は、恵果の頭上にのしかかるようにして、大きく赤い口をあけて嗤っていた。

恵果は、涼しい顔で、大日如来に向かって微笑した。

白い眉が、長くかぶさっているその下で、楽しそうに眼を細めた。

「如来どの、そろそろ、現《うつ》し身《み》を現わしませぬか」

恵果は、大日如来を見あげ、真言《しんごん》を唱えはじめた。

ナモ　ブッダーヤ　ナモ　ダルマーヤ　ナマ　サンハーヤ　ナマ　スヴァル　ナヴァ
バハーサシャ……

孔雀明王咒《くじやくみようおうじゆ》——孔雀明王の真言《ダラニ》であった。

……ブラフマンを主と仰ぐ者よ、至るところで害《そこな》われないものよ、われを護《まも》りたまえ。めでたし。一切の諸仏に帰命したてまつる。僧スヴァーティは安楽なれ。百歳を生きさせたまえ、百秋を見させたまえ。フチ、グチ、グフチ、ムチ、めでたし。

恵果が、静かにこの真言を唱え終った時、大日如来は、立ってはおらず、座したまま黙《もく》して、そこで智拳印を結んでいる。

諸仏、諸尊も、もとの位置で、もとのようにそこに座し、あるいはもとのようにそこに立っている。何もかもが、もとの通りであった。

冷えびえと静まりかえった闇の中に、大日如来を中心に、諸仏諸尊が、ひっそりとそれを囲んでいる。

ただ、誰が点したか、ふたつの灯火のみが、灯明台の上で、ちろちろと揺れているばかりである。

その、ふたつの灯火にはさまれた場所——大日如来の前に、黒い人影があった。

大日如来の前に、護摩壇《ごまだん》があり、その手前に、人が座すための台座がある。その台座の上に、人が座しているのである。

常であれば、そこは、自分が座す場所であった。

護摩壇を挟んで、大日如来と向き合うかたちに座す。それが正式な座り方だ。

しかし、その人影は、大日如来に背を向けて、恵果の方を向いて座している。

黒く、ちんまりとした、黒い影――

闇が、どろりと溶けて、そこにわだかまっているようにも見える。

く、

く、

く、

と、低い嗤い声が、その黒い影から洩れてきた。

「息災《そくさい》か、恵果……」

その影がつぶやいた。

「ぬしは……」

「久しぶりじゃ……」

影は言った。

「生きていたか？」

「おう」

影は答え、

「しかし、ぬしはもう、長くはあるまい。わしより若いぬしが、先にゆくか――」

「何ごとも、天命なれば……」

「どうじゃ？」

影が言った。

「どうとは？」

「さっき言うたことよ」

「――――」

「さっき言うたは、まことのこと――」

「なんとな……」

「順宗は、このわしが、殺す」

「なに⁉」

「どうじゃ、久かたぶりの呪法合戦よ。ぬしが、密《みつ》の法力《ほうりき》とやらで、みごと、順宗を救うてみい」

「すると、あの徳宗皇帝は……」

「おう。このわしが、呪い殺したわ」

「ほうっておいても、いずれは、人は死ぬべきものを……」

「く、く、く……」

と、影が嗤った。

「順宗の後は、次の皇帝を、その次はまた次の皇帝を殺す……」

「なに故に？」

「わしが望むは、唐王朝の完全《まった》き滅びよ」

「なに⁉」

「数十年前の、再現よ。いずれ、この闘いの中に、丹龍《たんりゅう》めも加わってこよう――」

「丹龍が……」

「いやといっても、いずれ、順宗の方から、ぬしに使者がやって来よう。自分を守れとな。ぬしはそれを断われるか――」

影は言った。

「前の時は不空《ふくう》――今度《こたび》はぬしがやるのじゃ。恵果よ――」

二

「白龍《はくりゅう》よ……」

と、恵果はその影に呼びかけた。

「白龍よ」

「おう」

と、影が答えた。

影が、心なしか恵果ににじり寄ったように見える。

「なんとも、なつかしい名で呼ばれたものよ」

「これまで、どうしておられた？」

恵果が問うたが、影は答えない。

ふふん――

と、小さく嗤う声が響いてきただけであった。

「わが師黄鶴もすでに亡く、ぬしが師不空もすでにこの世にない……」

「――」

「恵果よ。ぬしと初めて会《お》うたは、いつであったか――」

「至徳二年」

「四十八年前ぞ」

「場所は、驪山《りざん》の華清宮《かせいきゅう》」

「そうであったな」

「わたしは、師の不空様の供をして、あそこへ参りました」

「幾つであった」

「十二歳でござりました」

「若かったな……」

しみじみと、影がつぶやいた。

恵果もまた、なつかしそうな声でつぶやいた。

「お互いに……」

「劉雲樵《りゅううんしょう》の屋敷の黒猫の一件、徐文強《じょぶんきょう》の綿畑での一件、あるいは至徳二年のあのことに繋《つな》がりありかと思うておりましたが、あったということでございますな」

「うむ」

「なれば、青龍寺、すでにこの件に関わっております」

「承知しておる……」

「何故に、このような真似をいたしまするか――」

恵果が問うた。

しかし、影は答えない。

長い沈黙があった。

「あれは、すでに終ったことではござりませぬのか?」

「いいや」

と、影が言った。

「いいや、まだ、終ってはおらぬ。何も終ってはおらぬのだ」

低い、ぐつぐつと泥が煮えるような声であった。

「怨《うら》みがござりまするのか」

「おう……」

溜め息のような、腹の裡に滾《たぎ》るものを、わざとそろりと吐き出すような声であった。

くううう…………

と、影が唸《うな》った。
哀感のこもった声であった。
恵果は、影が哭《な》いているのかと思った。
その声が、やがて、低い、くつくつという不思議な響きを持ったものに変化した。
く、
く、
く、
く、
と、その声は、いつの間にか、低く、静かに笑っているのであった。
く、
く、
く、
くかかかか。
影は笑った。

しかし、その笑い声を、恵果は慟哭《どうこく》の声と聴いた。

「我が恨み、綿々《めんめん》として絶ゆる期《こと》のあろうか……」

影は言った。

「忘るるなよ、恵果」

言ってから、影はもう一度その言葉を繰り返した。

「恵果よ、忘るるな」

影が、ゆっくりと灯火の中に立ちあがった。

白髪。

そして、刻まれた深い皺《しわ》。

「老い、髪に白きもの混じろうとも、谷のごとくに深き皺刻まれようとも、ゆめ忘るるな……」

影が、歌うように言った。

「いかほど老いようと、いかほどの刻《とき》が過ぎ去ろうと、消ゆることのなきものが、人が心の裡にはあるのだ」

舞うように、影が足をひとつ踏み出した。

「生じたものは、必ず滅するのが、世の理《ことわり》……」

「ぬかすわ、恵果よ」

「この世のあらゆる事象も、人の想念すらも、全てその本然《ほんねん》は、空《くう》なるもの」

「なんと。あの、唐王朝の、玄宗《げんそう》が開きし宴《うたげ》も、数多《あまた》の詩人が唄ったあの詩も、数多の楽士が奏《かな》でしあの音楽も、あの、安禄山《あんろくざん》が乱のことも、全てが空と申すか——」

「いかにも」

「あれが夢であったと、あれが幻《まぼろし》であったと——」

「いかにも……」

「なればその、夢のために、その、幻のために、我ら、再びここにあいまみえたのよ」

「なんと——」

「よいか、恵果よ。宴の時ぞ。これは、我らが宴ぞ。夢なら夢の、幻なら幻の、その宴のために、我らは再び、ここにまみえたのよ。丹龍と、ぬしと、そしてわしと、牡丹《ぼたん》の花の前で、我ら、再びまみえて宴を始めるのさ……」

「宴とな?」

「おう、宴よ」

影が、また、足を踏み出した。

「呪法《ずほう》の宴よ。我らの残りし力ふり絞りて宴を始めようぞ」

「呪法か」

「他に何がある。このわしに、ぬしに、あの丹龍に。習い覚えし技《わざ》を存分に使え。腕が鳴るであろう。覚えて使うことのなかった技を、存分に使えるのだぞ。生命の限り、己れの技を使えるのだぞ。ぬしは、それに悦《よろこ》びを覚えぬのか——」

「――」

恵果の額に、薄く汗が浮いている。

「我らがこの宴に献上《けんじょう》さるるは、玉《ぎょく》の杯にあらず。黄金の冠にあらず。きらびやかな詩にもあらず、楽の音《ね》にもあらず――」

「いったい、何を――」

「唐王朝の滅び……」

言って、影が、床の上に下り立った。

「舞え。力の限り舞い狂え。これは、我らが最後の宴ぞ」

どん、
と、影が足を踏み下ろした。

途端に、ふたつの灯明の炎が消え、真の闇が恵果を包んでいた。

すでに、影の気配は消えていた。

三

宮中は、ざわついていた。

最近になって、妙なことばかりが起るのである。

順宗が、皇帝になって、しばらくしてから、そのようなことが起るようになった。

宴のおりに、楽士が弾《ひ》いていた月琴《げっきん》の弦《つる》が切れたことがある。

演奏を中断し、弦を張りなおして、楽士が再び弾きはじめると、また、弦が切れる。いつの間にか、弦が古くなっていたか、あるいは疵《きず》でもあったのか。妙なことがあるものだと、楽士は、五つの弦全てを、新しいものにかえて、また弾きはじめた。

途端に、今度は、五つの弦がいちどきに切れた。

順宗皇帝は、機嫌を悪くして、席をたってしまった。

不吉なことであると噂され、その楽士は宮廷の出入りを止められてしまった。

また、ある時、順宗皇帝が食事をしようとすると、一匹の蠅《はえ》が飛んできた。

その蠅が、執拗《しつよう》に、順宗皇帝の料理の上を飛び回り、料理にとまる。黒く、大きな蠅であった。尻の部分が、凶《まが》まがしいほどに、金緑色に光っている。

近習《きんじゅ》の者に、その蠅を捕えさせ、殺させた。

さて、再び食事をはじめようかというと、また、蠅が飛んできた。

さっきと同じ、黒い大きな蠅だ。

尻が緑色に光っている。

しかも、今度は二匹である。

どういうわけか、やはり、順宗皇帝の料理の上ばかりを飛び回り、それにとまる。

それを、また、捕えて殺した。

ではと、食事を始めようとすると、また、いやらしい太い羽音がして、蠅が飛んできた。

同じ、大きな黒い蠅だ。

今度は四匹である。

それもまた、執拗に順宗皇帝の周囲を飛び回り、料理にとまる。

その四匹の蠅を捕えてまた殺した。

料理にとまっている蠅は、たやすく捕えられた。

順宗皇帝が不機嫌になった。

料理を新しいものに替えさせ、ようやく食事をしようというと、また、あの羽音が聴こえてきて、蠅が飛んでくる。

今度は、八匹である。

それを捕えて殺した。

すると、今度は、十六匹の蠅がまた飛んできた。

殺せば殺すほど、蠅はその数を増して、飛んでくる。

しかも、順宗皇帝の料理の上だけにとまる。

他の者の料理は見向きもしない。順宗皇帝が、特別な料理を食べているわけではない。

同じ料理は他の皿にも出ている。

ためしに、別の皿の別の料理を、順宗皇帝の前に並べると、これまで蠅が見向きもしなかったその料理の上を、蠅が飛び回るのである。

しまいに、蠅は、夥《おびただ》しい数になった。

蝿は、ただ、順宗皇帝の前に並べられる料理にのみ、興味を示しているようであった。

食事をせず、腹をたてた順宗皇帝が立ちあがった。

部屋を去ろうとすると、これまで料理にばかり群がっていた蝿の群が、
わあん、
と音をたてて移動し、順宗皇帝の周囲を飛び回った。

腹をたてるよりも、さすがに順宗皇帝は不気味になった。

また、ある時――

夜、順宗皇帝は寝苦しかった。

うとうとするが、眠れない。

眠りかけると、目が覚める。

うとうとした時に見るのは、悪夢ばかりである。

どうしても眠れない。

夜具の中で、汗をかいている。

ぬめぬめとした、大きななま温かい蛭に、全身をからめとられているようであった。

夜具が重い。

ふと、眼を開くと、夜具の、胸元のところへ、一匹の、大きな黒い猫が座して、順宗皇帝を見おろしている。

金緑色の、よく光る眸《め》。

叫び声をあげようとするが、声が出ない。
すると、闇の中で、黒猫が、ひょいと二本の後肢で立ちあがり、踊りはじめた。
不気味な光景であった。
踊りながら、猫は、皇帝を見つめ、
「次はおまえだなあ……」
人の声でそう言ったというのである。
わっ、
と声をあげて上半身を起こしてみると、黒い猫は、もうどこにもいない。
そのようなことが何度となくあったというのである。

四

耳を、舐《な》められた。
ざらりとした、なま温かいもの。
湿っていて、どこかぬめりがあり、そして小さい舌。
それが、ぞろりと耳を舐めあげてから、ねろねろと、耳の穴をいらう。
ふっ、
と、老人は眼を覚ました。

何だ……

何ごとがあったのか。

夜具の中で、つい今しがたまで、温かいものの感触のあった耳に手をあてる。

右耳——

濡れている。

つい今しがたまで、何かに耳を舐められていたような気がするのだが。

夜具を押しのけて、上半身を起こす。

灯火は、全て消えている。

周囲を闇が押し包んでいる。

しかし、ほんのりとした明りが、部屋の闇の中にある。

思いの外《ほか》冷たい夜気が、さやさやと動いている。

絹の夜具——

壁。

壁際に置かれた、陶《とう》の壺《つぼ》。

それ等のものが、ぼんやりと見えている。

横手に眼をやった。

そこの壁に、丸窓があり、それが開け放たれていた。

青い月光が、その丸窓から差し込んで、丸い輪を石の床に落としている。

この月の光が、灯《あか》りの消えた部屋を、ぼんやりと照らし出しているのである。

これで、部屋に冷たい夜気が動いていることも、灯りがなくとも部屋の様子がなんとか見てとれることも、納得がゆく。

しかし——

いったい誰が、丸窓を開いたのか。

昨夜、眠る前に、きちんとそこは閉めたはずであった。

と——

老人は、気づいた。

丸窓の縁に、何か黒いものがうずくまっているのである。

何か⁉

思わず老人は、寝台から足を下ろし、床に下り立っていた。

顔に、濃い疲れと皺が刻まれている。

七十歳前後であろうか。

髯《ひげ》が生えている。

その髯も髪も、羊毛のように白い。

一歩——

二歩——

老人は、窓に歩み寄ってゆく。

紫の、綿の夜衣を着ている。

その裾を、わずかに床に引きずっている。

窓の縁は、掌《てのひら》を軽く開いた程度の厚みがある。

その厚みの上に、その黒いものは乗っているらしい。

月光が、背後からそのうずくまっているものに当っている。

老人は、足を止めた。

その時、その黒いものが、すうっと立ちあがった。

黒い猫であった。

その猫が、二本の後肢で立ちあがっているのである。

その猫の姿の輪郭《りんかく》が、月光で、ぼうっと青く光っている。

猫は、金緑色の、よく光る双《ふた》つの眸で、老人を見ていた。

「おまえだったのか……」

老人はつぶやいた。

「久しぶりだなあ……」

猫が、口を開き、囁《ささや》くように言った。

人語だ。

歯の間や、口の両側から、多くの呼気が洩れてしまうため、聴きとりにくいが、それでも人の言葉である、唐語であるということはわかる。

高い声だった。

白い、尖《とが》った歯のむこうで、赤い舌がねとねとと動くのが、微かに見える。

あの舌が――

と、老人は思った。

あの舌が、今しがた、自分の耳をねぶったのだ。

「どこへ行っていた。どうして、何の連絡もよこさなかったのだ……」

老人が言った。

「色々と、用事があって、忙しかったのでな――」

にんまりと、猫が、口の端を、さらに上に吊りあげて嗤《わら》った。

不気味な笑みであった。

「おまえに、話があったのだ」

老人は、乾いた声で言った。

「話？」

「今、宮廷でおこっているあれだ」

「なんのことかな？」

「とぼけるんじゃない。あんなことができるのは、おまえの他にはいない……」

「あんなこと？」

「皇帝のお食事に、蠅を飛ばしたり、楽士が弾く月琴の弦を切ったり……」

「皇帝の寝所に忍び込んで、皇帝を脅《おど》したりしたではないか。それは、黒い猫であったというぞ」

「ほほう」

ふしゅ、

ふしゅ、

ふしゅ、

と、猫は、呼気を吐きながら笑った。

猫は、老人の言葉を無視して言った。

「おまえの、女……」

「女?」

「そうだ。女の屋敷に、おまえが預けた文箱《ふばこ》があったろうが……」

「文箱?」

「おまえが、屋敷から盗み出してきた文箱さあ」

猫が言うと、老人がうろたえた。

「あ、あれは……あれは、おまえが、わたしに盗み出せと言ったから盗んだのだ。盗んで、香蘭《こうらん》の屋敷に預けておけと。わたしは言われたようにしただけだ……」

「よう言うわ。盗んだのは、ぬしではないか――」

「おまえが、そうせねば、何もかも、人に話してしまうと、わたしを脅したからだ……」

「ふふん」

「あの、周明徳《しゅうめいとく》という道士を、あれの屋敷に置いたのも、おまえが、わたしにそうしろと言ったからだ」

「死んだろう、あの男……」

「ああ、死んだ。自分で、煮えた釜《かま》の湯の中に入って煮え死んだ」

「くくく……」

「おまえか。あれもおまえの仕わざか？」

「さあて――」

「皇帝の寝所に現われた猫は、次は、おまえだと言うて、姿を消したらしい。あれはどういう意味だ」

「徳宗崩《ほう》じて、次は李誦《りしょう》……」

歌うような声で、猫は言った。

ひょい、と片肢をあげて、踊るような仕種《しぐさ》をする。

「何!!」

「その言葉は、順宗の耳にも届いていよう。あの男にも、〝次はおまえだ〟と言われたことの意味くらいはわかろうよ」

李誦――それは、順宗の、皇帝となる前の名である。

徳宗皇帝が、この一月に死に、息子の李誦が、後を継《つ》いで、順宗皇帝となった。

徳宗皇帝が死ぬしばらく前に、黒い猫が、劉雲樵という、金吾衛《きんごえい》の役人の家に現われて、徳宗皇帝の死を予言したことも、徐文強の綿畑で、その死を肯定するような会話が地の底から聴こえ、やがて、その地の中から、大きな俑《よう》が出てきたことも、順宗皇帝は、すでに耳にしている。

そして、その後、長安の大街《たいがい》に建てられた高札に、書かれてあった言葉についても知っている。

その高札の言葉が、

〝徳宗崩じて、次は李誦〟

という、今、猫が言った言葉なのである。

「順宗め、さぞや、不安におののいておることであろうなあ――」

猫は、楽しそうに言った。

「おまえか。やはりおまえか」

「だったらどうする」

「あれはなんだったのだ――」

強い口調で、老人は言った。

「あれ？」

「夢だ」

「夢とは？」

「わたしとおまえが、これまで話してきたことだ。この都を、かえようというあの話だ……」

「変ったではないか」

「まだだ。まだ、わたしは、何もやってはいない。ようやく手をつけたばかりではないか。いや、まだ、手をつけてさえいない。約束はどうなるのだ」

「約束だと？」

「約束したではないか。わたしと、おまえと……」

「おれは約束を守ったぞ」

「守った⁉」

「約束通り、徳宗の生命を縮めてやったではないか」

「なら、今度の順宗皇帝のことは何なのだ。順宗皇帝があってこそ、このわたしが、この国を変えることができるのだ」

「この国を変える、か。碁打《ごう》ちがえらい出世ではないか」

「順宗皇帝を、どうするつもりだ」

「いいか。おれがした約束は、ただひとつ、徳宗皇帝の生命を、縮めてやろうということだけだ。順宗皇帝については、どういう約束もしてはおらん」

　また、猫が、低い掠《かす》れ声で笑った。

老人が、摑《つか》みかかろうとすると、猫は、それを制するように、前肢を前に出して、そこに胡座《あぐら》をかいた。

「待て」

老人が、思わず足を止める。

「ひとつ、良い方法を教えてやろう」

「なに!?」

「よいか。おまえは、明日、宮廷《きゅうてい》へ行ったら、順宗に会って、こう告げるがよい。順宗さま、こたびの一件を落着させることのできる人物は、青龍寺の恵果阿闍梨《あじゃり》をおいて、他にありませぬ――となし」

「恵果阿闍梨を?」

「そうだ。あの男をひっぱり出せ」

「――」

「それで、全てがそろう。全てがな……」

「全て?」

「何もかもだ。これで、準備はできた。いよいよ始まるのだ――」

「何が始まるのだ」

「宴だ」

「宴!?」

「そうだ、宴よ……」

猫はそう言って立ちあがった。

「よいか。くれぐれも伝えよ。順宗皇帝を救えるのは、恵果和尚ただひとりぞ——」

言い終えて、猫は、ひょいと窓の縁から庭へ跳び降りた。

老人が、あわてて窓へ駆け寄り、庭を覗《のぞ》いたが、すでに、そこに猫の姿はなかった。

青い月光をしんしんと浴びながら、庭で、樹々や、灌木《かんぼく》が、ひっそりと微風に揺れているばかりである。

冷たい夜気の中で、春を間近にした植物が、宴のための甘い芳香を放っているようであった。

五

細身の恵果の身体が、ひっそりとその部屋に入っていった時、老人はまだ顔を伏せたままであった。

白い漆喰《しっくい》が壁に塗られている。

円窓《まるまど》がひとつ。

調度品の少ない、質素な部屋であった。

床は、方形の石が敷きつめられており、そこに、木製の机がひとつ。

机を挟んで、向かい合わせになった椅子がふたつ。

そのうちのひとつに、その老人は腰を下ろしていた。机に両肘《ひじ》を突き、両手の中に顔を埋《うず》めている。

「これにて——」

恵果を、この部屋まで案内してきた者が、背後から声をかけて、扉を閉めた。

扉が閉まると、老人は、ゆっくりと顔をあげた。

「お呼びだていたしまして——」

老人が立ちあがろうとする。

「そのままで……」

恵果が、立とうとする老人を押しとどめた。

「御気分が優《すぐ》れぬのですか」

「いいえ。大丈夫です」

老人は、立ちあがって、

「そちらへ——」

恵果を、向かいの椅子に座るよううながした。

恵果は、椅子に座って、しげしげと老人を見やった。

老人は、今、ゆっくりと、再びもとの椅子に腰を下ろそうとしているところだった。

王叔文《おうしゅくぶん》——

恵果にとって、初対面ではない。

現皇帝が、皇太子であった頃から、この老人は、皇太子の傍《そば》に常にあった。

碁の名人である。

皇太子に、碁を教えながら、皇太子李誦の懐に入り込んだ人間である。

徳宗皇帝が、この正月に崩じて、李誦皇太子が、今は皇帝の座についている。

現皇帝の背後にいるのが、この王叔文である。

この大唐帝国の、影の最高権力者といってもいいかもしれない。

新体制の人事や、政策にも、あれこれと口を出し、それが通ってしまう。

恵果とは、色々な行事のおりに顔を合わせているし、何度となく、話をしたこともあるのである。

しかし、このような場所で、ふたりきりで会うというのは、初めてである。

この王叔文が、人払《ひとばら》いをしたのであろう。周囲に人の気配はない。

恵果は、この老人が、嫌いではなかった。

どちらかというなら、むしろ好きである。

野心家とは見えたが、常に物腰柔らかで、人あたりもよく、つきあいにそつがない。

王叔文が、裏の権力を握って何をやろうとしているかも、見当がついている。

できることなら、応援をしてもいいとさえ考えている自分がいる。

自分は野心家ではないが、この男には野心があり、それを上手に隠してゆくこともできる。

だが、眼の前で向きあった王叔文の顔を見て、恵果は驚いた。

いっきに、一〇歳も歳《とし》をとってしまったように見える。

やつれていた。

これまで深い懊悩《おうのう》にさいなまれていたかのように、皺の溝《みぞ》が深い。

確か、この自分より、いくらか若かったはずだが、と恵果は思った。

顔色が青く、病人のようである。

「誰か、呼びましょうか？」

恵果が言ったが、

「それには、およびません」

王叔文は、片手をあげて、それを左右に振った。

寝不足であるのか、眼球に、幾筋もの赤い血管がからんでいるのが見える。

くぼんだ眼の下には隈《くま》ができている。

「お具合が、よろしくないように見えますが――」

「自分のことは、全て承知しております。自分が、どのように他人に見えているかもわかっております。何もかも承知で、あなたをお呼びしたのです、恵果阿闍梨――」

「ええ」

と、恵果はうなずいた。

今朝、青龍寺に、馬車が来て、使者が乗っていた。

王叔文からの文を、その使者は持っていた。

文を開けてみると、火急の用事があるので、ぜひ至急にお会いしたい。できれば、この使者と共に、わが屋敷まで来てもらえまいか——そのような文面であった。

ああ、このことか。

と、恵果は思い、簡単に身仕度《みじたく》をすませ、あとのことを弟子に頼んで、使者の馬車に乗って、王叔文の屋敷までやってきたのであった。

しかし、あの王叔文が、これほどまでに憔悴《しょうすい》しきっているとは思ってもみなかった。

「ともかく、御用件をうかがいましょう」

恵果は、王叔文にうながした。

王叔文は、数度、深く息を吸い込み、呼吸を整えてから、言った。

「今、宮廷でおこっていることについては、恵果阿闍梨のお耳にも届いておいででしょうか——」

「皇帝の身辺におこる、怪《かい》のことならば……」

「おお。そうです。そのことです。そのことで、恵果阿闍梨を、お呼びしたのでございます」

王叔文は、短く、皇帝の身辺におこる怪《あや》しの件について、恵果に語った。

「このことあってから、皇帝におかれては、御悩み深く、食事も、あまりとられなくなりました」

「よくありませんな」

「それで……」

と、王叔文は、額にふつふつと湧いてきた小さな、無数の汗の玉を、その袖でぬぐった。

「それで、その怪《かい》の原因というのが、何者かが、呪法によって皇帝に害をなそうとしているからであるという意見も宮廷の中にはございまして――」

「はい」

「もし、そうでありまするなら、恵果阿闍梨の法力をもって、この、皇帝をねらっている呪詛《ずそ》から、皇帝を守ってやっていただきたいのです――」

「むろんのこと――」

「どうかお願いいたします」

「しかし、いきなりというわけにもまいりませんでしょう。皇帝は、この件については、御存知なのですか」

「存じております。この件については、恵果さまより他に、この呪法を返せるものはなく、ぜひとも恵果阿闍梨にお願いすべきとの声もあり、そのことを、皇帝にも伝えてあります――」

「それは、お早いことで」

「皇帝も、青龍寺の恵果阿闍梨ならということで、お願いするのは、皇帝の意志でもあるのです」

「なれば、一度、皇帝にお目通りねがえませぬか」

「いつでも」

「会って、それがどのような種類の呪詛によるものなのか、この目で確認させて下さい。その後に、用意を調《ととの》えて、宮廷まで、参じましょう」

恵果は、そう言って、頭を下げた。

やはり——

と、恵果は下げた頭の中で考えた。

あの白龍の言っていた通りになった。

〝いずれ、順宗の方から、ぬしに使者がやって来よう——〟

その通りであった。

自分に、まだどれだけの力が残っているのかわからないが、ともかく、やれるだけのことをやらねばならない。

顔をあげた時には、すでにその決心がついていた。

「ならば、本日、これから皇帝にお目にかかることはできますか?」

恵果は、王叔文に向かって、低い、静かな声でそう言ったのである。

六

王叔文は、現在、翰林学士《かんりんがくし》の起《き》居舎人《きょしゃじん》という役職にいる。

仕事は、皇帝がしゃべったことを記録し、文字として残すことである。

もともとは、皇太子相手の碁打ちであり、それが、今は、皇帝に一番近い場所に立つ人間のひとりである。

官位から言えば、起居舎人は、従六品官《じゅろくほんかん》である。それほど高いと言えるものではない。

しかし、その仕事は、皇帝の〝言〟の記録である。

似た役職に、起《き》居郎《きょろう》というのがあるが、こちらは、天子の政《まつりごと》や、行動、つまり〝事〟に関わることを記録する。

この、起居舎人、起居郎の記録が、後に正史として編集されてゆくことになる。

中国の歴史を眺望する時、学問と言えばそれは歴史のことであり、史誌の編纂《へんさん》というのは、国家事業であった。中国の民ほど、自民族の歴史を記録するという行為にエネルギーを注いできた民族は、世界史の中でも他に見あたらない。

官位こそ高くはないが、その役割は重要であった。

しかも、起居舎人は、皇帝の〝言〟を記録するという立場上、常に皇帝の近くにいることになる。起居郎よりも、皇帝と話す機会は自然に多くなる。

この時期、皇帝に最も近い人間ということになると、女官の午昭容《ごしょうよう》が、まずその筆頭にあげられる。

次が、宦官《かんがん》の李忠言《りちゅうげん》。

次が、左散騎常侍《さきんきじょうじ》の王伾《おうひ》。

その次が、王叔文ということになる。

李忠言と昭容（女官の位階）の午《ご》が、順宗の身辺の世話をし、政治的なことや人事についての決裁をしたのが、王叔文と王伾であると、『資治通鑑《しじつがん》』は記している。

王伾は、王叔文がそうであったように、もともとは、李誦（順宗皇帝）の芸事の相手であった。李誦の書の師である。この王伾が、徳宗の死後、李誦が順宗皇帝となったおりに、碁の相手の王叔文がそうであったように、重く取りたてられたのである。

昨年——つまり、空海が入唐《にっとう》した貞元二十年八月、李誦は脳溢血《のういっけつ》で倒れている。

なんとかもちなおしてはいるが、身体の自由があまり利《き》かず、左手は、ほとんど動かすことができなくなっている。

しゃべることが、できるにはできるが、口がよくまわらない。

王伾は、呉《ご》の人である。

呉語——つまり、今日でいう上海語をしゃべる。当時では、それは田舎《いなか》の言葉であり、その訛《なま》りによって、よくからかわれた。

寝陋《しんろう》であった。

小男で、しかも醜《みにく》い。

自然に、筆談がうまくなった。

その才が、倒れた李誦に買われたともいえる。

しかし、実際に、新しい政策をつくるのは、翰林学士《かんりんがくし》として王叔文が所属している翰林院である。

つまり、実質的には、王叔文が、唐王朝の実権を握っていたことになる。

王伾も、李忠言も、午昭容も、王叔文の意見を皇帝に取りつぐための中間的存在ということになる。

すでに、王叔文は、悪評の高かった宮市を廃止し、長安という都の、言うなれば都知事ともいうべき京兆尹《けいちょういん》の李実《りじつ》を罷免《ひめん》してもいた。

堰《せき》の切れた水が、勢いよく流れ出すように、唐王朝の改革を、王叔文はやろうとしていたのである。


〝叔文は頗《すこぶ》る事に任じて自ら許す。微《いささ》か文義を知り、事を言うを好む〟


と『資治通鑑』にある。

自信家であり、学問もあって、弁舌がたくみであった。

この王叔文が、恵果を伴って、紫宸殿《ししんでん》にやってきたのは、午後であった。

七

順宗皇帝は、絹の垂れ幕に囲まれた寝台の上で、横になっていた。

身体の半身の自由が利かず、言葉もうまくしゃべれぬところへもってきて、心労が重なっている。

床には、胡《こ》の絨毯《じゅうたん》が敷かれ、窓からも絹が下がっている。

紫檀《したん》の机の上に、玉《ぎょく》とメノウで造られた、鳳凰《ほうおう》が置かれている。

細かい彫りもののある象牙《ぞうげ》——そこに彫られているのは神仙国《しんせんこく》である。古来より、名の知れた仙人が、羽化登仙《うかとうせん》したおりの国が、そこに描かれている。

胡の壺や、南海の貝、黄金の仏像。

水銀を溜めた水盤《すいばん》の上に、これもまた黄金で造られた亀が泳いでいる。不老不死の仙薬と考えられていた水銀と、長寿の象徴である亀の組み合わせだ。

贅《ぜい》を尽くした部屋であった。

その部屋の真ん中に、寝台があり、そこに、ぽつんと順宗皇帝が横になっている。

幕が揚《あ》げられ、順宗の姿が見えている。

寝台の横に立っているのは、宦官の李忠言であった。

「恵果様と、王叔文様が参られました」

案内をしてきた女官は、低めの声でそう告げると、静かにその場を去っていった。

王叔文と、恵果は、ゆっくりと部屋の中に入っていった。

部屋の外に、何人かの兵士が残っているが、そこにいるのは、王叔文、恵果、李忠言、そして順宗皇帝の四名だけである。

すでに、恵果を連れて来るという話は通してある。

「恵果様をお連れしました」

王叔文は、入口に近い場所に足を止め、うやうやしく礼をして、そう告げた。

「よい……」

順宗皇帝が、よくまわらぬ舌で、そう言った。

倒れてから、順宗は、短い言葉で用件のみを告げるようになっている。その短い言葉の意味を、聴き手が摑《つか》み損《そこ》ねると、途端に順宗の機嫌は悪くなる。

この場合の、

〝よい〟

というのは、近くに寄ってもよいという意味である。

王叔文は、恵果をうながして、前に歩を進めた。

「お具合は？」

足を止めて、王叔文は、李忠言に訊ねた。

李忠言は、慇懃《いんぎん》に会釈《えしやく》をし、

「お気持ちの方が……」

そう言った。

王叔文は、あらためて、順宗に向きなおった。

それを待っていたかのように、

「叔文よ……」

まわらぬ舌で、たどたどしく、順宗は言った。

「はい」

「やりすぎたな……」

そう言った。

王叔文は、すぐにその意味が理解できた。

皇帝が代《かわ》ってから、改革を急ぎすぎたのではないかと、順宗はそう言っているのである。

「は――」

黙って、王叔文は頭を下げた。

「急ぎすぎたのではないか」

順宗は、同じ意味のことを言った。

「恨んでいような……」

そうも言った。

これは、急な改革で、左遷《させん》をさせられた者たちのことについて言っているのである。

「李実などは、特にな……」

李実は、前皇帝である徳宗の時代——ついふた月前までは、この長安の京兆尹をやっていた人物である。

長安に蔓延《はびこ》る、汚職《おしょく》や収賄《しゅうわい》の中心人物であり、この李実が、唐の民を苦しめた。

改革派ともいうべき、王叔文、柳宗元、劉禹錫《りゅううしゃく》、陸淳《りくじゅん》、呂温《りょおん》、李景倹《りけいけん》、韋執誼《いしつぎ》などの敵が、この李実であったといっていい。

徳宗皇帝に、この李実が深く入り込んでいたからこその権力であり、その李実の下で、五坊小児《ごぼうしょうじ》たちの搾取《さくしゅ》や非道があったのである。

〝専《もっぱ》ら残忍を以《もっ》て政《まつりごと》を為す〟

と『唐書』にある。

虐政《ぎゃくせい》の主《ぬし》であり、邪魔な人間、気に入らぬ人間を、おおいに殺した。

この李実が、徳宗の死により、権力を失い、あらたに権力を握った王叔文たちによって罷免《ひめん》され、通州《つうしゅう》に左遷させられたのである。

通州の位階は正六品《しょうろくほん》。京兆尹が、従三品であることを考えれば、おおはばな降格である。

いずれは〝死を賜《たま》わる〟ための左遷であった。

李実の仲間の宮市や五坊小児の中からは、多くの者が、その非道を暴《あば》かれて誅殺《ちゅうさつ》されている。

民は、この改革に、おおいに拍手を送り、快哉《かいさい》を叫んでいる。

「李実は、諒闇《りようあん》中にも、何十人も殺しました」

王叔文は、声を低くして言った。

諒闇というのは、皇帝の死後、人々が喪《も》に服す期間のことである。

この間に、人を殺すことは重大な罪とされている。その罰は、死だ。

それを考える時、李実に対する人事は、少しも不自然ではない。

「李実の失脚を、民は悦んでおります」

「わかっておる」

順宗は、言った。

「朕《ちん》が言うのは、李実にしろ、誅殺された者たちにしろ、この朕を恨んでいるであろうということだ……」

「有り得ることかと思います」

王叔文は、慎重に言葉を選んで言った。

「彼等の仕業《しわざ》と思うか」

順宗は言った。

これは、自分の周囲《まわり》におこる怪しいできごとについて、一同が承知しているということを、前提にした話である。

自分の周囲に、不吉なことばかりがおこる、それは、この改革で誅殺された者や、あるいは李実たちによるものかと、順宗は問うているのである。

「彼等の誰かが、朕を呪っておるのか?」

順宗は、また、問うた。

「しばらく……」

そう声をかけたのは、これまで、黙って順宗と王叔文のやりとりを聴いていた、恵果であった。

前に一歩出、

「恵果にてござります」

頭を下げた。

「おう、恵果阿闍梨《あじゃり》か……」

「はい」

「よう来てくれた……」

順宗は、寝台の上に、上半身を持ちあげた。

李忠言が、絹でくるまれた枕を、順宗の背の下にふたつ、押し入れた。

上半身を起こしたかたちで、順宗は一同を見やった。

顔がやつれていた。

左半身が動かないため、表情までが堅い。

顔も、その左半分がよく動かないのである。

頬の肉が落ち、皮膚の色も、乾いて青白い。

豪奢《ごうしゃ》な、金糸銀糸の刺繍《ししゅう》の入った衣服に包まれてはいるが、それだけに、かえって、その肉体の精気のなさがよく目立っている。

眼に光がない。

ひと目見て、

〝これが皇帝か〟

そう思ってしまう。

なんと貧弱な……

そこにいるのは、ただの、皺の浮いた、今にも死にそうな病人であった。

四〇代。

まだ、老いるにははやいが、老人のように見えた。

「恵果よ、そなたは、どう思う」

順宗が問うた。

八

「こたびの粛清で、恨みを持った者の仕業かどうかということでござりまするか」

恵果は、順宗に言った。

「そうだ……」

「考えられぬことではありませぬが、この根、もう少し深いところにあるやもしれませぬ」

「そなた、何か、知っておるのか、恵果よ」

順宗の問いに、恵果は、苦しそうに眼を閉じ、

「はい――」

うなずいて、また、眼を開いた。

「何を知っておるのじゃ」

「それが……」

「申せ」

「これは、まだ、わたくしの想像にてござりますれば、今、ここで申しあげて、皇帝のお心を煩《わずら》わせるわけにはゆきませぬ」

「想像でよい。申せ。これは、他ならぬ我がことであるぞ」

順宗は、回らぬ舌で言った。

興奮のためか、その身体が、細かくぶるぶると震えた。

「わかりました。申しあげましょう。本日、ここに参りましたのも、それを申しあげる覚悟をしてのこと。しかし、その前に、ひとつ確かめたきことがござりますれば、それが済

んでからということでよろしゅうございましょうか」

「その確かめたきことというのは？」

「何者かの呪《しゅ》が、はたして本当に、皇帝に向かってかけられているのかどうかを、ここで確かめたいのです」

「ほう……」

「確かめて、もしもそのようなことがないのであれば、その後、わたくしが申しあげることは、嗤《わら》い噺《ばなし》としてお聴き下されたく」

「もし、呪があるとしたら？」

「この大唐国の秘事に関わることとして、心してお聴き下されませ」

「秘事とな？」

「はい。もとより、このわたくしも、全てを承知しているわけではありませぬ故、きちんと辻褄《つじつま》合った話となるかどうかはわかりませぬが、ともかく申しあげます」

「そのこと、他に知る者は？　叔文よ、そなたは知っておるのか？」

　順宗は、王叔文に視線を向けた。

「いえ。わたくし、まだ、それをうかがってはおりませぬ」

　王叔文は、額に、小さく汗の玉を浮かせて、頭を下げた。

「この話、実は、これまで誰にもいたしたことはございませぬ。唯一、知っていたのは、わが師不空阿闍梨さまでござりましたが、不空様も、他の方々もすでに鬼籍《きせき》に入っておりますれば——」

「鬼籍に？」

「玄宗《げんそう》皇帝、倭人《わじん》の晁衡《ちょうこう》殿、高力士《こうりきし》様……」

「なんと……」

順宗は、声をあげ、

「なんと……」

もう一度つぶやいた。

それほど、思わぬ名前であったのである。

「今より、五十年も昔のことにてありますれば、他の者も、全て、今は故人となっているはずでござります——」

「はずとな？」

「はい。しかし、もしや、まだ当時の事件に関わった者が生きておれば、その者が、今、この皇帝のお心を煩わせている呪を……」

「かけていると申すか？」

「ですから、それを、これから確認したいということでござります」

「できるのか？」

「はい」

「どのようにして」

「皇帝のお髪《ぐし》を一本、いただけましょうか」

「朕《ちん》の髪《かみ》をか」

「はい」

「どうする？」

「人の髪は、呪に対して、非常に敏感なものにてござりますれば、誰かに呪をかける場合も、そのかけられる本人の髪を利用すれば、その効果は倍増いたしますし、かけられていれば、その髪に、必ずや呪の影響が出ているはず。それを、これから調べようというのでござります」

「許す。髪など、十本でも二十本でも持ってゆけい。たやすいことじゃ」

「はい」

と恵果は頭を下げ、

「もっとお側《そば》に寄ってもよろしゅうござりまするか」

「よい」

言われて、恵果は、順宗の寝台の縁《ふち》まで歩いてゆき、そこに立ち止まった。

「お頭《つむり》をこちらへ」

「おう」

と答えて、順宗が頭を恵果の方へ傾ける。

「失礼いたしまする」

恵果は、両手を順宗の頭に伸ばし、左手を頭に添えて、右手の人差し指と親指で、一本の黒い髪をつまみあげた。

「抜きまするぞ」

つん、
と指を引いて、恵果は、順宗の頭部から一本の髪の毛を抜き去った。

恵果は、右手の人差し指と親指の間に、順宗の髪の毛を一本つまんで、数歩、退《さ》がった。

そのまま、横手にあった紫檀の机の前まで歩いてゆき、そこに置いてあった玉《ぎょく》とメノウで造られた鳳凰の像を脇へずらせた。

恵果は、左手を懐へ入れ、そこから、掌《たなごころ》に乗るほどの仏像を取り出した。小さな黄金の像であった。

羽根を広げた孔雀《くじゃく》の上に、ひとりの明王《みょうおう》が座している。

仏教の尊神《そんしん》である、孔雀明王像である。

「よく見えぬ。朕にも、それを見せい」

寝台の上から、順宗が声をかけた。

王叔文と、李忠言が、紫檀の机を持って、順宗にも見えるように、それを寝台の脇まで寄せた。

鳳凰像を李忠言が取り去ったため、机の上には、黄金の孔雀明王が、ぽつんと乗っているだけとなった。

　磨き込まれたその表面に、明王像の黄金色が映っている。

「これは、日頃、わたくしが経を唱える部屋に置かれていたものです。わたくしの前には、不空様が唱えておられました――」

　恵果は、その黄金像を示して、説明をした。

「不空阿闍梨が、天竺《てんじく》より持ち込まれたもので、像としてもたいへんに優れたものでございます」

「どうするのだ？」

「先ほど、皇帝よりいただきましたるお髪《ぐし》の一本を、この像の前へ置き、孔雀明王の真言《マントラ》を唱えまする」

「ほう……」

「もし、どのような呪も、皇帝が受けておられなければ、この髪の毛には、どういう変化もおこらぬでしょう」

「もし、受けておれば？」

「この髪が動きまする」

「動く？」

「はい。悪《あ》しき、念や呪の影響を、この髪が受けていれば、髪の毛は、この像より遠ざかろうとするように動くでしょう」

「本当か」

「はい。しかし、その動き、ほんの微《かす》かなものにてござりますれば、どなたも、わたくしが真言を唱えはじめたら動きませぬよう。動けば、お部屋の空気が乱れ、それが、この髪を動かすやもしれませぬ。まぎらわしきことを避けるためにてござります。同じ理由で、この机の上を熱心に覗き込んで、強い息をお吐きになりませぬよう、それを、皆様に申しあげておきたいと思います」

「あいわかった」

順宗が、神妙《しんみょう》な顔で肯《うなず》いた。

孔雀明王は、もともとは、天竺――インドの土着神である。

孔雀という鳥が、毒蛇や毒虫を食べることから、その能力を象徴するかたちで神となったものである。

毒蛇や毒虫に象徴される悪鬼や悪魔、病魔を駆逐《くちく》する力を持った神であり、それが仏教に取り入れられて、尊神のひとりとなった。

「では――」

恵果が、手にした順宗の髪を、静かに机の上に置いた。

恵果は、その両手で、孔雀明王を象徴する印を結び、静かに、低い声で、孔雀明王の真言《マントラ》を唱え始めた。

覚者に帰命したてまつる

真理に帰命したてまつる
教団に帰命したてまつる
金光明孔雀王に帰命したてまつる
大孔雀明妃に帰命したてまつる
さて成就した者よ
巧みに成就した者よ
解き放たれた者よ……

孔雀明王咒《くじやくみようおうじゆ》である。

マナシ、マーナシ、マハーマーナシ、アドブテ、アチャドブテ、ムクテ、ヴィムクテ、
モカニ、モカサニ……

その真言《マントラ》が唱えられた時——

「おう……」

声をあげたのは、王叔文であった。

「見よ」

紫檀の机の上に置かれた髪の毛が、動いたのである。

小さく、微かに、身をよじるように震え、黄金の孔雀明王像から、遠ざかろうとするような動きを見せたのだ。

人の息や、風による動きではない。

ごく微かにしろ、明らかに、意志あるもののように、それは動いたのだ。

無垢《むく》の者よ
不死なる者よ
不滅の者よ
死ぬことのなき者よ

ブラフム、ブラフマ、ブラマゴーセ、ブラマジェスセ、サーヴァトラプラティハーテ、ラクサ、マーム、スヴァーハ——

恵果の真言が続くにしたがって、驚くべきことがおこった。

髪の毛の動きが、大きくなったのだ。

まるで、細い、小さな蛇が、炎から遠ざかろうとするかのように、身をよじりながら、紫檀の机の上を、はっきり、這って動き出したのである。

「むう——」

真言の途中で、それを見ていた恵果も声をあげた。

「これほどとは——」

恵果自身も、こんなに髪が反応するとは考えていなかったのであろう。

よほど強い呪が、かけられているに違いない。

これを、順宗に見せたことを、後悔するような表情を一瞬、恵果は造ったが、すぐにまた真言の続きを唱えはじめた。

すでに、髪は、炎で、鉄板の上で炙《あぶ》られているように、そこでのたくっていた。

見ているうちに、さらにぞっとするような光景が、そこにいる一同の眼に入った。

逃げようとしていた髪の毛が、その意志を変えたように、動きを変化させたのである。

髪の毛は、逆に、黄金の孔雀明王像に挑むかのように、そちらへ向かって動き始めたのだ。

毒蛇のように鎌首《かまくび》を持ちあげ、本物の蛇のごとくに机の上を這い、なんと、黄金の孔雀明王像にからみつき、それを、締めあげたのである。

「おう!?」

王叔文は、腰を退《ひ》いていた。

濃い恐怖が、その顔に張りついている。

と——

ぽっ、と音をたてて、黄金の孔雀明王像に巻きついていた髪が、青い炎をあげて燃えた。

一瞬のことであった。

あっという間に、髪は燃えつき、白い煙を細くたなびかせた。

一同は、声も出ない。

「こ、これほどとは……」

恵果が、やっと、そうつぶやいただけであった。

順宗皇帝は、眼を剝《む》き、歯をかちかちと鳴らして、身体を震わせていた。

「わ、わしは……」

順宗は言った。

「このわしは、いったいどうなるのじゃ」

第二十六章　呪法宮

一

四月――

空海は、多忙であった。

本格的に、青龍寺《せいりゅうじ》へ入る準備をしているのである。

空海の準備というのは、語学であった。

梵語《ぼんご》と梵字――つまり、インド語について学んでいる。

天竺《てんじく》の言葉だ。

空海は、日本にいる時から、梵語も梵字も習得している。しかし、それは、天竺から唐という国を経て渡来したものである。充分なものではない。

密教の大系を日本へ持ち帰るつもりなら、秩序だった天竺の言語――サンスクリット語を学ばねばならない。

密教を己れのものにするなら、顕教《けんきょう》以上にサンスクリット語に対する、深い理解が必要になる。

唐語について言うなら、すでに空海は、唐人以上に堪能《たんのう》である。梵語についても、ひと通りは理解している。日本で顕教についてやってゆくなら、充分なものがある。しかし、密教の場合は、新しい分だけ、まだ唐語による理解は充分とは言い難く、梵語習得は不可欠といっていい。たとえば、唐語で言う涅槃《ねはん》について言うなら、これは煩悩《ぼんのう》が消えた状態を指すニルヴァーナという梵語の唐語訳として理解しておけばいい。しかし、これは本来天竺では、炎などを吹き消す、という意味で使用されているものである。

消える——ということと、消すというのとでは、意味あいが大きく違う。

日本では、この涅槃は、滅度《めつど》、寂滅《じゃくめつ》として理解されているが、これも、人の意志と行為が加わった、たとえば、煩悩の炎を、自らの意志によって、

〝消す〟

というのとでは、だいぶ違うのである。

このように、仏教用語となる以前の、本来の天竺語の意味までも自分の知識としておかねば、青龍寺に入ってから、また言葉の勉強をせねばならなくなる。

空海は、青龍寺に入る前に、まず、天竺語を自分の内部にきっちり叩き込んでおこうとしているのである。

何しろ、空海の言語能力は、普通ではない。

空海は、天竺の言葉を、西明寺《さいみょうじ》の僧である志明《しみょう》と、それから、大猴《たいこう》から学んでいるのである。

俗語に関しては、大猴とほぼ同様にしゃべることができ、仏教の専門的な部分についても、すでに志明を凌《しの》いでいる。

「空海先生は、前世は天竺の方《かた》だったんじゃありませんか」

大猴が、感心してそう言うくらいであった。

志明は志明で、空海の吸収の疾《はや》さには、もう、驚くより他はなかった。

仏教そのものに関する知識や、考え方についていうなら、空海の方が、志明より深いものがある。

志明は、天竺から唐にやってきた婆羅門《ばらもん》から直接に天竺語を習ったことがある。志明は、それを今、空海に教えているのである。

「貴僧、本当に倭国人《わこくじん》か？」

空海の呑《の》み込みの疾さにあきれて、志明は言ったことがある。

なまじ、自分が僧であり、インテリであるため、ここまで天竺語をしゃべれるようになるまでどれだけの時間とエネルギーを使ったかよくわかっているから、空海の凄《すご》さが理解できるのである。

柳宗元《りゅうそうげん》からの連絡は、しばらく途絶えている。

例の安倍仲麻呂《あべのなかまろ》が書いたという二通目の文《ふみ》が、本当にあるのかどうか、それを母親に訊ねているはずであった。

もし、あるものなら、すぐにもわかろうし、なければないで、それもすぐにわかるはずであった。

連絡がないのは、母親が、その文をまだ捜し出せないでいるか、あるいは、捜し出しはしたが柳宗元に渡せない事情があるかである。

もし、その文が、柳宗元に渡っているなら、柳宗元の方に、空海に連絡をとれない、あるいはとりたくない事情があるのであろう。

深夜——

空海は、灯火の下で、志明から借りた梵字の経典《きようてん》を読んでいる。

『摩訶般若波羅蜜多心経《まかはんにやはらみつたしんぎよう》』

それを、梵字で読み、梵語発音で読む。

低く、声に出している。

こうして読んで初めて理解できるものが幾つもある。

この『般若心経』で言えば、梵語で発音した時の空海の感想は、
これは、ようするに真言《マントラ》ではないか——

というものである。

それと同時に、
やはりそうであったか——

とも思っている。

やはり、これはマントラである。真言である。現地語で、現地語発音をした時に、それ

を思った。

あたりまえではないか——己れの心の裡《うち》で、そううなずく者もおり、真言《マントラ》以外の何物でもないと、再確認をしている自分もいる。

『般若心経』は、まず、この宇宙が何によって構成されているかを説く。それは、五蘊《ごうん》であると『般若心経』は言う。

色《しき》。

受。

想。

行。

識。

これが五蘊である。

五蘊のうち、色というのは、物質的な宇宙全てのもの、存在を言う。受、想、行、識という四っつのものは、いずれも人間の側——この宇宙を眺める側に生ずる心の動きだ。つまり、『般若心経』は、

〝存在というのは、その存在するものと、それを眺める心の動きがあってはじめて存在する〟

と言っているのである。

そして、凄いのは、それらの全てが、実は〝空《くう》〟であると言いきっていることである。

色即是空《しきそくぜくう》
空即是色《くうそくぜしき》

なんというダイナミズムか。

この世のありとあらゆるもの、人や馬や牛などのような動物から、虫や花や草、あるいは水や空気や風、石、空《そら》、山、海、大地、それ等のものの、本質的な相は、空《くう》であると『般若心経』はいうのである。

人の心の作用、男が女を愛《いと》しいと想う気持、女が男を愛しいと想う気持、喜びや哀しみすらも、空《くう》であるというのである。

人の行為も、想いも、全て空《くう》である——

と、『般若心経』は、高らかに宣言する。

それは、正しい。

みごとに、認識として完結している。美しい。

しかし、さらに凄いのは、その完成し、完結したものについて、

〝それがどうした〟

『般若心経』自らが、そう叫んでいる。

色、即ち、空——

だが、それがどうした。

色が空であるというそのような知恵、そのような美、あるいは知恵の完結を、どうでもいいとでも言うように、『般若心経』は、その最後で高らかに叫ぶのである。

マントラを。

羯《ガ》諦《テー》　羯《ガ》諦《テー》
波《ハ》羅《ラ》羯《ガ》諦《テー》
波《ハ》羅《ラ》僧《ソー》羯《ガ》諦《テー》
菩《ボー》提《ディ》
薩《ス》婆《ヴァー》訶《ハ》

この世の真理を、理によって説きながら、ある場所から一転して、いきなり、『般若心経』は、このようなマントラとなるのである。

この宇宙における真理すらも『般若心経』は、このマントラの中《うち》にからめとってしまうのである。言うなれば、このマントラこそが、『般若心経』という経の本体であると、マントラ自身が叫んでいるのである。

この最後の真言は、全ての生命、全ての存在が、等しく大声で大合唱するべき部分である。

『般若心経』を唱えてゆく。

マントラの部分にさしかかると、まず、近くにある文机《ふづくえ》が、空海のその声に唱和《しょうわ》する。

羯諦　羯諦

と空海が唱えれば、文机や、その上にある筆が、

羯諦　羯諦

と唱和し、

波羅羯諦

と空海が唱えれば、

波羅羯諦

と、部屋自身、天井、壁、床、やがては建物自体が、唱和する。

さらに空海が、

波羅僧羯諦

と唱えれば、庭の草や、虫や、牡丹《ぼたん》の花や、牛や馬、鳥までもが一緒になって唱和し、あらん限りの大声で、

波羅僧羯諦

と叫ぶ。

空海が、

菩提

薩婆訶

と唱えれば、それに、あらゆる生命が唱和し、微生物や、黴《かび》、細菌までが唱和し、さらには、山や、川や、海、この天地や宇宙までがそれに呼応し、共に唱和する——そんな気がするのである。

この世に存在するあらゆるものたちが、空海が読む真言に合わせ、

菩提！

薩婆訶!!

言い終えたら、その身がちぎれてしまいそうなほど力を込めて、肉体から魂《たましい》を吐き出すような勢いで、叫ぶのが聴こえてきそうな気がする。

この宇宙が、ひとつになって震えるようなその大合唱の響きを、空海はその耳に聴くのである。

「凄いな、空海——」

橘逸勢《たちばなのはやなり》がいれば、そう言いそうなほどの合唱が、空海の耳に残っている。

すでに、逸勢は、西明寺にいない。

別の坊《ぼう》の、儒学生《じゆがくせい》が寝泊まりする宿舎《しゆくしや》に入っているのである。

逸勢がいない分、仕事が捗《はかど》りはしたが、いれば、常に相槌《あいづち》を打ちながら、空海自身が自分の考えを纏《まと》めるおりには、極めて重要な役割を担《にな》ってくれるだろう。

逸勢という存在を傍《かたわら》に置いて思考する癖がついてしまい、いなくなった今でも、空海は、自分の心の裡に、逸勢を思い描き、自分の考えをまとめるようになってしまった。

空海の裡の逸勢が、空海の唱える『般若心経』に、

〝凄いな〟

と、声をあげる。

経典を文机の上に置いて、空海は、横手にある窓を開けた。

夜気《やき》が入り込んで、灯火を揺らした。

すでに、初夏の風である。あちらこちらで葉を広げはじめた新緑と樹木の芳香が風の中に溶け出している。蜜のような夜気であった。

明日は、白楽天《はくらくてん》が訪ねてくることになっている。

牡丹を観《み》に、西明寺までゆく。時間があれば話をしたい。なければ、牡丹だけ観て帰る

——そういう内容の文が届いたのである。

西明寺は、昔から牡丹の名所として知られていた。牡丹の時期ともなれば、長安中から人が境内《けいだい》を訪れる。

宮廷《きゅうてい》内に出入りをする貴人や麗人も多い。

古来より、唐国の人間が牡丹を愛《め》でること、他の花にない強いものがある。唐の人間が、牡丹という花によせる特別な感情は、日本国の人間が桜に寄せるものと似ていなくもない。

長安のあちらこちらの寺や庭園で、牡丹が咲き揃う頃になると、長安中が浮かれたよう

になる。

空海が、白楽天の名を知ることになったのも、この牡丹が縁となっている。

白楽天が、友人との別離に際して、牡丹の頃、この西明寺を訪れ、詩を書いた。それを、志明から見せられたのが、最初である。

すでに、西明寺の牡丹は盛りであり、昼は多くの人が境内を訪れる。

空海にとっても、初めて長安で見る牡丹である。

赤や紫、白、薄い桃色——その中間にある、ありとあらゆる色。それらの花びらを、惜し気もなく開かせ、無数の牡丹が、絢爛《けんらん》として、初夏の微風に揺れる様は、壮観であった。

その、昼の艶《あで》やかさを想うと、牡丹の花の色が、夜気に溶けて、闇が仄《ほの》かに色づいているような気さえする。

その時——

空海はその気配に気づいた。

庭の方に、誰か人の気配があるのである。

ことさらに、自分の気配を隠そうとしているわけでも、逆にそれを見せようとしているわけでもないらしい。

ごく自然に、人の気配がある。

動いている。

その気配がである。

動いてはいるが、移動はしていない。

そういう気配である。

はて——

空海は、顔をあげて、窓から外を見やった。

夜の庭が、そこにある。

月光が、天から降りてきて、深い水底《みなそこ》のように、風景がそこに静まりかえっていた。

確かに、気配がある。

いつか、丹翁《たんおう》に呼ばれた時のものとはまた別の……

空海は立ちあがった。

二

月光を受けて、牡丹の葉や花が、青《あを》あをと夜の底で光っている。

その花の群の中を、空海は、静かに歩き出した。

衣の袖や裾が、牡丹の花や葉に結んだ露《つゆ》に触れて、しっとりと重くなっている。

露の重さというよりは、花びら自体の重さで、たわわな果実のように、牡丹が頭《こうべ》を垂れている。

その間を、空海は静かに抜けながら歩いてゆく。

深夜——

起きている者は誰もいない。

澄んだ闇が、静まりかえっているばかりであった。

牡丹は、闇の中に、なお彩《あや》な色を立ち昇らせている。

香るような色だ。

桃や梅のような香りはないが、牡丹は、香りの代《かわ》りに、この色彩をその身にまとわりつかせているらしい。

闇の中でも、梅が匂うように、牡丹は、闇の中でもその色彩が見えるようであった。

と——

経堂《きょうどう》の手前——奥庭のあたりに、動くものがあった。

人の影だ。

人の影が、ゆるゆると動いている。

何をしているのか。

動いてはいるが、移動しているのではない。

その人影は、舞っているのである。

女のようであった。

月の光に、その髪が銀色に光っている。

宮廷人のような、きらびやかな衣《きぬ》を纏い、その女性は舞っていた。

月光の中へ、腕がしずしずと昇ってゆき、白い手がひらりと返り、指先が月光と共に降りてくる。

身体が、ゆらりと回って、足があがり、とん、と地を踏む。

今にも、その身体は、月光に吸いあげられ、天に昇ってゆきそうであった。

天上へ昇ろうとして、しかし、昇ることができない……

天女が、天を恋うるがごとき舞であった。

空海は、声をかけずに、沈黙したまま、途中で立ち止まり、その舞を眺めていた。

その女性は、空海に気づかない。

自分の舞の中に、心も身体も埋もれて、自らが創りだす舞そのものに成りきっているようであった。

空海は、ことさらに姿を隠そうとはせずに、歩を進めて、その女性に近づいた。

と――

空海は、そこで気づいていた。

その女性が、若い女性ではなく、老女であることに。

月光の中で舞っているのは、歳経《としへ》た老女であったのである。

しかし、何故、もう少し前からそのことに気づかなかったのか。

夜とはいえ、月光の明るい晩である。

普通ならそれとわかる距離まで近づいていながら、ずっと、その女性が若い女性であると思い込んでいたのである。

踊りの動きは、老女のそれではない。

若い女性のそれであった。

その動きに惑わされたのか。

今、よく見れば、髪が銀色に光るのは月光のためばかりでなく、白髪であるからとわかる。その顔に浮いた皺《しわ》も見える。深い皺であった。頰の肉や皮がゆるんで垂れている。

老婆――それも、かなりの高齢である。

しかし、老女とわかってもなお、
美しい――

空海の眼に映るのは、その舞の美しさのみである。

これだけ、歳のいった人間が、これだけの動きができるのか。

いったい、どうして、この老女は、こんな時間にこんな場所で舞っているのか。

あたかも、歳経た牡丹の精が、月光に呼ばれて現世に召喚《しょうかん》され、請《こ》われて古《いにしえ》の舞を舞ってみせているのか、あるいは、月の光の妖しさに自ら耐えかねて、姿を現わしたのか――

その時――

「おい、空海よ。おれだ、逸勢だ」

後方から声がかかった。

空海が振り返ると、後ろの牡丹の繁《しげ》みの中に、橘逸勢が立っていた。

「いい晩だなあ、空海よ。月があまりに美しいものだから、おれも牡丹を見に出てきてしまったよ」

空海が、その声を逸勢の声と聴き、その姿を逸勢の姿と見たのは、一瞬であった。

「どうだ、一緒に牡丹でも眺めるか――」

逸勢の声ではなかった。

女が、男の装束を着て、男の声色を真似てしゃべっているのである。

しゃべっているのは、唐語である。

逸勢ならば、

〝おれだ、逸勢だ〟

とは言わない。

わざわざ逸勢だと言ったのは、呪《しゅ》を空海にかけるためである。

それに、ふたりきりでいる時に、逸勢が唐語で声をかけて来はしない。

瞬時に、空海はそこまで理解していた。

たとえ、一瞬にしろ、その声を逸勢の声と聴き、その姿を逸勢の姿と見たのは、夜ということもあるにしろ、先ほどまで、自分の内部で逸勢の役を、空海自身の心の一部がやっていたからである。

それにしても、どれほどわずかの時間であれ、空海に、自身を逸勢と見せたのは、なかなかの験力《げんりき》の持ち主であると言えた。

舞っていた老女とは別の女――まだ若い。

「女――」

空海が言うと、ふいに女の表情が堅くなった。

「さすがでござりますなあ、空海様――」

女が普通の声にもどって、言った。

「常人であれば、たやすくたぶらかされておるところ」

「何故、このわたしに呪をかけようとしたのですか？」

「必要がございましたのさ」

「必要？」

「しかし、その必要も、もうなくなりました……」

言い終えて、ざわっと、牡丹の花を揺らして、女が身を翻《ひるがえ》した。

牡丹の繁みの中を、向こうへ走り去ってゆく。

空海は、その後を追おうとしたが、それをやめた。女が、何もせずに立ち去ろうというつもりなら、それにこしたことはない。

追っても、どういう危険が待っているかわからないからだ。足には、自信がある。追うだけならなんとかなろうが、途中、襲われたりしたら、危ない。

空海自身は、身にどのような武器も帯びてはいない。

むこうが、空海を待ち伏せて、剣か何かで向かってきたら、身が危《あや》うい。

一歩、足を踏み出しかけて、空海はそれをやめ、さっきまで老女が舞っていた場所に眼をやった。

すでに、そこには、老女はおろか、どういう人影もなかった。

なるほど——

空海は合点《がてん》した。

必要というのは、このことであったのか——

庭で踊っていた老女が姿を消すまでの時間稼ぎであったか。

しかし、それにしても、何故、あの老女が庭で舞っていたのか。

女と、あの老女との関係は？

空海の身の回りで起きている、あの一連の事件と、いったいどのような関連があるのか。

ふむう——

空海は、夜気の中で、小さく息を吐いた。

周囲を見回しても、女の姿も老女の姿もない。

牡丹の花が、月光に濡れたように光っているばかりであった。

三

「思うようにはゆかぬものだなあ……」

空海の前で、そう言っているのは、橘逸勢である。

今朝、久しぶりに、逸勢が空海を訪ねてやってきたのであった。

逸勢は萎《しお》れている。

元気がない。

儒学生として入門を果たし、いよいよ、本来の入唐《にっとう》の目的に沿った生活を始めることになったのだが、苦労が多いらしい。

「おれもな、まさか『論語』だけ読んでおればよいと思うていたわけではないがな。どうにも学問以外のことで気を遣わねばならぬことが多すぎるのだ」

「金だろう」

と、空海が問うた。

「そうなのだよ。金が掛《かか》り過ぎる。入学金だの何だのので、表むきの金が掛るだけでなく、入学のためにはつても必要なのでな、色々と人を紹介してもらうその度《たび》に金が掛るのだ」

逸勢は、頭を掻《か》いた。

「用意してきた銭のうち、三分の一を、すでに使うてしもうた。これでは、とても二十年はいられぬ」

かといって、働いていては学問がならず、学問ばかりしていたのでは、金が尽きてしまう。それで、逸勢は困っているらしい。

「前にも言ったがな、おれは、あの国では、そこそこの評判もあったのだ。逸勢は見どころがある、眼元に才のきらめきがあり、書を書かせればこれまたみごと、漢籍にも通じている……しかし、この国へ来てみればだ、おれくらいの才はごろごろといる。それに、書の才よりは、世渡りの能力の方が必要なのがこの国だよ――」

逸勢は、溜め息をついた。

「おれもなあ、空海よ。自分がどのくらいの者であるか、そのくらいはわかる。自分のことがわからぬくらいの、そこまでの愚者《ぐしゃ》ではないぞ。しかし、だからこそおれは困っているのだ。なまじ、そこそこの才はあるものだから、自分のことが見えるのだよ。おれは、あの国では小利口《こりこう》な奴を見ては、よく莫迦《ばか》にしてきたものだ。藤原葛野麻呂《ふじわらのかどのまろ》などもそのくちだよ。血筋で、あそこまでの役についただけのことよ。しかし、今度は、おれは、おれが奴らのことを見たのと同じ眼で、おれを見なければならない。いや、もう見ているのだ。この国へ来てみて気がついたのだが、所詮《しょせん》は、おれも奴らと同程度の人物であったということだ」

逸勢は、正直に、己れの心の裡を空海に吐露《とろ》している。

しかも、かなり正確に自身について見つめてもいる。

「小さな池に棲《す》んでいた魚が、いきなり大海の中へ放り出され、さあ、自由に好きなところへ泳いでゆけと言われても、結局、もとの池の大きさのうちでしか、泳げぬのと同じだ。しかし、空海よ、おまえは違う――」

逸勢は、空海を真顔で見つめ、

「おれには、あの国が似合っている」

　そう言った。

「しかし、空海よ。おまえにはこの国が似合っているのではないか」

逸勢は、空海を見つめている。

「おれは、おれがあんなに莫迦にしていたあの国が、今は恋しくてならないのだよ」

逸勢は、床の上に、ごろりと仰向《あおむ》けになった。

頭の下に両腕を組んで、天井を見上げている。

「あと、二十年か……」

逸勢は、気弱になっている。

「おれも、晁衡《ちょうこう》どののように、この国で、日本国に帰れぬまま、果つることになるのだろうかなあ」

「帰ればよい……」

　空海が言った。

「帰る?」

逸勢が、また身を起こした。

帰ればよいと空海が言ったその言葉は、逸勢に対して、冷たい言い方をしたわけではない。

口調は、静かで、穏やかであった。

感情を抜いて、心の中にあったものだけを口にしたもののようであった。

「以前にも、そのようなことを言っていたような気がするが、帰るといったって、日本から船が来ぬことにはどうしようもないぞ」

「来るさ。おそらくな」

「いつ？」

「まあ、早ければ来年、遅くとも二年後には来るだろうよ」

「まさか」

「あり得るぞ」

「何故？」

「藤原葛野麻呂に呪《しゅ》をかけておいた」

「呪？」

「徳宗《とくそう》皇帝が崩御《ほうぎょ》されたではないか」

「それは知っている。しかし、それがどうして呪なのだ」

「それは呪のもとよ。おれがかけた呪というのは言葉だ」

「言葉？」

「葛野麻呂の帰るおり、馬で渭水《いすい》まで出かけたろう」

「うむ」

「あの時、馬を寄せて、おれは葛野麻呂にこう言ったのだ」

「なんと?」

「仮にも大唐国の皇帝が崩御されるおりに、日本国の使節が居合わせたのです。まさか、このまま、おすませになられるおつもりではございませぬでしょうな——と」

「というと?」

「帰りたれば、帝《みかど》にこのこと御報告し、衣冠《いかん》あらため、それなりの礼をもって、帝からのおくやみの言葉を、順宗《じゅんそう》皇帝に申しあげねばなりませぬでしょう。そうせねば、日本国の朝廷《ちょうてい》は、礼も知らぬとこの国の者に笑われましょう。このこと御承知でありましょうな」

「むむう」

「速《すみ》やかなる御処置を——とまあ、そのようなことを、おれは、葛野麻呂に言うたのさ」

「凄いではないか、空海」

逸勢の声に、喜悦《きえつ》の色が混じった。

「いずれ、誰かが船でやって来よう。そのおりに帰りたくば、急げ、逸勢——」

「何を急ぐ?」

「自身が為すべきことを為すよう、急げということだ——」

「——」

「おれは——」

と、空海は、胸を反らせるようにして逸勢を見た。

「おれは、それまでに、密《みつ》をまとめて手に入れねばならぬ」

「できるのか、そのようなことが――」

「やってみるさ。おれに天運があるならばな」

「天運だと?」

「言葉の綾《あや》さ。天運を信ずるというのは、己れが天に愛されていることを知っているということだからな」

「おまえは、愛されていると思っているのか」

「天があるとするならな」

「あるとするなら?」

「おれに興味を持つであろうな」

「興味だと?」

「おれだったら興味を持つ」

「おれだったらだって?」

「おれが天であったらということだ」

「なんという喩《たと》えをするのだ、空海よ」

「おれが天であれば、おれは、おれのことを知られたいと思うだろうな。見られたいと」

「どういう意味だ?」

「たとえば、おれがやろうとしているのは、この宇宙を観《み》ることだ。仏法をもってな」

「仏法?」

「仏法のうちでも、最良のものである密をもって、おれはこの天を観ようとしているのだからな」

空海は、からからと明るく笑った。

「意味がわからんぞ」

逸勢は、口を尖《とが》らせる。

「おまえ、書を書くであろうが」

「うむ」

と、逸勢はうなずいた。

「書がうまく書けた。それを誰にも見せずにそのままにしておくか」

「いいや、誰かに見せたいと思うだろう」

「誰でもいいというわけではあるまい」

「うむ。できれば、書を能《よ》く理解する者に見られたい」

「見られたら?」

「うまいと、褒《ほ》めてもらいたいだろうな」

「褒められれば嬉しいだろう」

「むろん」

「それと同じなのだ」

「何が同じなのだ」

「いいか、書とはすなわち逸勢よ、おまえの才能と技術のことだ。それを褒められるというのは、おまえ自身を褒められるということなのだ」

「――――」

「天も同じよ。この世に存在する現象は、全てこの天によって生ぜしめられたものだ。言うなれば、天によって書かれた書ではないか」

「ううむ」

「おれは、密によって、天のお書きになった書を観、それを褒めようとしているのだ。素晴しいと。そして、その天が素晴しいという教えを広めようというのだ」

「――――」

「この、天というは、人というのと同じぞ。人があるから、天がある。人が観ることによって、初めて、天は存在をするのだと言ってもいい。天を素晴しいと言うは、人そのものを素晴しいと言うのと同じことなのだ。これが、密の教えの根本だ。あとのことは、皆、その本質が纏《まと》った衣装にしかすぎぬ」

「――――」

すでに逸勢は、言葉もない。

あきれた顔で、空海を眺めている。

「天に意志あらば、おれを生かすであろう」

空海は、こともなげに言い放った。

「まったく、なんという男なのだ。おまえには、この大唐国も狭いのではないか」

笑いながら、逸勢は言った。

「同じさ」

「同じ？」

「倭国にあろうが、この大唐国にあろうが、同じ天の裡におれはいる」

この地上のどこにいようと、仏法というひとつの法則によって、自分も宇宙も、深々と貫かれているのだと空海は逸勢に言った。

「いやはや、まったく――」

逸勢は、笑いながら、溜め息をついた。

「どうだ、逸勢よ」

空海も、微笑しながら逸勢を見た。

「どうとは？」

「少しは元気が出たか」

「そういうことか、空海よ」

空海は笑った。

逸勢は、苦笑いしながら頭を掻いた。

「しかし、今言うたは、嘘ではないぞ」

「というと？」

「藤原葛野麻呂に、言ったというのは本当さ。おそらく、いずれ、日本国から船が来るだろう」

「うぅむ」

「まあ、いいさ。船など来ても来なくても、おれはおれのやることをやるだけのことだ」

空海がそう言った時、外から声がかかった。

「空海先生、白楽天さんがお見えですよ」

大猴の声だった。

四

白楽天は、卓を挟んで、空海と逸勢と向かいあっている。

卓の上には、飲みかけの茶の入った碗が三っつ。

牡丹のことやら、会わぬ間のこもごものことなどを、今、ひと通り話し終えたところであった。

「では、あれきり、どういう決着もついていないと言われるのですな」

白楽天は、神経質そうに視線を動かしながら、空海に言った。

「そうです。あのままです」

さすがに、空海も、あの安倍仲麻呂の文のことは、まだ、白楽天に話をしていない。

それを言うのならば、柳宗元に事前に許しをもらう必要があるからだ。

しばらく沈黙があった。

白楽天は、窓の外を見やった。

窓の外には、牡丹の咲き揃っている庭が見えている。

花見客たちが、花の間を行きかう姿がある。

「実はですねえ、空海さん……」

窓の外に眼をやったまま、白楽天は言った。

「何でしょう」

「私は今、迷っているのです」

「何をですか」

「あることについて、決断をしかねているのですよ」

「あること?」

「実は今、私は、ひとつの長い詩を書こうとしているのですが――」

「存じあげてますよ――」

「え?」

「漢皇色《かんこういろ》を重んじて傾国《けいこく》を思う……」

空海は、詩の韻律《いんりつ》にのせて言った。

「御存知でしたか?」

「胡玉楼《こぎょくろう》で、あなたが書きかけにしておいたものを眼にいたしました」

「その詩のことです」

「はい」

「玄宗《げんそう》皇帝と、楊玉環《ようぎょくかん》の物語なのですが――」

「それが、どうかしましたか」

「ふたりの悲恋物語については、御存知でしょう」

「ええ」

「それで困っているのです」

「――」

「あれは、たいへんにひどい話ではありませんか」

「確かに」

空海はうなずいた。

玄宗皇帝が、自分の息子の嫁を奪ったことになる。

しかも、歳が三〇歳以上も離れており、玄宗皇帝は老人である。

楊玉環――つまり、楊貴妃に溺《おぼ》れて、政治《まつりごと》がおろそかになり、安史《あんし》の乱をまねき、長安から逃げ、その最中に、自ら、楊玉環を殺す命を下すのである。

記録ではそうなっている。

「楊玉環は、幸福であったでしょうか」

白楽天は言った。

「玄宗皇帝は、幸福であったでしょうか」

空海も、逸勢も答えない。

白楽天がしゃべり出すのを待っている。

楊玉環の家族は、安史の乱のおり惨殺《ざんさつ》され、玉環自身も高力士《こうりきし》によって縊《くび》り殺された

——そういうことになっている。

「このことをどうしても書きたいのですが、私はふたつの心に引き裂かれているのですよ

——」

「ふたつの心？」

空海が訊《き》いた。

「当然、あったであろうふたりの心の裡の怒りや、哀しみや憎しみ、そういうものを主軸にして書くべきなのか、あるいは——」

「あるいは？」

「あるいは、そういうものを隠して、表面上はあくまでも美しい悲恋の物語とすべきなのか——」

すでに、白楽天の視線は、空海にもどっている。

「難しい問題です」

「私自身は、今は、これを正直に、怒りと哀しみと、憎しみに満ちた話にしようと考えて

いるのですが──」

「────」

「しかし、私はまだ、それを選べないのですよ。いずれ、今、あなたや、私が直面していることが、なんらかの決着をみるまでは、この結論を出せないのです」

五

「空海さん」

と、白楽天は言った。

白楽天は、自分の胸に手をあて、

「私の心の中には、様々なものが溢れています。ああ、私は、それをどう言えばいいのでしょう」

白楽天は、狂おしげに身をよじるように空海を見た。

「名前はまだない、たくさんの生き物です。獣や、花や、蟲《むし》や、さらには、それよりももっと得体の知れないものたちです。わたしは、彼等を言葉という檻の中に誘いこんで、名づけてゆかねばなりません……」

それらの生き物が、自分の肉体の奥で、妖しい燐光《りんこう》を放っている。まだ名前のない、森の奥をさまよう動物たち。あるいは深海の生物──

それ等の生き物たちは、互いに捕食し合い、あるものは消滅し、別の生き物の内部に取り込まれてゆく。あるものは成長し、捕食した生き物に自らの身体を似せながら、より大きな生き物となって白楽天の裡《うち》にある夜の森を歩く。またあるものは、白楽天の心の裡にある深海を、泳ぐ。それらが、いったいどのような形状をしているのか、どのような名を持ったものなのか、白楽天にはわからない。

黒ぐろと身をくねらせながら、白楽天の肉体の深みを泳ぐ、巨大なもの……

「私は、濃すぎるのかもしれません」

白楽天は言った。

「濃すぎる？」

空海が問うと、

「情がです」

白楽天は、喉《のど》の奥に刺さった針を、なおも呑《の》み込もうとするかのように、唇を歪《ゆが》めながら言った。

「情が強《こわ》すぎるのです」

「――」

「私は、厨房《ちゅうぼう》の汚れや汚物の汁を吸い込んで、そこに置かれたままになっている襤褸《ぼろ》雑巾《ぞうきん》ですよ」

「――」

「早くこれを洗い落として、楽になりたいのです」

「それはつまり、詩を創るということですね——」

「はい」

白楽天はうなずいた。

「この心の裡のものを、みんな詩にしてしまえば、楽になるかと思うのですが——」

「楽にならない？」

「なりません。書いても書いても、減らないのです。楽にならないのです。酒ばかり飲んでしまう。わたしは汚れと酒でずぶ濡れになった雑巾のようなものです」

白楽天は、真面目な顔で、微笑してみせた。

その微笑が止まった。

白楽天の前に鏡があって、その鏡に映っている自分の表情に気づき、ふいに我にかえったかのようであった。

「つまらないことを言ってしまいました……」

白楽天の唇に数瞬浮かんでいた微笑が消え、いつものむっつりとした表情になった。

「愚痴《ぐち》はよしましょう。いいことはひとつもない」

気をとりなおしたように、白楽天は空海を見やった。

「ところで、空海さん。宮中のことについては、もう、お聴きおよびですか——」

「どのようなことですか」

「皇帝の身のまわりに、何やら妖しいことが起こっているらしいのです」

「妖しいこと？」

「楽士の弾いていた月琴《げっきん》の弦《つる》が、いっぺんに切れたり、蠅《はえ》が皇帝にまとわりついたり、猫が口を利《き》いたり……」

「猫!?」

「ええ」

白楽天はうなずき、

「しばらく前には、青龍寺の恵果阿闍梨《けいかあじゃり》が、宮中に入って、皇帝とお会いになったようです」

「恵果阿闍梨が」

「はい」

「知りませんでした」

そう言えば、ここしばらくは、柳宗元《りゅうそうげん》からも連絡がない。

晁衡《ちょうこう》——つまり、安倍仲麻呂の第二の文《ふみ》の件で、いずれ知らせがあるはずなのだが、宮中でそのような事件がもちあがっているとするなら、それどころではないのかもしれない。

「空海さん、これは、あなたが知っておいた方がよいことだと思いましたので、お話ししたしました」

白楽天は、空海の眼を、上目遣《うわめづか》いに見あげた。

眼という小穴から、空海の心の裡を覗《のぞ》き込もうとするような眸《め》であった。

そういう状態がしばらく続いた。

空海は、黙《もく》したまま、白楽天が覗き込むままにしている。

やがて――

「空海さん」

白楽天は、言った。

「あなたにも、色々な事情がおありでしょう――」

「――」

「しかし、そういう事情が許される時が来たら、御存知のことは、全て私に話していただけますね」

「はい」

空海がうなずくと、

「では、失礼します」

白楽天は立ちあがっていた。

「少し、気持が楽になりました。これで帰らせていただきます――」

白楽天は、短い別れの挨拶をすませ、空海の許《もと》を辞《じ》していった。

六

「なんだか、息がつまるような男だったなあ、空海よ」

白楽天がいなくなった後、ほっとしたように逸勢は言った。

「あの男がいると、疲れる」

逸勢は、それまで黙っていたのが嘘のように饒舌《じょうぜつ》になっていた。

「それにしても、何だって、あの男はここまでやってきたのかなあ、空海よ――」

「心がまとまらないからだろう」

「心が?」

「自分のやりたいことが、思うにまかせぬ時には、誰だって、皆、あちらへ行ったりこちらへ行ったりして、じたばたするのさ……」

「玄宗皇帝と、楊玉環のことについて、詩を書きたいと言っていたな」

「漢皇色を重んじて傾国を思う……」

空海は、白楽天が創ろうとしている詩の一節を諳《そら》んじてみせた。

「漢皇か――」

「漢皇が色狂いされて、美女に夢中になっている――ということだな」

「しかし、何故、漢皇なのだ」

「────」

「漢皇といえば、この唐よりもっと前の朝廷である漢の皇帝のことではないか────」

「ああ」

「しかし、白楽天が書こうとしているのは、玄宗皇帝と楊貴妃のことではないか」

「うむ」

「唐王朝のことなのに、なぜ漢皇なのだ。唐皇、あるいは唐帝とでもすべきではないのか────」

「楽天殿は、気を遣《つこ》うておられるのさ」

「気を？　誰にだ？」

「今の唐王朝にさ」

「────」

「まさか、いきなり、唐の皇帝が色狂いされておられるという詞《ことば》で始まる詩を、今の時世で世に問うというわけにもゆかぬだろうさ」

「しかし、読めば、そのくらいはわかってしまうだろう。わかってしまえば同じではないのか」

「同じではないさ」

「何故だ」

「噂話でもそうではないか」

「噂話？」

「ああ。話をする方が気を遣って、これは、他《よそ》の土地の誰それの話だがと言っているところへ、本人がやってきて、これはどういうことだと文句を言ってみろ――」

「その話はおれのことだろうと、本人が言っているようなものか」

「その通りさ」

「うむ」

「よほど、眼に余るものでなければ、放っておくだろうよ」

「なるほど――」

逸勢はうなずいてから、

「あの男、秘書官だったな」

そう訊ねた。

「そうだったと思うが」

「役人が詩を書く、か……」

逸勢が、溜め息と共に言った。

「どうした？」

「あの男を見ていると、なんだかおれは、自分自身を見ているような気がするよ」

「ほう」

「おまえが言うことも、あの男のことも、おれはよくわかっているよ……」

逸勢は、自嘲《じちょう》めいた口調で言った。

「思うにまかせぬ時は、どうにもこうにもしようがなくなって、心がとげとげしくなってしまう……」

「――」

「他人に、優しい言葉をかけてやるのもつい忘れてしまう……」

「――」

「あの、李白翁《りはくおう》のごとき、溢るるばかりの才があれば、まるで唇から泉の水が滾々《こんこん》と零《こぼ》れ続けるように詩を生み出すこともできようが――」

「できようが、なんだ」

「あれほどの才をもってしても、李白翁は、出世ということから考えれば、不遇《ふぐう》であったのではないか」

言ってしまってから、

「いかんなあ、空海よ」

逸勢は、頭を掻いた。

「おれは、どうも、人を、才能だとか、出世だとか、そのようなもので量《はか》ってしまう。考えてみれば、人の一生が、幸福であったか不幸であったかなぞ、量れるものではないではないか。だがなあ、それでもなあ、空海よ、おれは、李白翁や、玄宗皇帝や、貴妃殿が幸福であったかどうか、気になってしまうのだよ――」

「正直な漢《おとこ》だなあ、逸勢よ」

「おれがか」

「うむ。普通、人は、他人にそのようなことは言わぬものだ」

「他人ではない。空海、おぬしだから言ってしまうのだ。ところで、宮廷で、妙なことが起こっていると、楽天殿は言っておられたな」

「うむ」

「猫と蠅か」

「いよいよ、何やら動き始めたようだな」

「何がだ？」

「五十年昔に、終らなかった何かがだ——」

空海は言った。

「五十年以上も、終らなかったものか」

「ああ」

「玄宗皇帝も死に、晁衡殿も死に、高力士殿も死に、李白翁も、黄鶴《こうかく》も、そして、貴妃殿も死んで、まだ、何が終ってないと言うのだ、空海よ」

「人の……」

「人の？」

「何であろうかなあ、逸勢よ」

「訊いているのはおれだぞ、空海――」

「怨みか、憎しみか、あるいはもっと……」

「もっと、何だ？」

「人だな」

「人？」

「ああ、結局、人だ」

「人ではわからん」

「想いだ」

「想い？」

「想いというのは、人そのものだ」

「想いが人ならば、それは、終ることはないのではないか」

　逸勢は言った。

「今、何と言ったのだ、逸勢？」

「想いが人ならば、人ある限り、想いが尽きることはないではないかと言ったのさ」

「その通りだよ、逸勢」

「たとえ、誰が死に、誰が生まれようとも、何十年、何百年、何千年経《た》とうとも、想いは人と共にずっと尽きることはないだろうよ」

「凄いぞ、逸勢」

「何が凄いのだ」

「今、おまえが言ったことがだ」

「想いが尽きぬと言ったことか」

「そうだ」

「おまえに褒められるのは嬉しいが、あたりまえのことではないか」

「そのあたりまえのことが、なかなかわからないのさ」

「そんなものか」

「そんなものなのだ」

「それで？」

「だからこその仏法よ」

「仏法？」

「だからこそ、仏法があり、密《みつ》がある」

「密？」

「密教さ。このおれが、この長安までとりに来たものさ」

「ふうん」

「仏法ではな、この世のものは、全て、皆空《くう》であると言っている」

「空《くう》？」

「そうだ」

「何もない、ということか」
「いいや、そうではない」
「ではなんだ」
「どう説明しようか」
「おまえは今、全てが空だと言った」
「言った」
「それはつまり、今、おれが見ているこの床も、向こうに見えている庭も、庭に生えている松も、咲いている牡丹《ぼたん》も、空であるということか」
「そうだ」
「では、おまえはどうなのだ」
「おれも、空さ」
「おれは、この橘逸勢という、このおれ自身も空なのか」
「空なのだ」
「おれが空か」
「よいか、逸勢」
「うむ」
「おまえは誰だ」
「何を言うのだ空海、おれは橘逸勢ではないか」

「では橘逸勢はどこにいる」

「ここにいるさ、おまえの眼の前に」

「では、おれの眼の前の眼が橘逸勢か」

「違う」

「では、鼻が橘逸勢か」

「違う」

「では、口が橘逸勢か」

「違う。口は橘逸勢ではない」

「では、耳がそうか」

「違う」

「では、頬がそうか。額がそうか。頭がそうか」

「そうではない。それは、いずれも橘逸勢ではない」

「では、胴体が橘逸勢か」

「違う」

「では腕が橘逸勢か」

「いいや、腕は腕さ。腕は橘逸勢ではない」

「では、脚が橘逸勢か」

「違う」

「ならば、おまえから、腕を二本奪《と》ってしまうぞ。腕を二本奪って、そこに残ったのは誰だ」

「おれさ。橘逸勢だよ」

「では、腕を奪ってしまったあと、さらに二本脚を奪ってしまったら?」

「それでも、残っているのは、おれさ。橘逸勢さ」

「では、さっきおまえが、橘逸勢ではないと言ったものを、皆、おまえから奪ってしまうぞ」

「皆?」

「両腕と両脚は今奪った。それから、胴を奪ってしまう。続いて、眼を奪ってしまう。次は耳だ。口、鼻、頭も奪ってしまおう。それで、そこには何が残っている。橘逸勢は残っているか」

「何も残ってはいないよ」

「おかしいではないか」

「何がだ?」

「おれが今奪ったのは、さっき、おまえが橘逸勢ではないと言ったものばかりだぞ。それなのに、何故、おまえがいなくなってしまうのだ」

「知らん」

「それが、空なのさ」

「なに!?」

「では、もう一度、訊こう」

「うむ」

「眼も、耳も、口も、鼻も、頭も、胴も、両腕も、両脚も、皆、そこにある。それは橘逸勢か」

「ああ、そうだ」

「では、それが屍《し》体《たい》だったらどうなのだ」

「なに!?」

「橘逸勢の眼も、耳も、口も鼻も、頭も、胴も、両腕も、両脚も、皆そこにある。しかし、それが屍体であったらどうなのだ。橘逸勢の屍体は、橘逸勢か？」

空海は問うた。

「ううむ」

逸勢は、唸った。

「おれは、儒者《じゅしゃ》だからな」

「だから、どうなのだ」

「儒者としたら、答はひとつだ。橘逸勢の屍体は、橘逸勢ではない」

「それが、空だ」

「空？」

「では、また訊こう」

「またか」

「では、橘逸勢とは何なのだ。いったい、何をもって、人はおまえのことを橘逸勢と呼ぶのだ」

「む」

「どうなのだ」

「むむ」

「さあ」

「言え、空海。問うからにはおまえは知っているのだろう。いいかげんに教えてくれ」

「魂だ」

「魂？」

「そうだ。人は、おまえの魂のことを橘逸勢と呼んでいるのだよ。橘逸勢とは、おまえの魂のことなのだ」

「う、うむ」

「しかし、逸勢よ。おまえが、橘逸勢という魂であるとして、その魂のみを、さあ、これが橘逸勢ですと、他人に示すことができるか？」

「で、できない」

「そうだ。その意味で、おまえは、美《び》であるとか、哀しみであるとか、喜びであるとか、そういうものと同じなのだ」

「なんというとんでもないことを言い出すのだ、空海」

「とんでもなくはない」

「おれは、こんがらがってきた」

「いいか、逸勢、おまえが、日の暮れてゆくのを眺めて、美しいとも、哀しいとも、想ったとしよう」

「うむ」

「では、その夕暮から、おまえの感じた美しさなり、哀しみなりを、それだけ取り出して他人に示すことができるか」

「────」

「どうだ」

「で、できない」

「そうなのだ。美も、哀しみも、夕暮の中にあるのではなく、おまえの心の中にあるのだからな」

「どっちだって同じだぞ、空海。夕暮の中にあろうと、心の中にあろうと、どちらにしろ、そこから、哀しみだけとか、美しさだけを取り出してみせるなどということはできないのだからな」

「わかっているではないか」

「それで?」

「取り出すことはできないが、まさしく、美も哀しみもそこにある——。しかし、美しさにしろ哀しみにしろ、夕暮と、それを見つめるおまえという存在があって、はじめて、この世に在《あ》るのだよ。夕暮だけでも、おまえだけでもだめなのだ」

空海は、逸勢を見つめながら、そう言った。

七

「それは、つまりだ——」

考えながら、逸勢は言った。

「あるものが、在るとか無いとかいうのは、あるものと、それを見る人の心の働きというふたつのものが必要であるということだな」

「うむ」

「このおれもそうなのだな」

「ああ」

「橘逸勢というものは、橘逸勢というからだ、手や、足や、顔や、声、そういうものがあってはじめて、この世に在ることができるということか」

「そういうことだ」

「それが、仏法で言うところの色即是空ということか」

「この世の全てのものは、そのような在り方をしているということだ。おまえという存在も、牡丹という花も、空なるものと色《しき》なるものとの、不可分の関係によって、この世にあるのだ」

「ふうん」

と、逸勢は、何ごとか考えているようであった。

「どうした？」

「空海、おまえ、今、この世の全てのものが空だと言ったな」

「ああ、言った」

「では、今、話に出た人の想いはどうなのだ。人が心に浮かべることもまた空なのか」

「そうだ、逸勢よ」

「では、哀しみはどうなのだ。心が裂けそうになるような人の哀しみは」

「逸勢よ。色《しき》というのは、この宇宙にある全てのもののことよ。それは、何も、人や、牛や馬、牡丹や、石や、蝶や、水や、雨や、雲ばかりのことを言うのではないぞ」

「――――」

「人が、心に浮かべるあらゆることもまた、色なのだよ」

「――――」

「男が女を愛しいと想う。女が男を愛しいと想う。それもまた色なのだ」

「誰かを憎むこともか」

「ああ」

「哀しみも？」

「哀しみもまた、色なのだ。色すなわち空《くう》」

「色即是空か」

「だから、哀しみもまた、空なるものなのだよ」

「空海、ならばよ。哀しみが空であるならば、人の哀しみは、癒《いや》されることがあるのか」

逸勢は言った。

空海は、逸勢を見、そして、静かに首を左右に振った。

「逸勢よ、人の哀しみは、その本然《ほんねん》が空であることを知ったからとて、癒されることはないのだよ」

「――――」

「そうなのだ、逸勢」

「空海よ。おまえ、さっき、想いが尽きぬからこその仏法だと言ったばかりではないか」

「言った」

「哀しみもまた想いのひとつであるならば、それは、仏法によって、それを癒すことができるということではないのか」

「それが、できぬのだよ、逸勢よ」

「何故だ。では、仏法は無力なのか」

「そうさ。仏法は無力よ」

「なんだって?」

「この宇宙を統《す》べる法の前には、あらゆるものが無力なのだ。仏法すらも、その例外ではあり得ぬのだ。仏法は、自らを、仏法そのものを無力であると言っているのさ。だからこその仏法なのだよ」

「――――」

「逸勢よ。仏法というのは、この宇宙の法なのだ。その法は、この世のあらゆるものを深ぶかと貫いている」

「――――」

「その法が、答のひとつではあろうよ」

「答?」

「この世のあらゆるものは、変転してゆく」

「変転」

「動き続けてゆく。どのようなものであろうと、永久にこの地上にとどまり続けることはできないのだ」

「――――」

「たとえば、咲けば花は散る。人は、いつまでも若くあることはできぬ。人は、老い、そして死んでゆく。人だけではない。虫も、馬も、犬も、樹もそうだ」

「おれもか、おれもそうか」

「そうだ」

「空海よ、おまえはどうなのだ」

「おれもさ」

「――」

「誰であろうと、その若さを永遠に人の肉体の上にとどめおくことなどできぬのさ」

「では、ここの文机《ふづくえ》はどうなのだ」

逸勢は、眼の前にある空海の文机を指差した。

「文机も」

「石は？」

「石も同じだ」

「では、山はどうなのだ」

「山とても、この法の前には、永遠に山でいられるものではないのだ」

「この天地《あめつち》はどうなのだ」

「天地も――」

空海は、きっぱりと言った。

「この天地でさえ、常にひとつのものであり続けることはできぬのだよ――」

「――」

「人は、老いる。山も、この天地もまた、老いるのだ。変転してゆくのだ。それが、人にとって、山や天地が永遠《とわ》のものに思えるのは、人が棲む時間と、山や天地が棲む時間と、その大きさが違うからなのだ。山や、この天地は、人よりももっと巨大な時間の中を生きている。それ故に、人の尺度では、山や天地は量《はか》れぬのだ」

「――」

「逸勢よ。この法の前には、御仏《みほとけ》すらも例外ではあり得ぬのだ」

「なんと――」

「かの釈尊《しゃくそん》すらも、老い、死んでいったではないか。御仏すらもこの運命からは逃がれられぬのだ」

「では、仏法とは何なのだ、空海？」

「釈尊すらも、老い、死んでゆく、これが仏法よ」

高らかとした声で、空海は言った。

「よいか。逸勢、この天地の法である仏法を知ったからとて、人が永遠に生きられるわけではないのだ」

「――」

「これと同じだ」

「何がだ」

「だから、哀しみの話さ」

「おう」

「つまり、哀しみが空であることを知ったからといって、哀しみが癒されることはないのだ、逸勢——」

「どういうことだ」

「人は、老い、死んでゆく。何ものもこの地上にとどまることはできぬ。哀しみも、天地の法を知ったからといって、消えるものではない。それを、はっきりと知ることによって——」

「どうなのだ？」

「人は、哀しみの前に立つことができるのだよ」

「——」

「哀しみすらも、輩《ともがら》として、それを受けとめることができるのだ」

「——」

「逸勢よ。安心するがいい。哀しみすらも、永遠には続かぬ。それを知ることによって、人は、哀しみと共に立つことができるのだ」

「——」

「しかし、逸勢よ」

「何だ」

「時々は、人の一生よりも、哀しみの方が長く続く場合がしばしばあるということだ……」


「何のことを言っている?」

「貴妃どののことさ」

「貴妃どのの?」

「貴妃どのが、たとえ、百年生きようと、千年生きようと、あの方の抱えておられる哀しみは、あの方と共に生き続けることもあるということさ……」

「――――」

「人は、山の尺度では生きられぬ」

「どういうことだ?」

「結局、人は、人の尺度の中で生きるということさ。仏法ではなく、人の尺度、つまり人の法の中で人は生まれ、そして死んでゆく」

「…………」

「つまり、このために、密法《みっぽう》があるのさ」

「密法?」

「ああ。おれがこの唐まで求めにきた密の教えというのは、つまり、宇宙の法である仏法を、この人の尺度の中でいかに生かしてゆくかという教えなのだよ」

「むむう……」

空海の言う言葉に、逸勢は、言葉を失ったような顔でうなずくだけであった。

逸勢が、まだ何か言いたそうな顔で口を開きかけた時に、外から声がかかった。

「空海先生——」

大猴《たいこう》の声であった。

「どうしました？」

空海が応えると、

「お客がまた来ましたよ」

大猴が言う。

「どなたですか」

「柳宗元先生のところの、劉禹錫《りゅううしゃく》さんです」

「ほう」

「柳先生からの手紙をお預かりしているそうです」

「では、劉禹錫さんをこちらへお通しして下さい」

空海は言った。

八

劉禹錫は、どこか怒ったように唇を結び、むっつりとした顔で、空海と逸勢の前に座している。

顔色があまりよくない。

眼の下にも隈《くま》があり、ほつれた髪が額にかかっている。

やつれているのがひと目でわかるが、しかし、空海を見つめるその眼だけは、炯々《けいけい》と光っている。

「お疲れのようですね」

空海が声をかけると、

「あまり眠っていないのです」

劉禹錫は言った。

「柳先生も、お忙しいのですか」

「ええ」

「王叔文《おうしゆくぶん》先生も、色々と宮中のことでたいへんなのでしょう」

つまり、王叔文の元で働いている、柳宗元や、劉禹錫も忙しい思いをしているのであろうと、空海はねぎらいの言葉をかけたのである。

「空海さんは、今、宮中で起っていることを御存知なのですか」

「それが、皇帝を惑わしている蠅《はえ》や猫のことならね——」

「その通りですよ」

「青龍寺の恵果和尚も出てこられたのでしょう」

「そこまで御存知なら、今、我々が直面していることについても、察していただけると思います」

「さぞ、たいへんなことでしょう。右手と左手、右目と左目、それらがいつも別々の仕事を同時にこなしてゆかねばならないということであれば、どの仕事も完全なものにはなりません」

「おっしゃる通りです。私たちには、今、時間がないのです。あと、どれだけ時が残されているか――」

「それは、皇帝御自身に残された時間ということですね」

空海が言うと、劉禹錫は驚いた顔で息をひそめ、周囲を見回した。

「ああ、空海さん。めったなことを口にされるものではありません。あなたのおっしゃる通りです。しかし、どこで誰が、我々の話を耳にしていないとも限りません」

「順宗皇帝は、相当にお身体の具合がお悪いのですね」

空海の言葉に、劉禹錫は言葉を発することなく、眼でうなずいただけであった。

徳宗皇帝が崩御して、その後を継いだのが、息子の李誦《りしょう》であった。

李誦が皇帝となり、名を順宗と改めた。

この順宗の懐に深く入り込んでいるのが、碁《ご》打ちの王叔文である。

王叔文が今行なっているのが、唐朝廷の改革である。宮市を廃止し、李《り》実《じつ》を罷《ひ》免《めん》し、五《ご》坊小児《ぼうしょうじ》たちの多くを左遷《させん》している。

これは、皇帝が徳宗から順宗に代ったからこそできたことである。

しかし、後に皇帝となった順宗は、それ以前から病《やまい》を得ていた。

脳溢血《のういっけつ》である。

身体の半身が利かず、病弱であった。

皇帝となっても、あと何年その生命が持つかどうか。

時間があれば、改革もしっかり地固めをしてから行なうこともでき、王叔文も、自分の位置を磐石《ばんじゃく》のものにできる。しかし、皇帝が病弱で、その生命があまり長くないとなれば、そのための時間があとどれだけあるか。

そこへもってきて、今、順宗皇帝の周囲はまたあわただしくなっている。

誰かが、順宗皇帝の生命を縮めるために、呪《しゅ》をかけているというのである。

王叔文は、その改革と、順宗皇帝にかけられている呪のことで、これまで以上の忙しさの中におり、それにともなって、柳宗元、劉禹錫、韓愈もまた、身体が八方へ引き裂かれるような忙しさの中にいたのである。

「御用件を、まだうかがっておりませんでした」

空海は言った。

「柳先生のお手紙をお持ちだとか？」

「ええ」

劉禹錫はうなずいて、懐から巻いた手紙を取り出した。

「これです」

劉禹錫が差し出したその手紙を、空海は受け取った。

「昨夜、柳先生が書いたものです。今日、この場で手紙を読んでいただき、返事をもらってくるようにと言われております」

「わかりました」

空海は、その手紙を開いて、中を読み出した。

劉禹錫は、黙って手紙を読む空海を見つめている。

読み終えて、

「わかりました」

空海は顔をあげてうなずいた。

「承知いたしましたと、柳先生にお伝えして下さい」

「助かります」

「七日後の晩ですね」

「ええ。柳先生は、空海さんも言われていたように、今、たいへんに忙しい状況にありまして、七日後の晩でないと、どうしても時間がとれないのです」

「こちらにいる橘逸勢が一緒にゆくことになると思いますが、それでよろしいですね」

「もちろんです」

劉禹錫はうなずき、

「それでは」

もう用事は済んだとでもいうように、劉禹錫は腰をあげた。

慇懃《いんぎん》に頭を下げて、たちまちに劉禹錫は去っていった。

九

「おい、いったいどういうことなのだ、空海よ」

逸勢が空海に訊ねてきた。

「そこに、柳先生の文《ふみ》がある。まあ読んでみろよ」

空海が言うと、逸勢は、文机の上に乗っている手紙に手を伸ばした。

「よ、読むぞ」

「ああ」

空海がうなずくと、逸勢は安心してその手紙を開いた。

長い手紙ではなかった。

ほどなく、逸勢もその手紙を読み終えた。

逸勢は顔をあげ、

「これは、あの、白鈴《はくりん》殿が持っておられたという、もうひとつの手紙のことではないか」

そう言った。

「その通りさ」

「それを、柳先生の母上が持っておられたのだが、今は、それが手元にないということではないか——。しかも、しかもだ、なんとその手紙は晁衡殿が書いたものではなく、あの、あの——」

「高力士殿が晁衡殿にあてた手紙だということだな」

「しかも、その手紙は、紛失したり、盗まれたりしたのではなく買いとられていったものであると——」

「その買った相手というのが——」

「そうだ」

「青龍寺の恵果和尚……」

「七日後の晩に会いたいとあったが、これはつまり、用件というのは、当然このことなのであろうな」

「だろうな」

「いったい、どうなっておるのだ、空海——」

「おれにも、よくわからぬ」

「どうする」

「全ては七日後の晩さ」

「だから、それまでどうするのだ」

「こちらはこちらのやるべきことを、それまでしておくというだけのことだ」

「やるべきこと？」

「梵語《ぼんご》さ」

「――――」

「それを学んでおかねば、どうにもならぬからな。もうひとつ、文も書かねばならぬ」

「文を？　誰にだ？」

「青龍寺」

「恵果阿闍梨にか」

「鳳鳴《ほうめい》にさ」

「鳳鳴に？」

「いよいよ、恵果阿闍梨にお会いせねばならぬ。今、いきなり行ってもお忙しいであろうからな。いったいいつ頃お会いしに行ったらよいか、鳳鳴に訊いておくのさ」

「――――」

「そうすれば、あの男のことだ。それと察して、色々と青龍寺の事情も知らせてよこすだろう。恵果和尚にも、倭国の空海が、青龍寺を訪ねたいと言って来ているが、いつ頃がよろしいでしょうかと、様子をうかがってくれるだろう」

「うむ」

「宮中のことで、恵果阿闍梨もお忙しいことであろうから、すぐに会えるということもなかろうが。こちらも、そうのんびりしてはおれぬからな」

「なんのことだ？」

「もし、今度のことで、恵果阿闍梨がお出ましになっているのなら、そのお生命《いのち》が縮むやもしれぬ」

「順宗皇帝ではなく、恵果阿闍梨のか」

「そうだ」

「何故だ」

「今でも、そのお身体の様子は、あまりよろしくないと耳にしている。その状態で、呪法をなされれば、今またさらに、お身体に障《さわ》りも出てこよう」

「――――」

「密をいただくためにも、恵果阿闍梨には、そのお生命、粗末にされては困る」

「む、むう」

「場合によっては、柳先生にお願いをして、あの手紙のことで、お口添えをしていただくことになるやもしれぬ」

「手紙？」

「晁衡殿が、李白殿に書かれた手紙さ。ことによったら、もう、柳先生御自身の口から、お話しされているかもしれぬがね」

「――――」

「さあ、逸勢よ、さっきも言った通りに、我々は、今は我々のやるべきことをやる時ぞ」

第二十七章　胡術

一

長安は、春の盛りであった。

この時期、長安城では、誰の心も浮かれたようになっている。

空海が寄宿している西明寺《さいみょうじ》をはじめとして、あちこちの牡丹《ぼたん》の名所で、今、花が盛りであった。

人々は、連れだって、今日が西明寺ならば、明日は大興善寺《だいこうぜんじ》といった具合に牡丹の咲く庭に足を伸ばしている。

そういう人々が身に纏《まと》うものも、日ごとにかろやかになり、華やいでゆく。

西域の人間でないのに、長靴を履《は》いて、これもまた西域風の衣装を身につけて大街《たいがい》を歩く婦人もいる。

漢人が、波斯《ペルシア》風の衣装を身につけたり小物を持ったりするのは、当時の流行であり、先端のおしゃれであった。

空海と、橘逸勢《たちばなのはやなり》は、そのような人々の間を歩いている。

気の沈みがちな逸勢も、空海と共に、華やいだ街の中を歩いていると、気持ちが高揚してくるものらしい。

「なあ空海よ。おれたちは今、長安にいるのだなあ」

今さらながらのようにつぶやくのである。

「この風景に比べたら、同じ都でも、京は鄙《ひな》も同然だな」

しばらく前の逸勢にもどったような言い方をする。

空海と逸勢は、西明寺のある延康坊《えんこうぼう》を出て、西市に向かって歩いている。

柳宗元《りゅうそうげん》と会うためである。

空海は、七日前に劉禹錫の訪問を受けた。

七日後の晩に会いたいという、柳宗元の手紙を、劉禹錫は持ってきた。

場所については、おって連絡をするから、とにかく七日後の晩の都合はどうかと書かれてあった。

それを空海は承知したのである。

三日前に、場所の連絡があった。

劉禹錫が、また柳宗元の手紙を持ってきたのである。

晩ではなく、昼間に会いたいと書かれてあった。

晩に会うとなれば、暮鼓《ぼこ》が鳴ってからということになる。

暮鼓が鳴り終れば、坊門《ぼうもん》が閉まってしまう。

そうなったら、坊から坊への移動ができなくなる。

坊門が閉まる前に移動せねばならず、そのためにはどちらか一方か、あるいは両方が昼の間に移動せねばならない。

忙しい柳宗元のいる坊に、空海が動くことになるのだろうが、そうなったら、会見したあとに空海が帰ることができなくなる。

そうなったら空海の宿泊する宿を、柳宗元が用意せねばならない。しかし、この件——晁衡《ちょうこう》の文のことで空海に会うことは、まだ、柳宗元は王叔文《おうしゅくぶん》にも内緒にしている。それは、もともとは柳宗元が持っていた文を、王叔文が盗んだ可能性があるからである。

もし、空海と会ったり、宿を提供したりということになれば、この忙しい時期に、どうしてそのようなことをするのかと、王叔文に説明をせねばならなくなる。

文のことは隠しておかねばならないから、他の用事で会っていたのだと、王叔文に嘘をつくことになる。

あるいは、空海や逸勢と会うことを、まったくの内緒にしておかねばならない。

柳宗元のいる坊では、そういう秘密の行動はとりにくい。

柳宗元の顔を知っている者も多いからである。

そこで、別の坊で会う必要が生まれた。

しかし、今度は、それでは柳宗元が、帰ることができなくなってしまう。

それで、昼に会うこととなったのである。

さらに、夜に急ぎの用事が入ったと柳宗元の手紙には書かれていた。

しかし、すでに空海と会う約束があったので、なんとか時間をやりくりして、柳宗元は昼間に空海と会う時間を作ったのであった。

今、この時期に空海と会っておかねば、次にはいつ会えるかわからないという、柳宗元の事情もあったのである。

場所は、西市となった。

柳宗元のいる坊からは遠いが、かえってその方がいいだろうということになったのである。

西市ともなれば、人が多く、人が多ければそれだけ、柳宗元も目立たないことになる。午《ひる》に、西市の中心に近いあたりをぶらぶらと歩いていてくれれば、こちらから声をかけると、柳宗元の文にはあった。

ならば、久しぶりに、マハメットの店に顔を出そうということになって、空海と逸勢は、少し早めに西明寺を出たのである。

外は明るい。

溢れるように陽光が注いでいる。

道の両側に生えている槐《えんじゅ》の若葉が、ほどよい影を作っている。

逸勢は、久しぶりにはしゃいでいる。

「やはり、家の中ばかりにこもっていてはいかんな。いたずらに刻《とき》ばかりが過ぎてゆくだけだからなあ」

あたりを見回しながら、空海に声をかけてくる。

「それにしても、柳宗元どのもお忙しかろうよ。今の皇帝のお身体の具合が優《すぐ》れぬ上、妙な呪法までかけられているとあってはなあ——」

思いがけなく大きな声を出した逸勢に、

「しっ」

と、空海は、それをたしなめる声をあげた。

「そのようなことを、そのような声で言うものではないぞ」

「何故だ」

「誰が聴いているとも限らぬし、その相手が役人であればうるさい」

空海が言うと、逸勢はからからと笑って、

「だいじょうぶさ。おれもそのあたりは心得ている」

と、声を落とした。

「おい、空海」

と、逸勢は空海に身体を寄せて、

「それにしても、宮廷では、今、たいへんなことになっているのだろう」

声をひそめて言った。

「うむ」

と、空海がうなずく。

逸勢は、青龍寺《せいりゆうじ》の鳳鳴《ほうめい》から来た手紙のことについて言っているのである。

鳳鳴から文が届けられたのは、昨日のことである。

青龍寺に恵果阿闍梨《けいかあじゃり》をお訪ねしたいが、どうしたらよいかと、大猴《たいこう》に文を持たせて、鳳鳴に訊ねていたのである。

その返事であった。

鳳鳴らしい、几帳面《きちょうめん》な文字で、今、恵果阿闍梨は不在であると書かれていた。

しかも、

〝いつおもどりになられるかはわからない〟

とある。

行く先については、この文に書くことはできないが、阿闍梨が帰ってきたらば、空海の来寺について訊ねてみようとあった。

その手紙は、逸勢も読んでいる。

恵果が不在。

行く先は言えない。

これで、鳳鳴は、逆に恵果がどこへ出かけているかを語っていることになる。

こう書けば、空海がどう考えるかを充分に承知している文面であった。

しかも、いつもどるかわからない、ということは、恵果の用事がまだ済んでいないということである。

恵果は、つまり、皇帝にかけられている呪法をなんとかするために、宮廷に行っているのである。

行ったまま、帰ってこない。

それも、いつ帰ってくるのかわからないということであれば、皇帝にかけられている呪法が、並なみならない強いものであることがわかる。

密教の中心、青龍寺の恵果となれば、呪法ということで言うなら、長安でも一、二を争う権威である。

その恵果が、皇帝にかけられている呪法をなんともできないでいる――

これをもって、逸勢は、

〝宮廷がたいへんなことになっている〟

と言っているのである。

「うむ」

と、空海はうなずく。

鳳鳴の手紙は、もし恵果阿闍梨に会われるのなら、できるだけお急ぎになられた方がよろしいでしょうと結ばれていた。

この文からも、皇帝のみならず、恵果の健康もまた、あまり芳《かんば》しいものではないことがうかがわれる。

〝急げ〟

鳳鳴が、そのように空海に言ってよこしたのである。

「こたびの呪法で、恵果阿闍梨は、お生命《いのち》を縮めることになるかもしれぬな」

空海は言った。

相手の呪法に勝とうが負けようが、この呪法合戦が終った時、恵果は、精神的にも肉体的にも、たいへんな痛手を負うことになるであろう。

呪《しゅ》をもって、何者かの生命を縮めるということは、呪法をかける人間自らも、生命を削ることになる。

その呪法を返そうとする者もまた、自らの生命を削ることになる。

生命に関わる呪法をかけたりかけられたりするということは、ある意味では、生命力の闘いである。

そのための体力が、恵果にどれほど残っているのか。

歩いているうちに、すでに、西市の賑《にぎ》わいの中に入っていた。

竹で編んだ籠《かご》。

布。

絹。

肉や、野菜や、干した果実も売られている。

魚も売られていれば、壺《つぼ》や鍋も売られている。

唐で手に入るもので、ここで売られてないものはないと言ってもいい。

筆や、硯《すずり》、墨。

紙。

生きたままの鶏《にわとり》。

馬。

羊。

牛。

それこそ、ありとあらゆるものがここで売られ、買われてゆく。

西域から運ばれてきた、瑠璃《るり》の盃や、碗。

飾り。

絨毯《じゅうたん》も、長靴もある。

売り子の声や、彼等と値段の交渉をしている買い手の声もかまびすしい。

「なんだか、以前よりも、賑わっているようではないか」

逸勢が言う。

確かに、逸勢の言う通りであった。

皇帝が代り、政治の実権が王叔文に移ってから、市に活気が出てきているのである。

市で、利権を握っていた五坊小児《ごぼうしょうじ》たちが、王叔文の手によっていなくなったからである。

広場に人だかりがある。

「あれは何かな」

逸勢が、人垣を分けて中を覗《のぞ》いてみれば、そこでは、大道芸人が、口から火を吹いて喝《かっ》采《さい》を浴びているところであった。

口に油を含み、それを勢いよく吹き出しながら、手に持った火口《ほくち》で火をつける。

すると、口から凄い勢いで炎が噴き出しているように見えるのである。

「おい、逸勢」

空海が、後ろから逸勢に声をかけた。

「どうした、空海」

「あちらを見ろ」

空海が指差す方を見れば、そちらにも人だかりがある。

拍手や嬌声《きょうせい》が、その人だかりの中からあがり、西域の弦楽器が鳴っている。

「胡旋舞《こせんぶ》だ」

空海が言った。

人だかりの真ん中で、三人の女が胡の踊りを舞っているのである。

胡旋舞の名の通りに、くるくると回りながら、一時としてその動きが止まることがない。

波斯《ペルシア》の踊りであった。

踊っている女三人も、瞳の色の青い胡人《こじん》である。

「マハメットの娘たちではないか」

逸勢が言った。
「ああ、そうだ」
空海が答える。
波斯《ペルシア》の壺や水差しなどをこの西市で売っている、マハメットの娘たちであった。
トリスナイ。
トゥルスングリ。
グリテケン。
その三人であった。
空海や逸勢たちとは、すでに顔見知りであった。
空海と逸勢は、人だかりの輪の中に入って、娘たちの踊りを眺めた。
女たちの動きに合わせて、彼女たちが身につけている赤や青や黄の衣《きぬ》の裾が翻《ひるがえ》る。
日本の舞踊の動きを見慣れている者にとっては、目まぐるしいほどだ。
踊りが終ると、人だかりの中から、娘たちに銭が投げられる。
それを、楽器を弾いていた胡人が拾い集める。
集まった人間たちに、きらきらとこぼれるような愛想を振り撒《ま》いていたグリテケンが、
空海たちの姿に気がついた。
「あら、空海さんよ」
グリテケンが、毬《まり》のようにはずみながら、空海に走り寄ってきた。

ってきた。


「空海さん」

　グリテケンが、空海の腕を取った。

遅れて、空海と逸勢に気がついたトリスナイとトゥルスングリも、ふたりの前に駆け寄ってきた。


「いつからいらっしゃったの」

「本当に、いつも突然なのね」

　トゥルスングリと、トリスナイが言う。

「用事があって西市まできたんだけど、まだ時間があるからね。マハメットさんのところ
へ寄ろうと思ってたのさ」

「あら、じゃ、これから父のところへ行くところなの」

　トリスナイが言った。

「ああ」

「わたしたちも、ちょうど今、ひと区切りついたところなの。一緒に行きましょう」

　グリテケンが、空海の袖を引いた。

　一緒にゆく——というほどもない距離に、マハメットの店がある。

「そう言えば、父が、空海さんにお会いしたがってたわ」

　トリスナイが言った。

「マハメットさんが、わたしに？」

「ええ」

「何でしょう？」

「わたしたちには、その用件のことは言わないけれど、たぶん、あのことだと思うわ」

トリスナイが言う。

〝あのこと〟

と言うのは、つまり、

「カラパンのことかい」

空海が訊《き》いた。

「たぶんそうだと思うわ」

言葉を交しながら、すでに五人は店に向かって歩き出している。

店の前に、マハメットの姿が見える。

グリテケンが駆け出した。

「お父さん」

父親に声をかける。

「空海さんがお見えになったわよ」

マハメットは、空海と逸勢の姿を認めると、

「これはこれは――」

両手を大きく広げて歩み寄ってきた。

「よくおいで下された」

「御機嫌をうかがいに来ました」

と空海が言えば、

「丁度よかった。わたしも空海さんにお会いしたかったのですよ」

と、マハメットは言った。

二

すでに、空海と逸勢は、マハメットと向かい合っている。

店を広げている天幕の奥である。

床は、絨毯である。

その絨毯の上に、三人は座していた。

三人の前に、茶の入った碗が置かれ、さっきから温かな湯気をあげている。

三人の周囲には、夥《おびただ》しい数の壺や水差しが置かれている。

青い光沢をした、美しい壺や水差しが多い。

荷車の音や、人の足音。

話し声や、家畜の鳴く声まで、外の音がこの天幕の中まで響いてくる。

マハメットは、典型的な胡人の顔をしていた。

高い、よく通った鼻梁《びりょう》。

白いものの混じる顎鬚《あごひげ》。

彫りの深い眼窩《がんか》の奥の瞳は、碧《あお》みがかっている。

「本当に、賑わってますね」

空海が言うと、

「やはりあの、うるさい連中が姿を現わさなくなっただけでも、私たちは大助かりなのですよ」

マハメットは言った。

〝うるさい連中〟

というのは、むろん、五坊小児の連中のことである。

「唐の方たちが何と言っているかはわかりませんが、わたしたちは、皇帝が代って、本当によかったと思っているのです」

マハメットは正直に言った。

「はい」

うなずいた空海に向かって、

「さっきも言いましたが、空海さんにお話ししたいことがあったのです」

マハメットは真顔で言った。

「何でしょう」

「カラパンのことです」

「そうだろうと思っていました。あれから何かわかったのですか」

「ええ」

マハメットはうなずいてから、

「わかったというほどのことではないのですが、どうも、奇妙なことがおこっているらしいのです」

「奇妙なこと？」

「はい。カラパンが、どうやらおかしなものを集めているらしいのですよ」

「おかしなもの、と言いますと？」

空海は訊いた。

「生き物です」

「生き物？」

「虫や、蛇や、蛙――」

「――」

「それから、犬や猫、鼠《ねずみ》――」

言いながら、その自分が言った言葉が自分の口を汚しでもしたように、マハメットは顔をしかめたのであった。

三

「この半月くらいのことなんですが……」

と、前おきして、マハメットは語りはじめた。

カラパンというのは、波斯《ペルシア》における呪師《ずし》のことである。

拝火《ゾロアスター》教が、波斯に広まる前から民衆の間にあった土着信仰や、邪宗淫祠《じゃしゅういんし》がその根にある。

波斯人――わかり易く言うならイラン人が唐の都まで渡ってきた時に、拝火教《はいかきょう》である祆《けん》教《きょう》が長安まで伝えられたが、同時にこの土着信仰の呪師《カラパン》までが、この地にやってきたのである。

このことを、すでに空海は、安薩宝《あんさつぽう》から聴いている。

祆祠《けんし》――つまり祆教の寺にやって来るのと同じ人間が、時には自らの暗い欲望を満足させるために、安薩宝には内緒で、カラパンの元に呪咀《ずそ》頼みにゆくこともあるというのである。

馬嵬駅《ばかいえき》で、楊貴妃の墓所《ぼしょ》を開いたおり、犬の髑髏《しゃれこうべ》を掘り出した。それに記されていたもの――

〝この地を穢《けが》すものは、呪われよ。この地を荒らすものに、災いあれ。大地の精霊の御名において、それ等のものどもに恐怖を与えよ〟

これも波斯文字であった。

マハメットの知り合いであるアルン・ラシッドもまた、唐にいるカラパンのドゥルジ尊師にそのような頼みごとをしていた者のひとりであったが、この男も、カラパンに関わって生命を落としている。

周明徳《しゅうめいとく》という道士が、ドゥルジ尊師と連絡をとる時の窓口であったのだが、アルン・ラシッドと周明徳は、このカラパンを騙《だま》そうとして奇怪な死をとげているのである。

夜、獣の牙《きば》に喉《のど》を嚙み裂かれてアルン・ラシッドは死に、周明徳は、王叔文の愛人である李香蘭《りこうらん》の屋敷で寝起きしていたのだが、ある晩、この李香蘭を犯し、自ら釜茄《かまゆ》でとなって死んでいったのであった。

今回、空海や逸勢が巻き込まれている一件には、常にその背後にカラパンの影がちらついているといっていい。

アルン・ラシッドと周明徳が死んでから、カラパンのドゥルジ尊師と連絡をとる方法がしばらく消えていたのだが、ある時、かつてドゥルジ尊師に呪咀を依頼した人間たちの許に、奇妙な文《ふみ》が投げ込まれた。

ほどのよい値で買いとるので、生き物をこれこれのところへ持って来いと、その文には書かれていた。

蛇。

蟇《かえる》。

鼠。

猫。

犬。

蜘蛛《くも》や百足《むかで》のような蟲《むし》。

豚。

牛。

鶏《にわとり》や烏《からす》。

蜥蜴《とかげ》。

何でもよいから持ってこいというのである。

ただし、このことを、他人に洩らしてはいけない。洩らせば、おまえたちがかつてカラパンにやらせた呪咀のことを皆に知らせるぞ——という、そのような内容の文であった。

「そのようなことがあったのです」

と、マハメットは言った。

「しかし、他人には言うなと文にはあったのでしょう」

と、空海が問う。

「それを、どうしてマハメットさんが御存知なのですか」

「はい」

「文をもらった、ミマール・アッリという男から相談をされたのですよ」

「相談？」

「そのような文をもらうにはもらったが、周明徳やアルン・ラシッドが死んだこともあり、言われた通りにしようかすまいか。アッリは迷っていたというのですよ――」

「それで、行かなかったと？」

「いいえ。迷った挙句《あげく》に、アッリは行ったのです」

「行った？」

「そこで、アッリは、とんでもないことになってしまったのですよ」

マハメットは言った。

四

文をもらってから、およそ十日余りも、ミマール・アッリは迷っていた。

過去に、カラパンに呪咀を頼んだことはある。

絹を扱うのが仕事であった。

こちらで絹の布や衣服を仕入れ、それを西へ持っていって売りつける。そういうことを最初はやっていた。

その仕事がうまくゆくようになり、いつの間にか他の仕事をするようになった。唐の壺や皿などの磁器も扱うようになった。

壺や皿を木箱に入れ、駱駝《ラクダ》や馬の背に乗せて運ぶ。

しかし、これがなかなか難しい。

毎日、夕刻には駱駝の背から荷を下ろし、朝には積む。こういうことを繰り返しているうちに、箱の中の壺や皿が割れてしまうのである。場合によっては、半数以上が使いものにならなくなってしまう。

そういうことのないように考え出されたのが、壺や皿を砂と一緒に箱に入れることであった。

これだと、箱の中の壺や皿がなかなか割れることはなくなる。しかし、欠点は重すぎることであった。砂で、壺や皿が傷つき易くなるし、それでも、何割かは割れる。

ミマール・アッリが、これに新しい方法を考えついた。

それが木屑《きくず》と、藁《わら》であった。

麦の収穫が終ったあとで、いらなくなった麦の穂などを安く買い集め、これを干して、それと大小の木屑やおが屑と一緒に、壺や皿を入れる木箱に入れるのである。

これがことの他、うまくいった。

しかし、これを真似する者が現われたのである。

これは、ミマール・アッリが秘密にやっていた方法なのだが、そう何年も隠しておけるものでもない。

アッリのところに出入りしていた唐人の趙《ちょう》という男がこれを知って、いらなくなった寸足らずの木材や廃材を長安で買い集め、それで鉋屑《かんなくず》を作り、それを荷物にかかる衝撃の緩和材として売り始めたのである。

何も、西域と唐との間でのみ、ものが移動するのではない。

唐の国内でも、物品の移動は多い。

特別に大きな儲《もう》けがあるわけではないが、商品や物の移動が多い長安ではそこそこの金になった。

この趙が、これは自分が考え出したやり方であり、ミマール・アッリは自分の真似をしただけなのだと言いまわった。

別に、このことで大きな損害があったわけではないが、妙にくやしい。

そのうちに、この木屑がそれまでのように簡単に手に入らなくなり、結局、アッリは趙のところから、木屑や鉋屑を買うようになった。

これにしても、自分のところの分だけを自分のところでやるとなると手間のかかることであり、むしろ、趙のところから多少の金はかかっても買う方が便利がいい。

だが、どうにも気持の収まりが悪くて、アッリは、周明徳を通じて、カラパンに呪法を頼んだのである。

殺すほどのことではないが、怪我をするなり、病にかかるなりして、多少は趙が痛い目を見ればいいという、それほどの気持であった。

頼んでから、十日もしないうちに、趙の家で出火した。

ある晩、置いていた鉋屑に火がついて、趙は自分の家を半分焼き、自らは火を消しとめようとして、左腕に大火傷《やけど》を負ったのであった。

呪法が効いたのか、あるいは偶然のことなのか、それともカラパン自身が火を点《つ》けたのか。ともかくこのことがあってから薄気味悪くなって、アッリは、その後カラパンとの接触はずっと避けてきたのだが、そこへ、件《くだん》の文が投げ込まれたというわけなのであった。

カラパンと関わるのは気がすすまない。

しかし、この文を無視すれば、いったいどのようなおそろしい目にあうか。かつて頼んだ呪咀のことが知られるのも困る。

心あたりのある人間に、相談をしたところ、実は自分もそのような文をもらったのだとその男は言った。

そして、もう、文に書かれていた通りに、犬を八頭、鳥を五羽、蟇を三十五匹、蛇を六十四ほど持っていったのだという。

持ってゆけと言われた場所は、ある坊《ぼう》の古い屋敷跡である。

そこへゆくと、大きな楠《くすのき》の下に、男がふたりいた。

無数の大きな壺が樹下に置かれ、鳥籠《とりかご》や、木箱が置かれていた。

そして、数十頭の犬が、杭《くい》に繋《つな》がれていた。

ふたりの男に声をかけると、蛇ならこの壺、蟇ならばあの壺へと言われた。

その壺の蓋《ふた》を開けると、蛇の壺には、うじゃうじゃと数知れぬ蛇が、ぬめぬめとした鱗《うろこ》をからませあいながら中に入っている。蛇の生臭い臭いがむうっと鼻をついたが、その壺の中へ持ってきた蛇を入れた。

蟇の壺も同様で、開けると、中に夥《おびただ》しい数の蟇が入っている。これもまた、覗き込めば、いやらしい臭いが中から顔に向かって立ち登ってくる。

ふたりの男は、ひとつ、ふたつと、蛇や蟇や蟲の数を数え、犬の数を数える。

ひと通り数え終ると、

「そうか、ならばこれだけだな」

懐から、何がしかの銭を取り出して、渡してよこすというのである。

だいぶ溜ったので、もう二日ほどでこの商《あきない》も終りになるのだと、ふたりは言った。

話をそれとなく聞いてみると、これを集めているのは自分たちではなく、我々はある人に頼まれてこの仕事をしているだけなのだという。

ここで、生き物を集めて、場所は言えないがあるところまで毎日届けにゆけば、金がもらえるのだと。

もしゆくのなら、もう、明日しかないぞと、その男は、アッリに言った。

それで、アッリはようやく決心がついたのだという。

何に使うのかはわからないが、それはもうこちらのあずかり知らぬところである。とにかく、生き物を集めて一度でも持ってゆけばそれですむことであるし、金までもらえるのなら、持ってゆこうと考えたのである。

そして、持って行ったのが、二日前の晩のことであったという。

持ってゆくことにはしたものの、そういきなり、犬や蟲などが手に入るわけではない。人を頼んであちらこちらと捜し、ようやく犬を二頭、蛇を三匹、鶏を四羽手に入れた。

それを、荷車に乗せ、馬に牽《ひ》かせて件《くだん》の屋敷跡に着いた時には、夕刻になっていたのだという。

すでに、暮鼓《ぼこ》は鳴り終えているから、自分の坊にはもどれない時間である。

用事が済んだら、どこかの寺の軒下で野宿をしてゆく決心をしていた。

まだ件の男たちがいるかどうかはわからないのだが、とにかく、薄暗い暮色の中を進んで、文にあった屋敷跡に着いた。

土の塀に囲われた、そこそこの大きさの屋敷である。

槐《えんじゅ》や楠などの古木が、中に生えている。

破れて、半分開いたままになっている門から、中へ入っていった。

屋根が半分落ちた屋敷があり、前庭とおぼしきところに、ひときわ大きな楠の古木が生えていた。

ははあ、あれか。

と思って前へ進んで行ったのだが、人の気配はない。

人だけでなく、馬も繫いでなければ、たくさん杭に繫がれているはずの犬も見えない。

何本もの木の杭が、楠の下に打ち込まれているところを見れば、ここがその場所で間違いないことはわかる。

しかし、人が誰も見当らないのである。

壺もなければ、犬もいない。

さてはもう、帰ってしまったか――

今日が最後であると言っていたというのが本当なら、もう、これで終りである。

一瞬ほっとはしたが、しかし、これで済むのだろうかという不安が、今度は頭を持ちあげてきた。

ますます暗くなってゆく、草がぼうぼうと繁る庭で、人の気配をさぐろうとした時、小さな呻《うめ》き声を耳にした。

人の呻き声だ。

低い獣の唸《うな》り声でもあるような気がして、一瞬、背にぞくりとした怖いものが疾《はし》り抜けたが、声の方に眼をやって見れば、勢いを増してきた草の中に、何か黒いものがある。

庭石のように見えた。

黒い影はふたつあったのだが、少なくともそのうちのひとつが庭石などではないことはすぐにわかった。

ひとつの石が動いているからである。

歩み寄ってゆくと、ぷうん、血の臭いが鼻に届いてきた。

これは!?

立ち止まって眺めて見れば、そこに、ふたりの人間が倒れていた。

ふたりとも、男であった。

ひとりは、ぴくりとも動かず倒れているが、もうひとりの方は、まだ、微《かす》かに身をよじるようにして動いている。

人の気配を察したのか、呻いている男が、

「た、たすけて、くれ……助けて……」

か細い声をあげた。

ひゅうと喉が鳴って、湿った音がそれに混じった。

手前にあった、動かない屍体の傍《そば》を通り抜けた時に、仰向いたその顔が見えた。

眼は開いたまま、口を大きく開けて、その男は死んでいた。

喉をぱっくりと刃物のようなもので切り裂かれている。

そこから、夥しい血が、外に溢れ出ているのである。

もうひとりの、まだ息のある男も同様であった。

喉を裂かれている。

しかし、まだ生きているらしく、唇から嗄《しわが》れた、やっと聴きとれるほどの声を出している。

そのおりに、喉の傷から空気が抜けて、湿った音が出ているのである。

喉の傷口に、血の泡が浮いている。

声をあげて逃げ出したかったが、アッリは、おそるおそる腰を落としながら、

「どうしたのですか」

そう訊いた。

「や、やられた。殺される。の、喉を……」

やっと、そう言った。囁《ささや》くような声であった。

「誰に、やられたのですか」

「あ、あいつ、あいつだ」

「あいつ？」

「そうだ。見たんだ、おれは――」

「見た？　何をですか」

「あれをだ」

「あれ？」

「犬だ」

「犬？」

「犬が、たくさん、埋められていた――」

「どこにですか」

「土の中、あの男のいるところ」

「あの男とは誰ですか」

問うと、

「ひいい……」

という悲鳴のような声が、男の唇から洩れた。

「犬が、埋められてたんだ。首だけ、土の中から出ていた。それを、おれたちは見てしまった……」

「え!?」

「だから、おれたちは、あの男に……」

五

その男は、喉の傷口から、血の泡をたてながらアッリに語った。

声はかすれ、言葉もとぎれとぎれで、ほとんど聴きとれないところや意味もわからないところもあった。しかも、しゃべっている時間もそれほど長いものではなかった。全てを語り終える前に、その男は死んでしまったのである。

それでも、なんとかその男の話をわかるようにつなげてみると、それは、おおよそ次のようなことであった。

男と、男の連れは、前から気になっていたというのである。

毎日、犬や、蛇や、蟲をこんなにたくさん集めていったいどうするつもりなのか。

自分たちの雇い主は、いったい何を考えているのか。

どうにも薄気味が悪い。

雇い主は、女であった。

ふたりは、奉天《ほうてん》県から流れてきた男たちである。

奉天県で喰いつめて、都に出れば何がしかの仕事もあり、少しはいい目も見ることができるのではないかと考えたのである。

長安では、天子《てんし》がかわったばかりであり、そのどさくさで、人手が入りような所も多くあるに違いない。

しかし、都に出て来てはみたものの、仕事は見つからない。十日もしないうちに、なけなしの金を使い果たしてしまい、東市の片隅で地面に座り込み、途方に暮れているところへその女から声をかけられたのであった。

「あんたたち、腹が減ってるのかい」

顔をあげれば、三〇歳にはなっていないと思われる女であった。

唐風の女のなりをしているが、よく見れば眸《め》が碧《あお》い。

どうやら、異国の血が混じっているようであった。

「いい仕事があるんだけどね。あんたたち、口は堅い方かい？」

「もちろんですとも」

すかさず男は言った。

「だろうねえ。まだ都へ出てきたばかりで、知り合いもいないんだろう？」

問われて、その通りだと男はうなずいた。

「どうしてそこまでわかるんですか？」

「そのなりを見ればわかるよ。知り合いがいないんじゃあ、あっちこっちでよけいなことをべらべらしゃべったりもできないねえ」

「その通りでさ」

「ならばどうだい、この仕事やってみるかい？」

「何でもやりますが、どういう仕事なんです？」

「犬や、牛や、蛇や、蟲があるところに運ばれてくるのさ。それを受けとって、別のところへ運んでもらいたいんだよ」

「別のところ？」

「やるんなら教えるよ。どうだね」

少なくない額の賃金を、女は口にした。

「ただ、この仕事のことは誰にも言っちゃあいけないよ。何をどこまで運んでるかとかね。それから、何のためにこんなことをするかとも訊いちゃあいけない。訊いたって教えてやれないしね。もし、この約束が守れないんなら、仕事はなしだよ」

「やるよ。それだけもらえるんならね」

男は言った。

「いいかい、もしも今の約束を破ったら、ひどい目にあうことになるよ」

とにかく、仕事と金が欲しかったふたりは、それで承知をした。

場所は、崇徳坊《すとくぼう》である。

崇徳坊の、誰のものともつかない古い屋敷跡で甕《かめ》や荷車を用意して待っていると、人がやってきて、蟲や犬や蛇を置いてゆく。

それを受け取って金を払い、同じ崇徳坊にある別の屋敷に運んでゆく。

その時は、もう、夜になっている。

例の女が出てきて、運んできたものをそこへ置き、空になった壺や荷車をひいて、古い屋敷跡にもどり、そこで眠る。午後になると、また、ぽつりぽつりと蟲や蛇を用意して人がやってくる。

運んで来る人間は、たまには漢人もいるが、いずれも眼の色の碧い胡人であった。

これを繰り返しているうちに、さすがに気になってきた。

昨夜――これは、つまり、男がアッリに語った日の、前日の晩ということである。

いったい、あの屋敷で何が行なわれているのか。

ついに、ふたりは、屋敷の中を覗いてみることにした。

いつもは正面の門から入ってゆくのだが、裏手の方から犬の吠《ほ》える声などが聴こえてくるから、何かやっているとしたら裏手であろうと見当をつけ、ふたりは、犬や蟲を渡したあと、屋敷の塀に沿って、そっと裏手へ回っていった。

果たして、裏手へ回ると、犬の声が大きくなった。

唸る声や、吠える声、苦しそうに呻くような声をあげている犬もいる。

ちょうど、塀の外側に槐《えんじゅ》の古木が何本か生えている。

それへ登って中をうかがうことにした。

ふたりで、樹の幹に取りついて、最初の枝に手をかけ、その上に乗ると、ちょうど塀の中がうかがえる高さになった。

首ひとつ、塀から上に出る。

おそるおそる、覗いた。

すると、塀の内側の庭では、奇怪な光景があったのである。

庭に、大きな鉄の籠《かご》が立てられ、そこで、薪《まき》が燃やされ、あかあかと炎があがっていた。

その炎に、照らされているもの――

それは、犬の首であった。

地面から、無数の犬の首が生えているのである。何頭もの犬が、地面に首まで埋められて、頭だけ地面の上に出ているのである。

三〇頭、四〇頭はいるであろうか。

犬は、死んではいない。
生きている。
吠え、歯を剝《む》き出して唸っている。
〝あ、あ……〟
男は、思わず声をあげそうになって、その声を呑《の》み込んだ。
さっき、会ったばかりの女が、炎の横に立っている。
そして、犬たちを見下ろしているのである。
女は、右手に、大きな、反《そ》りのある抜き身の刀《とう》を握っていた。
「み、見ろ……」
小さな声で、男は、連れの男に囁いた。
「い、犬の前に……」
それぞれの犬の前に、なにやら置いてあるものがある。犬の鼻先にある赤黒い塊。
「肉？」
よく見れば、それは、生《なま》の肉のようであった。
しかも、その肉は、ただの塊というよりは何かのかたちに似ているようであった。
文字？
それは、
〝犬〟

という文字のように見えた。

しかし、よく眺めてみると、それは文字ではなく、別のある〝かたち〟をかたどったものであることがわかった。

「人《ひと》か」

それは、人であった。

人という文字ではなく、両手と両足を広げた人間の姿形をかたどったものであった。

そして、その人のかたちをした肉の上に、紙か、札のようなものが乗っているのである。

さらに見れば、その、長方形をした紙か札の表面には、何か文字が書かれている。

だが、遠すぎるため、文字とはわかってもそれがどういう文字と言葉であるかまではわからない。

どうにか、それが人の名前らしいというところまではわかる。

そして、犬は、その、自分のすぐ鼻先にある肉の塊に向かって、吠えているのであった。

何故吠えるのか。

犬は、腹が減っているのである。

腹が減って、眼の前の赤い肉にかぶりつきたいと、その欲望を、声に変えて吠えているのであった。

犬が、ほとんど食事を与えられていないのだということが、男にはわかった。

犬は、口から、涎《よだれ》の泡を吹いて、吠えているのである。身も世もなく、とにかく眼の前にある肉にかぶりつきたいと、狂ったようになって、唸っているのである。吠えているのである。

眼を光らせ、牙をむいているのである。

なんという、残忍で、残酷な行為か。

その犬の姿を見ると、一日とか二日ではなく、三日、四日、あるいは五日くらいも何も与えてないように見える。

犬の念頭には、もはや、眼の前の肉にかぶりつきたいということ以外、何ものもないに違いない。

やがて――

身の毛のよだつようなことがおこったのは、その光景を見始めて幾らもしないうちであった。

女が、一頭の犬の前に歩み寄って、両手に刀を握って、それを大きく振りあげたのである。

そして、女は、その刀を、犬の首に斜め上からおもいきり打ち下ろした。

ざっくりと、その刀は犬の首に潜り込んで、それを両断していた。

ざあっ、

と、血飛沫《ちしぶき》をあげて血が噴きこぼれ、突然の驟雨《しゅうう》のように、地面を叩いた。

犬の首は、犬の執念が憑《のりうつ》ったように前に飛んで、牙が肉に喰い込んだ。

がちがちと、牙を鳴らして、首だけになった犬は、数度、肉を噛み、そして動かなくなった。

そして、次の犬の首の横に、また、女は立った。

また、刀を振り下ろして犬の首を切り落とす。

犬は、首だけとなって、眼の前の人形《ひとがた》の肉にかぶりつく。

見ているうちに、たちまち四頭の犬の首が切り落とされた。

と――

女の後方、屋敷の陰から、あらたな人影が姿を現わした。

全裸の男。

男、というよりは、どうやら老人のようであった。

その老人が姿を現わして、女に歩み寄った。

女は、老人に気づいて、犬の首を切ることをやめて、刀を下ろした。

老人は、女の前で立ち止まり、女の耳に唇を寄せて、何事か囁いている様子であった。

あっ、
と、悪い予感が、男の脳裏に疾《はし》った。

気づかれた。

そう思った。

女の首が、ふっ、と動いたその瞬間に、

「伏せろ」

男は、連れの男に鋭い声で囁いていた。

女は、間違いなく、こちらを振り向こうとした。

しかし、女の首が、その動きを終える前に、男も連れの男も、頭を伏せていた。

見られた⁉

落ちるようにして、樹から降りた。

疾った。

疾って、ようやく、もとの屋敷跡にもどってきた。

もどってきても、胸の動悸《どうき》はおさまらなかった。

わかってしまったか⁉

覗いていたのが自分たちであったとわかってしまったか。

もしそうなら、ここから、一刻も早く逃げ出した方がいいのではないか。

何故なら、この場所は、あの老人にも、女にも、わかってしまっているからだ。

もし、あのふたりが自分たちに何かひどいことをしようとするなら、今夜中にここにやって来るかもしれない。

逃げよう——と何度も思った。

しかし、逃げたら、賃金がもらえない。

もしかしたら、誰かが覗いていたことはわかっても、それが自分たちであるとはわかってはいないかもしれない。

女の首がこちらを振り向こうとしたのは偶然で、あれは、樹の上にいる自分たちを見ようとした行為ではないのかもしれない。

老人が話し終えたので、傾けていた首を、もとにもどそうとしただけなのかもしれない。

それを、こちらがびくびくしているものだから、ばれたと勘違いをしているだけであるかもしれない。

きっとそうだ。

だいたい、あの距離なら、見られても、覗いていたのが誰であるかまではわかるはずもない。

遠いし、暗い。

あれでは、人の顔を識別するのが困難なはずだ。

万が一、見られたにしても、向こうはこちらが誰であるかなど、わかるはずもない。

そういうことを考えながら、まんじりともせずに、ふたりは夜明けを迎えていた。

何ごともなかった。

やっぱり、見つかってはいなかったのだ。

明るくなると、気が大きくなった。

今夜さえつとめれば、これが最後であった。

金をもらって、このままおさらばしてしまえばそれですむ。

もし、何か訊かれたら、何も知らないととぼければいい。

むこうが、知らないというこちらの言うことを信用しなくとも、少なくとも、あれを見てしまったことを、こちらが他人に告げるつもりがないことくらいは理解してくれるだろう。

そう考えた。

それで、夕方まで待って、最後の仕事を済ませようと決めたのである。

しかし、その日は、誰も、蟲や蛇を持って来る者はなかった。

陽が暮れかけたところへ、姿を現わした者がいた。

すぐに、誰だかわかった。

あの、老人であった。

ひょろりとした細い体軀《たいく》。

間違いはない。

いったい何をしに来たのか。

何を問われても、昨夜のことは知らない、見ていない、ということで話を通そうと、仲間とは約束をしている。

しかし、身体が小刻みに震え出してきた。

ゆるゆると歩いてきて、老人はふたりの前に立ち止まった。

無言であった。

こわい、黄色い眼で、ふたりを凝《じ》っと見た。
〝な、な……〟
言葉が出てこない。
声を出すことができないまま、身体ががたがたと大きく震え出してきた。
すると――
「見たな……」
短く、老人がつぶやいた。
その瞬間に、老人の右手が一閃《いっせん》した。
何か、光るものが、男の連れの眼の前を疾ったように見えた。
鋭い金属光。
その瞬間に、連れの男の顎《あご》の下から、びゅっと血が噴いて、老人の顔面を叩いた。
血であった。
喉を切られたのである。
声も出さずに、連れの男は前につんのめって息絶えていた。
次が、男の番であった。
すうっ、
と、老人が自分の前にやってきた時でさえ、男は動けなかった。
動けないまま、へらへらとした意味のない笑みを浮かべている。

その前に立った老人が、また、右手を一閃させた。

ぶっつりと、喉を切られた。

自分の顎の下から血が飛んで、老人の顔を叩いた瞬間に、男の意識は肉体から離れていた。

男は、気を失って、気がついたら、アッリに、耳もとで、

「どうしたのですか」

と、声をかけられていたのである。

そして、虫の息で、これまでのことを、アッリに語ったのであった。

アッリに、というよりは、熱にうかされた人間が口にするうわごとのようであった。ほとんど一方的に、語り終え、そして、男はアッリの腕の中で息絶えていったのであった。

とても、持っていった犬や蟲や蛇を、この現場で売るような状況ではない。

それに、いつまでもここにいて誰かに姿を見られたら困ることになる。

アッリは、ふたつの屍体をそこに残し、宙を駆けるようにして、自分の屋敷までもどってきた。

誰にも何も言わずに数日が過ぎ、アッリは窶《やつ》れ、ほとんど何も食べずに日々を過ごした。

しかし、自分が見てきたことについて、誰かにしゃべりたくてたまらない。

そして、ついに、マハメットのところに、顔を出して、声をかけたということなのであった。

六

西市のざわめきの中を、空海と逸勢は歩いている。

マハメットが言うように、市には、確かに以前より活気が溢れている。売り子たちの声も大きくなっているように思えるのは、気のせいばかりではない。人々の中の笑みの量も増えているようである。

その賑《にぎ》わいの中を、難しい顔で、空海は歩いている。

「逸勢よ。これはなかなかたいへんなことになってきたぞ」

空海は言った。

「さっきの、マハメットの話のことか」

「ああ。なんともおもしろいことになってきた」

「おい、空海」

「なんだ、逸勢」

「こういうことで、おもしろいなどと言うものではないぞ」

「そうか」

「誰ぞの悪意のある人間に聞かれでもしたら、何を言われるかわからぬではないか」

「これは、おれとおまえの間でだけのことさ。心配はいらぬ」

「ならばよいが――」

いくらか不満の残る口調で逸勢は言った。

「――しかし、空海よ。あれで本当にだいじょうぶだったのか」

「あれ?」

「マハメットに、何も心配することはないと言ったではないか」

「ああ、言った」

「そのことさ」

「心配するな――他にどのような言い方がある?」

逆に、空海が逸勢に問うてきた。

「言い方と言ったって――」

「あれしかないだろう」

あれ、というのは、しばらく前に空海がマハメットに言った言葉のことである。

ミマール・アッリの話を終えたマハメットが、

「このことで、アッリは死ぬほど心配をしていますが、どうすればよろしいでしょうか――」

空海にそう訊いてきた。

それに対して、

「別に心配はいらぬでしょう」

空海はそう答えたのである。

「何も知らない、何も見なかった、聞かなかった——常と同じ生活を続けるのが一番賢い方法ですと、アッリさんにはそのようにお伝えして下さい」

「それでよいのですか」

「はい」

空海は、きっぱりとうなずいた。

その後、マハメットの娘たちを交えて、しばらく市の賑わいの話をしてから、空海と逸勢は、マハメットの天幕を辞したのであった。

「よいか、逸勢、今、カラパン殿はそれどころではないのだ。もしも、アッリが、このことをまだ誰にも話していないのなら、アッリの身は危ないが、もう話をしてしまったのだ。だから、アッリは安全なのだよ」

「う、うむ」

声をあげてから、

「しかし、もし、この話を誰かにしてしまったということが、カラパンに知れたら、カラパンが怒って良からぬ目にあわせるためにやってくるのではないか」

逸勢は言った。

「何のために？」

「だから、それは……」

逸勢が口ごもる。

「もしも、アッリが、他人にこの話をしたというのがカラパン殿の耳に入っても、それはすでにアッリが他人にこの話をしてしまったからであり、その意味では、今さらアッリの口を封じても意味がない。それに、アッリはカラパンとの約束を反故《ほご》にしたり、裏切ったりしたわけでもないのだ」

「うむ」

「もしも、おれがカラパンで、アッリがそのような話を他人にしたというのがわかったら、あるいは、他人にしそうだというのがわかったら――」

「何なのだ」

「逃げるだろうな」

「逃げる？」

「あの屋敷から、一刻も早く出てゆく」

「ほう」

逸勢は声をあげた。

「あのふたりに、見られたというのがわかった時に、その準備を始めるだろう」

「――」

「あのふたりを殺すにしても、もう、すっかり逃げる手筈《てはず》を整えてからさ」

「それは、つまり――」

「今、あのふたりが行ったという屋敷に行っても、すでに、誰もいなくなっているだろうよ」

「わかるか」

「わかる」

はっきりと空海はうなずいた。

「逸勢よ、さっきおれがおもしろいと言ったのはな、色々とわかってきたことがあったからだ」

「わかってきたこと?」

「うむ」

「何だ?」

「たとえば、このカラパンは、周明徳や、アルン・ラシッドを殺したドゥルジ尊師であろうということだな」

「それはそうだろう」

「でな、逸勢よ。ドゥルジ尊師と、これまで我々が何度か耳にした白龍とはおそらく同じ人物だぞ――」

「なに!?」

「白龍の名は、知っているな」

「聴いたよ。確か、おまえが丹翁《たんおう》殿から聴いた話だったな」

「そうだ」

「だが、しかし——」

「前から、そうではないかと思っていたのだが、やはりそうであったということさ。カラパンの件と、今度の楊玉環《ようぎよくかん》殿の件、色々なところでつながりがあったではないか」

「——」

「よいか、貴妃殿の墓所《ぼしよ》を掘ったおり、犬の髑髏《しやれこうべ》が出てきたが、あれに書かれていたのは波斯《ペルシア》の文字ぞ」

「わかっている」

「その貴妃殿の件に深く関わっていたのが、黄鶴、白龍、丹龍の三人」

「う、うむ」

「劉雲樵《りゆううんしよう》の屋敷の黒猫の一件も、徐文強の綿畑から出てきた動く俑《よう》の一件も、徳宗《とくそう》皇帝のお生命《いのち》を縮め、今また順宗《じゆんそう》皇帝のお生命を縮めようとしている者たちがいる一件も、全ては繋《つな》がっているということさ」

「今、皇帝が呪詛《ずそ》されていることとも繋がってると？」

「うむ」

空海は、うなずいてから、

「こたびの、犬や、蟲や、蛇をドゥルジ尊師が集めていたということについてだが——」

逸勢を見やった。

「何だ?」

「これは、蠱毒《こどく》のためぞ」

「――」

「皇帝を呪詛するために、ドゥルジ尊師はそのようなものを集めていたのさ」

「つまり、それは、今、皇帝を呪詛しているのはドゥルジ尊師であるということか――」

「さっきからそう言っている」

「では、あのふたりは、カラパンのドゥルジ尊師――つまり、白龍が皇帝を呪詛している現場を見てしまったために、殺されたということだな」

「おそらくな」

空海が言うと、

「むうう……」

逸勢は深い溜め息にも似た呼気を吐き出した。

「そう言えばな、空海、言われてみればなるほどそうであったかという気がするよ。しかし、どうして、白龍は、そのようなことをするのだ」

「そのようなこととは?」

「皇帝のお生命を、呪詛で縮めようとするようなことをだ」

「そこまでは、まだおれもわからぬ。どうも、この件には楊玉環殿が深く関わっていそうだとは思うのだが――」

「それに、王《おう》先生もだろう」

「うむ」

空海はうなずき、

「王先生と言えば、この市が活気のあるのも、先生のおかげだろう。しかし――」

「どうした?」

「この件に、王叔文《しゅくぶん》先生が、どうもよい関わりを持っているようには思えなくなってきたな……」

「おれもそう思う」

「大猴を連れてくるのだったよ」

「大猴を?」

「あの男がいれば、今、崇徳坊に様子を見にやらせているところだ」

「そうだな」

「ともかく、この件は、柳先生に最初にお話しするのがよいだろう」

「あの男も、心労が多いな……」

逸勢がそう言った時――

「空海先生」

後方から声をかけてきた者があった。

空海と逸勢が振り返ると、そこに、韓愈《かんゆ》が立っていた。

「おう、韓愈殿」

空海が言うと、

「こちらです」

韓愈が頭を下げた。

第二十八章　蠱毒《こどく》の犬

一

小さな土間であった。

竈《かまど》があり、几《き》と椅子があった。

水の入っているらしい大きな甕《かめ》があり、壁の棚には、鍋や食器が並んでいる。

几を挟んで、空海と逸勢は、柳宗元《りゅうそうげん》と向かいあっていた。

部屋には、柳宗元の他に、韓愈、それからもうふたりの二〇代半ばと思える人間がいる。

韓愈は、柳宗元の横に座っているが、そのふたりは、窓の横と入口の扉の横に立って、静かに几を囲んでいる四人の方に視線を向けていた。

空海も逸勢も、今、この部屋へ入ってきたばかりであった。

しばらく前に、韓愈に呼びとめられた。

その韓愈に案内されて、ここまでやってきたのである。

はじめ、韓愈は、すぐにはここへやって来なかった。

南へ歩いたり、東へ歩いたりして、しばらく市内をうろうろとした。

ほどなく、ひとりの男が人混《ひとご》みの中から歩み寄ってきて、

「あとを尾行《つ》けている者は見あたりません」

韓愈にそう言った。

男は、近づいてきたのと同様に素早くまた人混みの中に姿を消した。

それから、韓愈は西に向かって歩き出したのである。

西市の、西のはずれに近い場所に、この家はあった。

土塀に囲まれた小さな家であった。

韓愈は、この門をくぐり、空海と逸勢をこの部屋まで案内してきたのである。

部屋に入ると、そこに、柳宗元がいた。

短く挨拶を済ませ、空海と逸勢は、柳宗元と今向きあって座ったところであった。

「わざわざ、こういう場所までお呼びして申しわけありませんでした」

柳宗元は言った。

「気になさらないで下さい。わたしたちはかまいませんので——」

空海は言った。

「ここは、いつぞやと同様に、わたしの知り合いの家です。人払《ひとばら》いをしてありますので、しばらくは誰もやってくることはありません。どのような話をしても、大丈夫です」

そう言った柳宗元に、

「早速ですが、柳先生からのお話の前に、わたしの方から早急にお知らせしておかねばな

らないことがあります」

空海は言った。

「何でしょう？」

「皇帝の具合はいかがですか」

「具合？」

「容態です。もしかしたら、この数日で何か変化があったのではありませんか」

空海が言った途端に、柳宗元の表情が、空海に問いかけたままの状態で静止した。

かなり長いと思われる沈黙の後、

「驚きました」

柳宗元は言った。

「空海さんの言われたように、皇帝の容態に変化がありました」

「三日か二日前、具合がよくなって、御気分のよろしい時があったのではありませんか」

「ええ、その通りです」

「しかし、昨夜か今日あたりから、また御容態が悪くなったというのでしょう」

「その通りです。おっしゃる通りです。ですが、どうしてあなたにそれがわかるのですか？」

柳宗元は言った。

二日前から、床に伏せっていた順宗皇帝の具合がよくなって、ほとんど話もしなかった

のが、

「朝、御自分から、おなかがすいたと申されて、粥《かゆ》を何杯かと、魚、果実など滋養のつくものを召しあがられたのです」

というのである。

これは、恵果阿闍梨《けいかあじゃり》の修法が効いたのかと思っていたところ、

「今朝がたからまた、御様子が悪くなられて、それまでと同じ状態になってしまわれたのです」

柳宗元は、ふいに額に浮いてきた汗をぬぐいながら言った。

「しかし、どうして、空海さんにそれがわかったのですか。これは、秘中の秘であり、ほんのわずかの人間しか知らぬことなのですよ――」

「空海、おまえ、さっきはそんなこと――」

言っていなかったではないかという言葉を、逸勢は飲み込んでいた。

逸勢もまた、空海の言った言葉に、深い驚きを覚えていたのである。

こういう時、空海の顔には、不謹慎とも思えるほどの、笑みに似た表情が現われることがある。

満足そうな表情であり、大人をその能力で驚かせて、得意になっている子供のような表情でもあった。

その時もそうであった。

一瞬、空海の口元にそういう表情が浮かびかけたのを、みごとに空海は押し殺して見せ、

「実は――」

しばらく前に、マハメットのところで聴いてきた話を、柳宗元にしたのである。

聴き終えて、

「では、空海さん。そのドゥルジ尊師というのが、皇帝を呪法で苦しめていたのだと――」

「そうです」

「むうう」

「ふたりの男に見られれて、あわてて、ドゥルジ尊師は、呪法の場所を替えたに違いありません」

「――」

「場所を替えるその時だけ、皇帝を呪詛する力が弱まったということです」

「なんと……」

柳宗元は、感に堪えぬといった声をあげた。

「なんという、まったくあなたはなんという方でしょう。これだけのことからそこまでわかってしまうのですか」

「それよりも、お急ぎ下さい」

空海は言った。

「急ぐ?」

「崇徳坊へ人をやって、さっそくその屋敷を調べさせた方がいいと思います。万が一にも、もしドゥルジ尊師が残っているのなら、この件もあっという間にかたがつくやもしれません。役人に知らせても、これがどういうことかすぐに理解できないでしょう。ですから、まず第一にあなたにお知らせするのが一番であろうと考えていたのです。あなたとお会いしたら、何を措《お》いても、まずこのことをお伝えせねばと思っておりました」

空海が言った時には、柳宗元は立ちあがっていた。

「子英《しえい》」

入口に立っていた男に、声をかけた。

「はい」

子英と呼ばれた男がうなずいた。

「今、聞いた通りだ。どうすればいいかはわかっているな」

「はい」

「早急に手配を――」

「わかりました」

うなずいてから、空海と逸勢に、

「失礼します」

目礼をしてから、子英はたちまち部屋の外に走り去っていった。

二

「ところで——」

と、あらたまって柳宗元は空海と逸勢に向きなおった。

「話はいくつかあるのですが、まず、例のもうひとつの文《ふみ》の件から申しあげましょう」

「お手紙では、それは、晁衡《ちようこう》殿が書かれたものではなく、高力士《こうりきし》殿が書かれたものであったとか——」

「母にあらためて問い合わせましたところ、晁衡殿の文と思ったのは記憶違いで、高力士殿の文であったということです。ふたつの文が一緒にあったことから、考え違いをしてしまったようです。で、もうひとつ、母は、思い出したことがあるというのです」

「何でしょう」

「白鈴《はくりん》殿は、その高力士の文を読まれていたようだというのです」

「おう」

「倭国《わこく》の言葉で書かれた文は読めなかったのですが、高力士殿の文は、唐語で書かれていたからでしょう」

「どのようなことが書かれてあったのですか?」

「同じことを母も問うたそうですが、白鈴殿は、その文の中に書かれてあったことは、誰にも言えないのですと言って、教えては下さらなかったとのことでした」

「ははあ——」

「で、白鈴殿が亡くなられて、その文はふたつとも、柳先生の母上の手に渡ったわけですね」

「そうです」

「それで、晁衡殿が李白殿に書かれた文が残り、それを先日私たちが読んだというわけですね」

「ええ」

「高力士殿が書かれた文なのですが、それを青龍寺《せいりゅうじ》の恵果阿闍梨が買われていったということですが——」

「そのことですよ、申しあげておきたかったのは——」

「それは、いつのことだったのですか」

「白鈴殿が亡くなられてほどなくということですから、二十年ほども前ということになりましょうか」

「どのようないきさつだったのでしょう」

　空海が問うと、

「それは……」

　柳宗元は唇を舌で湿し、そして語り始めた。

白鈴が死んで、ひと月余りも経ったかという頃、青龍寺の僧だという人物が訪ねてきたのだという。

生前にささやかな御縁がありまして――

と、その僧は言い、

「もう少し早くにうかがいたかったのですが、亡くなられたことを知ったのが三日前だったのです」

恵果であると、名を告げた。

白鈴の墓前で読経《どきよう》した。

「ところで、白鈴さんの身の回りの品々はどちらにございますか――」

読経の後に、恵果はそう訊いてきた。

白鈴の生前の身の回りの品々といっても、それほど多くのものがあるわけでもなく、身寄りがあるわけでもない。柳宗元の母が、全て預かるかたちになっている。

「ひと通りは、わたくしが預かっておりますが――」

「その中に、文はございますか」

「文?」

「すでに亡くなられた高力士様から、晁衡様に宛てられた文ですが、それをわたしが預かるお約束を白鈴さんといたしました――」

訊いてみれば、このような文を持っているのだがと、白鈴の方から恵果に話があったのだという。

唐王朝の秘事に関わる文であり、これをいったいどうしたらよいかと思っているのだと言って、白鈴はその文を恵果に見せた。

それを読んだ恵果は、

「これは、たいへんな文でございます。決して他人に見せませぬよう――」

そう言った。

「わたくしが生きておりますうちはそれもできますが、死した後はどうなるかわかりません。燃やしてしまってもよいのですが、わたくしが生きているあいだは、亡き晁衡さまを偲《しの》ぶよすがとして手元に置いておきたいのです」

もしもこの自分が死ぬようなことあらば、恵果さまにこの文が渡るようにしておきますれば、その時は焼くなりどうするなり、この文の処分はおまかせいたします……

そのように白鈴が恵果に言ったというのである。

「その文のこと、白鈴さんからうかがっておりませんでしょうか」

柳宗元の母は、それで、生前に白鈴が言っていた文のことを思い出した。

「その文のことなら、耳にしております」

「おう」

「恵果様にお渡ししてくれという話はうかがってはおりませぬが、何やら大事な文をお持ちであるということは聴いたことがございます」

「読まれたのですか」

「いいえ。そういう文があるということをうかがっただけで、中身については何も……」

「その文、今はどこにございますか」

問われて、柳宗元の母は恵果を白鈴の寝室であった部屋に案内をし、櫃《ひつ》の中から幾つかの文を取り出しながら、

「たぶん、これだと思います」

ひとつの文箱《ふばこ》を取り出した。

文箱を開けると、中にひと巻きの巻子《かんす》が入っており、蓋《ふた》の裏に白鈴の手で、自分が死んだ後、この文箱の中の文を読むことなく、青龍寺の恵果和尚にお渡しすること、という旨の文章が書かれていた。

「これでございましょうか」

と柳宗元の母がそれを差し出すと、その巻子をわずかに開いて眼を走らせ、

「間違いございません」

恵果がそれを推《お》しいただくようにして持ちあげた。

三

「それで、恵果阿闍梨が、その文を文箱ごとお持ちになられたというのですよ」

柳宗元は言った。

帰り際に、恵果は、紙に包んだ金子《きんす》を取り出して、置いてゆこうとした。

「お金をいただくわけにはまいりませぬ。うかがえばこれはもともと白鈴さまが恵果さまにお渡しするはずであったものでございましょう」

柳宗元の母は、断わろうとしたのだが、

「坊主のわたしが言うのもおかしいかもしれませんが、白鈴さんの御供養に――」

そう言って、恵果は金子を置いて、辞《じ》していったのだという。

「なるほど、それで、その文は今、青龍寺の恵果阿闍梨の元にあるというわけなのですね」

空海は言った。

「だと思います。燃やしたりしていなければ――」

「で、今回の件と、その文が関係あるのではないかと――」

「あると思っています」

「このことは、恵果阿闍梨にはお話しされたのですか」

空海が問うと、柳宗元は、哀しそうに首を左右に振った。

「まだ申しあげておりません。このようなおりに、果たしてこういうことをお話ししてよいものかどうか。あるいは、こういうおりであるからこそ、お話しした方がいいのか――」

柳宗元は、唇の動きを止め、何ごとか言いよどむように、視線を下に向けた。

「しかし……」

下を向いたまま、柳宗元はつぶやいた。

「王先生のことですね」

空海が声をかけた。

「そうなのですよ、空海さん。おお。そのことなのです。そのことで、わたしは頭を痛めているのですよ」

柳宗元は顔をあげた。

「高力士殿の文のことを言えば、いきがかり上、晁衡殿の倭国の文章で書かれた文のことも言わねばならなくなります。そうすれば……」

「王叔文先生が文を盗んだかもしれないということに、事が及ばざるをえないということですね」

「そうです。その通りです」

「――――」

「どうしたらよいのか、わたしには判断がつきかねます」

「――――」

「内々で、恵果阿闍梨に全てをお話しして相談をするか、逆に、王先生に全てをお話ししてそのお心の裡《うち》を聞いてみるか――」

「王先生の、今の御様子はどうなのですか？」

「悪いです」

きっぱりと柳宗元は言った。

「非常に悪い状態であると申しあげてよいでしょう。食もすすまず、すっかりお痩せになられました。夜も、床にはつかれていると思いますが、しかし、ほとんどお眠りになっていないようです」

それで、いきおい、柳宗元の負担も大きくなっているのだろう。

柳宗元自身も、あまり眠っているようには見えなかった。眼の下に隈《くま》ができている。

「どうしたらよいのでしょう」

「わたしにも、柳先生がどうしたらよいのかはわかりません」

空海は正直に言った。

「恵果阿闍梨が、高力士殿の文を燃やしていないのなら、まだ、それは青龍寺にあるのでしょう。あるいは、もし、その文を読むことができれば、何か新しいこともわかるかもしれません」

「恵果阿闍梨は、もうひとつの文のことは御存知なのですか」

「晁衡殿が、倭の言葉で書かれた文のことなら、御存知ないのではありませんか――」

「だったら、恵果阿闍梨がお持ちの文を読むことはできるかもしれませんね」

「と言いますと？」

「このような文を持っていると恵果阿闍梨に申しあげて、それをお見せするのです。その上で、そこにどのようなことが書かれてあるのかを、柳先生が御自身のお言葉で説明し、その上で、もしまだお持ちであれば、高力士殿からの文を拝見できませぬかとうかがえばよろしいのですよ」

「そうですね。しかし、問題があります」

「先ほどのことですね」

「王先生が、この文を盗んだかもしれないということを恵果阿闍梨に申しあげるかどうかです」

「はい」

「もうひとつ、今祈禱《きとう》に専念なされている恵果阿闍梨に、このような話をしてよいのかどうかです」

「そのことの判断は、わたしではなく、現場にいらっしゃる柳先生がなさることです」

「空海さんの言う通りです。わたしが判断せねばなりません」

柳宗元は、唇を嚙みながら言った。

「ところで、恵果阿闍梨は、今、どのような修法をなさっておいでなのですか」

空海は訊いた。

「わたしたちは、それがどのような修法であるかはうかがっておりません」

柳宗元は言った。

「考えてみればそうですね。もし、誰かにそれを話し、相手にそれがどういう修法であるかがわかってしまったら、それをうまくかわされてしまうこともあります。そうなると修法の威力も半減してしまいます」

「そういうものなのですか」

「はい」

「我々にはわからない機微が、あのような呪法《ずほう》にも色々とあるのでしょうね」

「ええ。たとえば、呪法を受ける立場の者――今回の件で言えば、皇帝御自身が、御自分が呪われていることを知っていらっしゃればかえって、呪いの力を受けやすくなってしまうのです」

「皇帝は、御存知です」

「御存知ならば、それを忘れるということはできぬでしょうから、呪法には負けぬぞという強いお心を持つことが、まず必要です」

「恵果阿闍梨も、そのことは申されておりました」

「はい」

「修法の名前はわかりませんが、皇帝のお部屋の前に、壇を作り、壇の正面に恐い顔をした像を一体置いて、それを前にして恵果阿闍梨は祈っておいでです」

「ははあ……」

　空海は、何やらうなずき、

「壇の中央にこれほどの大きさの筒のようなものを立てておいでではありませんか」

両手を合わせ、それを自分の乳首と乳首の間くらい広げてみせた。

「よく御存知ですね」

「おそらく、恵果阿闍梨がなさっていらっしゃるのは――」

「待って下さい、空海さん。もし、その修法の名を言うつもりなら、わたしたちはそれを聴かなくても結構です。もし、それを聴いてしまって、なんらかのかたちでそれが相手に洩れてしまったら、修法の功力《りき》が落ちてしまうのでしょう」

「はい」

「ならば、わたしたちはそれをうかがう必要はありません」

「わかりました」

空海はうなずき、

「しかし、これだけは申しあげておきましょう。もし、恵果阿闍梨がわたしの思っている修法を行なっているのなら、これは、皇帝一代につきただの一度だけやることのできる、極めて強力な修法であるということです」

「それは、たいへんに心強い言葉です」

柳宗元はうなずいてから、

「ところで、空海さん、さきほど言われたことですが――」

「何でしょう」

「相手のやっている呪法がわかれば、その力を半減させる方法があると言われましたが――」

「言いました」

「もし、しばらく前のお話にあったドゥルジ尊師が敵ならば、その呪法が何であるかを我々は知ったことになりますか」

「その手掛りは得たことになります」

「夥《おびただ》しい数の蟲《むし》、そして、犬――これはどのような呪法と考えてよいのですか」

「恵果阿闍梨が、天竺《てんじく》に生まれた修法を行なっているとするなら、ドゥルジ尊師のやっているのは、逆にこの唐の国の呪法と言ってよいでしょう」

「わが国の？」

「道教《どうきょう》の道士がやる呪法のうちに、蠱毒《こどく》と魘魅《えんみ》と言われるものがありますが、それを合わせたもののようですね」

蠱毒というのは、動物の持っている禍々《まがまが》しい力を借りて、相手を呪う呪法である。

たとえば、蛇なら蛇、鼠《ねずみ》なら鼠といった同じ種類の生き物をたくさん集めて、ひとつの壺の中に入れる。

そして、そのまま放置する。

やがて、飢えた蛇や鼠は、互いに仲間の肉を啖《く》らい合うことになる。そうして生き残った一匹を、呪法の道具として使用するのである。

空海は、蠱毒の法を説明し、

「これを、わたしたちの倭国では、式《しき》を打つと言います」

そう言った。

「魘魅というのは？」

「これは、人形《ひとがた》を作り、その人形の中に、呪いたい相手の髪の毛や爪などを入れて、これを相手に見たて、火で炙《あぶ》ったり釘を打ち込んだりして呪う方法です」

「ドゥルジ尊師は、それを合わせたような呪法を行なっていると？」

「はい」

空海はうなずき、

「しかも、その数、ただごとではありません。さらに、あの犬です」

「犬？」

「犬を首まで地に植え、飢えさせてから首を切り落とす。この犬の執念を呪法の力としているのでしょう。さきほど、わたしは、これをお国の方法と言いましたが、それだけではない異国《とつくに》のやり方が、この犬の使い方を見ると、入り込んでもいるようです」

「と言いますと？」

「胡《こ》の国の呪法――波斯《ペルシア》の方法でもあるのでしょうか？」

空海が言うと、

「むうう……」

柳宗元は、唇を結んで腕を組んだ。

「何か、まだ、わたしにも見当がつかぬようなやり方を、相手がしているような気がします」

「困り果てました」

「お疲れのことと思いますが、なんとかがんばって下さい。それからこれは、たいへん失礼なことになるやもしれませんが……」

「何でしょう」

「いえ、これはあまりに僭越《せんえつ》なことなので――」

「何でもおっしゃって下さい。今のわたしには失礼も何も、できるだけ多くの助言が必要なのです」

「いいえ。柳先生ではなく、恵果阿闍梨に失礼なことになるかもしれないと言ったのです」

「おっしゃってみて下さい」

「先ほどの話を耳にすれば、おそらく同様のことを恵果阿闍梨もなさると思うのですが――」

「どのようなことですか――」

「生の肉を、皇帝の身の重さと同じだけ用意し、皇帝からお髪《ぐし》をちょうだいして、それを肉の中に埋め込みます」

お部屋の横に置きます——」
「それから、皇帝がお召しになっていたものをその肉の上に被《かぶ》せて、お部屋の横に置きます——」

「ほう」

「それは、犬の鬼《き》の怨念《おんねん》をそらすということですか」

「はい、その通りです」

「これは自分の考えだがと前置きして、たいへん失礼なことになりますが申しあげてみましょうか」

いずれ、恵果の元へゆかねばならない空海に対する柳宗元の配慮であった。

「おそらく、その心配はないでしょう。恵果阿闍梨ならば、もっと別の良い方法を考えつくと思います」

「わかりました。余計なことはせぬようにいたしましょう」

柳宗元はそう言ってから、あらためて空海を見やり、

「実は、空海さん、今日は、もうひとつ用件があるのです」

声を低めてそう言った。

四

「先ほど空海さんが言ったことと関わりがあるのですが……」

語りにくいことなのか、柳宗元は言いかけて口ごもった。

「何でしょう?」

「空海さん。あなたにはこれまでにもたいへんお世話になりました。その上でさらにまたお願いごとを口にするのはわたしもたいへんに心苦しいのですが……」

「何でもおっしゃって下さい」

「色々とお話をうかがうにつけ、これは空海さんにとってもたいへんに危険なことになりそうなのです」

「どういう願いごとなのですか」

「先ほど空海さんは、相手のやっている呪法が何であるかわかれば、その力を半減させることもできると言いましたが」

「はい。申しあげました」

「そのことなのです」

「――」

「今度の相手が、いったいどのような呪法を行なっているのか、それを調べていただきたいのです」

「――」

「犬の首や、蛇や、蟲たちを利用する呪法のことは、すでにわたくし共はうかがいましたが、相手はもっと別のことも考えているだろうと、おっしゃいましたね」

「はい」

「それをさぐって欲しいのです」

「――」

「しかも、皇帝が呪われていることなど、他の人間に知られぬようにやっていただかなければなりません。そして、このことには、さっきも言ったように、空海さん、生命の危険もあるのですよ」

ひと息に柳宗元は言った。

空海は、口をつぐんだ。

ふた呼吸ほど眼を閉じてから、また眼を開き、逸勢を見やった。

「――空海」

逸勢が、どうするのだと言うように空海を見やった。

しかし、

「どうする?」

先にその言葉を口にしたのは空海の方であった。

「ど、どうするって……」

逸勢が口ごもる。

もし、この件について空海が動くことになれば、自然に逸勢も巻き込まれることになる。

すでに片足を突っ込んでいるような状態の空海と逸勢であったが、半分はいきがかり上関わってしまったという部分がある。

しかし、今、うんと返事をすれば、正式にこの件に関わってしまうことになる。そうなれば、柳宗元の言うように、生命が危険にさらされることにもなる。

それは、逸勢も同じだ。

逸勢の考えも聞かずに、空海が自由に決めていいことではない。もし、空海が関わることを決めて、逸勢が反対であれば、ふたりは、これまでほど頻繁には会っていられなくなる。

空海が、逸勢の考えを訊いたのは当然のことと言えた。

「よ、よいではないか空海」

逸勢は言った。

「よいのか」

「よいとも」

「本当に？」

「あ、あたりまえではないか」

逸勢の声は、微かに震えを帯びている。

「ず、隋《ずい》の時に小野妹子《おののいもこ》殿が使としてこちらに来たのは推古《すいこ》十五年の時ぞ。以来二百年、この国の秘事にここまで深く関わったのは、安倍仲麻呂公を別にすれば、我らのみぞ」

頬を、赤くして逸勢は言った。

「しかも、皇帝のお命を守るためということではないか。儒者《じゅしゃ》として、君《くん》のために立つは当然のことではないか」

空海はしゃべっている逸勢を、思いがけないものを見るように見つめている。

「このおれなどは、おそらくはどれほどのお役にも立てまいが、このことで、もしこの地に果つることになるとしても、それこそ男の本懐《ほんかい》ではないか」

初《うい》ういしいほど、逸勢の頬が赤く染まっている。

「そ、それにだ……」

と、逸勢は空を見、

「おれたちは、もう、関わってしまっている——」

きっぱりとそう言った。

「確かにその通りだ、逸勢」

逸勢が言い終えるのを待って、空海は言った。

「お聴きの通りです」

空海は柳宗元を見やり、

「どこまでできるのかはわかりませんが、これまで通りということです。我々にできることがあれば、いつでもお役に立ちましょう」

そう言った。

「心から感謝いたしますよ、空海さん」

柳宗元は頭を下げ、

「赤《せき》」

入口に立っていた男に声をかけた。

「はい」

赤と呼ばれた男が、返事をして空海と逸勢の前まで歩いてきた。

鋭い刃物で、皮膚をすっと横に裂いたような細い眼をしていた。

その中に、先端をこちらに向けた針のように尖《とが》った瞳がある。

「この男と、先ほど外に出て行った子英という男を、空海さんにおつけいたします。ふたりとも、多少の武術の心得もあり、傍《そば》に置いておくだけで安心できます。もしも、わたしに用事などがあれば、どちらかに申しつければすぐに連絡がとれるようになっています」

柳宗元が言った。

「何でも申しつけて下さい、空海先生」

赤が言った。

空海は、赤を見、

「そうですね。もしかしたら、ひとつふたつ、今回の件で頼むことができるかもしれません。よかったら、明日の昼頃に、子英さんと一緒に西明寺を訪ねてみてくれませんか」

「わかりました」

赤は左掌に右拳をあて、うなずいた。

五

空海と逸勢は、西明寺に向かって歩いている。

雑踏の中を行く人々は、暮鼓《ぼこ》が鳴る前にそれぞれの坊にたどりつこうと足が速くなっている。

「あれでよかったのだろうかなあ、空海よ」

逸勢は、しきりと空海に声をかけてくる。

「何がだ」

空海が逸勢に言う。

「さっきのことなのだが、引き受けてしまって大丈夫だったのかなあ」

逸勢は、不安そうな口調で言った。

「いいさ」

「しかし、生命の危険があるのではないか」

「あるだろうな」

「ドゥルジ尊師に、もう、何人も殺されているではないか。自ら釜茹《かまゆ》でになったり、喉を搔き切られたり――」

「かなりむごたらしい死に方だったたな」

「空海よ。場合によっては、おれたちがあのような死に方をするかもしれないということではないか」

「うむ」

「あの時はああ言ってしまったが、本当はおれは恐いのだよ。あの時だって恐かったのだ――」

逸勢が言った時、最初の暮鼓が鳴り始めた。

これから、暮鼓はしばらく鳴って、一時間ほどで鳴り止《や》むことになる。暮鼓が鳴り止めば、各坊の坊門が閉ざされる。その時に、大路や大街にいると、役人に咎《とが》められ、罰せられることになる。

「なあ、空海よ、おまえは恐くないのか」

逸勢は、すがるように空海を見やる。

「安心しろ、逸勢」

空海は、唇の端を持ちあげて微笑し、

「おれも恐い」

そう言った。

「おまえがそう言ってくれると、おれも少しほっとするよ」

「――――」

「しかしなあ空海よ。おれは後悔していないぞ――」

「後悔?」

「何しろ、唐の天子さまのお生命《いのち》に関わることなのだぞ」

「うむ」

「あの時も言ったが、倭国の人間の――いや、この唐国の人間の誰がこういうことに関わることができるというのだ」

「――」

「しかも、玄宗皇帝と貴妃様との秘事について、おれたちは知っているのだぞ。あの倭国にいる時に、まさかこういうことが、このおれの身に起こるとは思ってもみなかったことだ」

「うむ」

「だが、起こった」

「――」

「もし、このことで、おれの身に何かが起こり、あの――あのちっぽけな国に帰れなくなってしまったとして、それが何だというのだ」

声を大きくしてから、逸勢は急に真顔になって、

「空海よ、おれは今、だいぶ興奮しているようだな」

そう言った。

「空海よ、さっきも言ったように、ほんとうはおれは恐いのだよ。なぜ、引き受けろなど

とおまえに言ってしまったのかと後悔しているおれも実はいるのさ。しかし、そんなことよりもこの大事に関わることのできた誇りのようなものもあるのだ。あのちっぽけな国のことなどどうでもいいと思っているおれもいるのに、もうひとりのおれは、あの国のことをなつかしがっている……」

逸勢の声は、小さくなった。

「なあ、空海よ、明日になっても、まだこのおれは、今と同じ思いを胸に抱いているのだろうか——」

「さあ、どうなのかな」

「明日の朝、眼が覚めたら、今よりもっと激しく、あんなことを言ってしまったことを悔んでいるのかもしれない」

「——」

「空海よ、おれにはよくわかっているよ」

「何がだ」

「おれは、この国の大事に関わっているなどと口にはしたが、実は、関わっているのは、おれではなく、おまえなのだということがさ——」

「何を気にしているのだ、逸勢」

「おれは、たまたま、おまえと一緒にいるだけの人間だよ。そのおれが、あんな風に声を大きくしてしゃべったというのが、どれだけみっともないことかというのも、よくわかっている」

「逸勢よ、安心しろ」

「何のことだ」

「声を大きくする逸勢も、恐がっている逸勢も、あの国のことを小さいという逸勢も、なつかしいという逸勢も、今、おれの前でおれを見ているおまえも、みんな橘逸勢なのだ。どれひとつとして、おまえでないものなどないのだ。どの逸勢も必要なのだ」

「――――」

「どの逸勢を残してどの逸勢を捨てるということなど、誰もできはしないのだ。おまえも、おれも。全て、丸ごと全部合わせて、それが橘逸勢なのだ」

「――――」

「おれは、この国で、おまえという人間がおれの傍《そば》にいてくれて、本当によかったと思っているのだ。そういう時に、どの逸勢にいて欲しくて、どの逸勢にいて欲しくないとかいうことは考えたことがない――」

「本当か」

「密《みつ》を愛するということは、この天地《あめつち》を――宇宙を丸ごと愛するということなのだ。その中のどれが清くてどれが清くないとか、どれが正しくてどれが正しくないとか、そういうことはないのだよ」

「なんだって？」

「たとえば、あそこに咲いている桃があるだろう」

空海は、夕暮の大街の脇に咲き残っている桃の花を指差した。

「うむ。あるがそれがどうしたのだ、空海よ──」

「おれたちの足元には、ほれ、そこに小石が落ちている」

空海は立ち止まって、逸勢の足の先の小石を指差した。

「どうだ?」

と空海は言った。

「どうだと言ったって、どういうことなのだ、空海」

逸勢もつられて立ち止まっている。

後方からやってきた道を急ぐ人間たちが、奇妙な眼で、東方からやってきたふたりの倭人を眺めながら通り過ぎてゆく。

「この石と、あそこの桃の花と、どちらが正しくて、どちらが正しくないのだ?」

問われた逸勢は、一瞬、何のことだかわからない様子である。

「な、何だって?」

もう一度訊いた。

「だから、この石と、あの桃の花と、どちらが正しくてどちらが正しくないかと訊いているのさ、逸勢」

空海は、楽しそうに微笑しながらまた問うた。

「おまえの質問の意味がよくわからないのだが空海、それはちょっとおかしいのではないか」

「おう」

「この石とあの桃の花と、どちらが正しくてどちらが正しくないかということなど答えられるわけはないではないか」

「その通りさ、逸勢」

空海は、破顔《はがん》して歩き出した。

「この宇宙に存在するものは、全て、存在として上下の区別はないのだ」

「――?」

「この天地の間に存在するものは、全て存在として正しいと言ってもいい」

「む、む……」

「あの桃の花が存在として正しいのなら、さっきの小石も存在として正しいのだ。あの小石が正しいのなら、あの桃の花も正しいということなのだ」

「う、うむ……」

「あるものが正しくて、あるものが正しくないなぞと言う時、それは天地の理《り》がそう言うているのではない。人がそう言うているのだ」

「うむ」

「あるものを正しい正しくないと区別するというのは、それは、人の理《り》ぞ」

「むう」

「つまり、あの小石が正しいのなら、毒を持った蛇であろうと、それは正しいということなのだ」

「――」

「あの桃の花が正しいのなら、道端の犬の糞であろうとそれは正しいということなのだよ」

「――」

「桃の花はよい匂いがするから正しくて、犬の糞は悪い匂いがするから正しくないというのは、それは人の理さ」

「う、ううむ」

「密の教えというのは、まず、この天地のあらゆることがらを、肯《よし》と、自らの魂に叫ぶことなのだ。この宇宙に存在する全てのものを、丸ごとこの両腕の中に抱え込むということなのだよ――」

「――」

「そうすれば、わかる」

「何がだ？」

「この宇宙を丸ごと両腕の中に抱え込んでいる自らもまた、他のものと共にこの宇宙に丸ごと抱え込まれているということがだ」

そう言って、空海は言葉を止め、逸勢を見やった。

「おい、空海」

逸勢は言った。

「おれは、おまえの話を聞いていて、少しは何かわかったような気分にもなっていたのだが、また、よくわからなくなってきたよ——」

「そうか」

「もしかすると空海よ、おれはおまえに毒のある蛇だと言われたのか?」

「言ってない」

「犬の糞だとは言われたような気がするぞ」

「言ってない」

「ふうん」

「おれは、丸ごとのおまえが、ここにいてよかったと言っただけだぞ」

「しかし、ややこしい話をした」

「していない」

「したではないか」

「していない」

空海は笑った。

つられて、逸勢もまた微笑した。

「なんだかなあ……」

歩きながら逸勢は言った。

「どうした、逸勢」

「よくわからぬうちに、またおまえに騙《だま》されたような気がするよ」

「騙してはおらん」

「そんな気がすると言っただけだ。しかし、おまえは不思議な男だなあ、空海――」

しみじみと、逸勢は溜め息をついた。

「何がだ」

「いつも、おまえはおまえではないか」

「おまえだって、いつもおまえだぞ」

「茶化さないでくれ。おれは、おまえに礼を言おうとしているのだ」

「礼？」

「そうだ。おまえが、いつもと同じなんで、つられておれも、何だか憑《つ》きものが落ちたような気がする」

「ふうん」

「そうなってみれば、あらためて、何だかほんとうに……」

「どうしたのだ」

「おれたちは、おそろしいことに足を踏み入れてしまったような気がしてならないのさ」

酔いの醒《さ》めたような顔になって、逸勢は言った。

第二十九章　呪法合戦

一

翌日――

昼になる前に、子英《しえい》と赤《せき》は西明寺《さいみょうじ》に姿を現わした。

ふたりを、空海の部屋に案内してきたのは、大猴《たいこう》である。

子英と赤は、笑顔も見せずに、空海と、昨夜泊まっていった逸勢《はやなり》の前に座した。

赤は、昨日にも増して眼光が鋭くなっており、その表面に皺《しわ》がよるほど強く唇を結んでいた。

子英も、赤も、年齢はどちらも二〇代の半ばといったところだろう。

「空海先生――」

赤は緊張した声で言った。

「はい」

空海は、微笑しながらふたりを等分に見やった。

「先生のおっしゃった通りでした」

「何のことです」

「肉のことです」

「肉？」

「柳宗元《りゅうそうげん》先生が、昨日のことを恵果阿闍梨《けいかあじゃり》に御報告申しあげたところ、阿闍梨はさっそく、皇帝と同じ重さの生の肉を用意するよう命じられたそうです」

「空海先生の言っておられた通りであったと、柳先生はおっしゃっておられました」

子英は言った。

「これで、阿闍梨も、少しお力をたくわえることができるでしょう」

空海が言った。

「そうか、空海、おまえの言った通りだったのだなあ」

逸勢は言った。

逸勢は、実は、昨夜、恵果阿闍梨の修法について、空海から聴いている。

それは、次のようなものであった。

二

それは、「転法輪菩薩摧魔怨敵法《てんぽうりんぼさつさいまおんてきほう》」と呼ばれる修法である。

短くして、転法輪法、あるいは摧魔怨敵法と呼ばれることもある。

この世に存在するあらゆる悪魔や怨敵《おんてき》を、摧《くだ》き、滅ぼす、最高最勝の調伏法《ちょうぶくほう》である。

普通は、個人のためには修されることのない法であり、国家の安全が脅《おびや》かされたり、国家が存亡の危機に瀕《ひん》した時にのみ、この法が修される。

秘法中の秘法であり、必殺の怨敵調伏法であると言われている。

もともとは、天竺《てんじく》――インドに起原があると考えられている。

これを唐にもたらしたのは、密教僧の不空《ふくう》である。不空――つまり、恵果阿闍梨の師であり、漢人ではない。天竺人である。

この不空が唐語に訳した『転法輪菩薩摧魔怨敵法』に、この修法の方法が記されている。

後の話になるが、この書を日本に請来《しょうらい》せしめたのは空海であり、真言宗の野沢十二流中、随一の安祥寺《あんしょうじ》流では、厳重に秘法として伝承されている。

日本国においては、真言宗系小野流の始祖仁海《にんがい》が万寿二年にこの法を修したのが最初であると言われている。

基本的には国家のための修法であるが、個人のために修されることもある。その場合には、菩提《ぼだい》の大敵である無明《むみょう》、煩悩を降伏《ごうぶく》するという方法をとることになっている。

具体的に言えば、国家に危機が訪れた時、壇上に転法輪筒を作り、それを安置して修法する。

この転法輪筒、苦練木梅《くれんぼくせん》(楝《おうち》=梅檀《せんだん》)を材にあて、作られる。『転法輪菩薩摧魔怨敵法』によれば、長さ十二指、周囲八指にこの木を削り、丸くすると記されている。

日本では、通常金銅製のものか、あるいは竹か桐で作られたものが使用されるが、恵果が使用しているのは苦練木《くれんぼく》である。

筒の周囲や上下には、十六大護や八輻輪などの彫り込みがなされ、その筒の中には、怨敵の人形《ひとがた》を折りたたんで封じ込める。

施主の人形を入れる場合はその両足に怨家や怨敵の名前を記す。

怨敵の人形を入れる場合は、その頭や腹を、不動像などに踏ませ、その姓名を足下に記す。

この転法輪筒を奉安した後、十六大護、王城鎮守などを勧請《かんじょう》し、十八道の方式でこれを行《ぎょう》じて加護を祈るのである。

修法結願《けちがん》後は、怨家の人形をとり出し、爐《ろ》に入れて焼く。

本尊については諸説があるが、摧魔怨敵の相を表した弥勒《みろく》所現の大輪金剛とも、摧魔怨敵菩薩自身であるとも、転法輪智を表した大威徳明王《だいいとくみょうおう》、あるいは金剛薩埵《こんごうさった》、金輪仏頂《ぶっちょう》、さらには転法輪筒そのものであるとも言われている。

「御自身の工夫も入っていると思われるが、おそらく恵果阿闍梨の成されている修法は、これではあるまいか――」

逸勢は、空海からそのように聴かされている。

その時、逸勢は空海に訊ねている。

「しかし、空海よ、それでは、恵果阿闍梨は、怨家の人形に、その名を入れているということか──」

「であろうな」

「それはつまり、阿闍梨は、怨敵の名を御存知であるということか」

「おそらく」

「そこにはドゥルジ尊師の名があるのか、それとも、白龍《はくりゅう》の名があるのか──」

「さあ、そこまではな──」

空海は眼を閉じ、

「しかし、そこに書かれるのが真実《まこと》の名前であれば、修法の効きめも大きい──」

「真実《まこと》の名前だって？」

「だから逸勢よ、もしもおまえに呪法をかけようとするかもしれないような連中と会う時には、嘘の名前を言っておくのがよいぞ」

空海はそう言って笑った。

そのようなことが、昨夜、あったのである。

三

「ところで──」

空海は、緊張した面持ちで立っている子英と赤に声をかけた。

「昨日、子英さんは、崇徳坊《すとくぼう》のドゥルジ尊師のいた屋敷にはゆかれたのでしたね」

「ゆきました」

「どうだったのですか」

「ドゥルジ尊師の姿はありませんでした」

「女の姿は？」

「女の姿も、他のどういう人間もおりませんでした。ふたりはすでに去った後のようでした」

「で、様子はどうだったのですか？」

空海に問われて、子英は微《かす》かに眉をひそめた。

「たいへんに無残で、気味の悪いものでした。犬の死骸《しがい》や、蛇、蝦蟇《がま》、百足《むかで》の屍骸が庭にたくさんありました――」

まず、犬の首が、百あまりも庭の隅に積みあげられていたという。

そして、それと同じ数だけの、首から下の犬の死骸が、まだ庭の土に埋められたままになっていた。

煮られて死んだり、裂かれて死んだりした蛇の屍骸が三〇〇余り。

同様の蝦蟇の屍骸が、四〇〇近く。

土に浸《し》みた犬の血の臭いと腐臭が、濃く漂っていたという。

「それで、奇妙なことがありました」

子英は言った。

「奇妙なこと？」

「そこには、屍骸だけでなく、生きたものもいたのです」

「生きたもの？」

「まだ、壺《つぼ》に入ったままの生きた蛇が二百匹ほど。そして、蝦蟇もまた同じくらい――」

「ほう――」

「犬もです」

「犬も？」

「ええ。屋敷の中に、十数頭の犬がうろうろして、仲間の屍骸を食べたりしていました」

「ははあ――」

「これは、どういうことなのでしょう。言うなれば、犬も、蛇も、蝦蟇も、呪《しゅ》の道具です。それを置いていってしまったということは、もう、呪をやめたということなのでしょうか――」

「そうですか。置いていってしまいましたか――」

「犬も、おそらくはもっとたくさん置いていったのでしょうが、多くは屋敷の外へ逃げ出してしまい、何頭かがまだ屋敷の中に残っていたということだと思います」

「考えられることは、幾つかあります」

「はい」

「ひとつは、今、子英さんの言ったように、呪そのものをやめてしまったことです」

「はい」

「もうひとつは、これまでやってきた呪をやめて、別の方法の呪に変えてしまうことです」

「どういう呪か、相手に知られてしまったわけですから、それは充分に考えられますね」

「あるいは、わざと犬や蛇を置いてゆき、別の呪に変えるぞと思わせておいて、実はまた同じ呪をかけてくるのかもしれません――」

「――」

「あるいは、単に逃げるのに時間がなくて、とても、犬や蛇を別の場所に運んではいられなかった。それに、そういったものを一緒に運ぶとなると、目立ちますからね。それとも、一部は一緒に運んでゆき、運びきれないものを残していった……？」

「そのどれなのでしょう」

「それを、今、ここで決めるのはやめましょう。それよりも、ドゥルジ尊師たちがどこへ行ったかですが、それについては、何かわかったことはありませんか」

「いいえ」

子英は、首を左右に振った。

「近所の者に、それとなく訊ねさせているのですが、ドゥルジ尊師らしい人間たちが、どこかへゆくのを見たという知らせはまだ入ってはおりません」

「そうですか」

「大人数で、おおっぴらにやることができないのです。皇帝が、何者かに呪を掛けられているなどということを、世間に知られるわけにはいきませんので」

　もどかしそうに赤が言った。

「そうでしょうね」

「新しいことがわかれば、わたしか赤のところに知らせが来ると思いますので、その時はすぐに空海先生にお伝えいたします」

「わかりました」

「ところで、昨日、今度《こたび》の件でひとつふたつ、頼みたいことができるかもしれないと言っておられましたが――」

　赤が言った。

「何でも、お申しつけ下さい」

　これは子英の言葉である。

「実は、今、色々と考えていることがあるのですが、それをちょっと確認したいのですよ」

「何でしょう」

「例の、あなたが見に行ってくれた崇徳坊の屋敷ですが、あの屋敷が誰のものであったかはわかりませんか？」

「それだったらすぐに調べられると思います」

「では、それをお願いします」

「あの屋敷の持ち主が、何か？」

「今言ったように、考えていることはあるのですが、余計な先入観を持たない方がよいと思いますので、それは、今は言うのはひかえます。人は、往々にして、自分の知りたいことだけを見つけ出して、他のことが見えなくなってしまうことがありますから――」

「わかりました」

子英がうなずいた。

「では、わたしは何をすればよろしいですか――」

「赤さんには、これをお願いいたしましょう――」

空海は、懐から、四っつに折りたたんだ紙を取り出して、それを広げて見せた。

見れば、

〝空の晴れたる日いま一度瓜《うり》を食べたし〟


と、唐語で記してあった。

「これは？」

赤が訊ねた。

「昨夜のうちに、書いておいたものです」

「はい？」

赤は、怪訝《けげん》そうな顔をした。

「これと同様のものを何枚か作って、朱雀大街《すざくたいがい》、西市、東市の人目につくところにはりつけてきてほしいのですよ」

「これをですか」

「今、理由を説明していると長くなりますので、とりあえず、それだけの仕事をおふたりで済ませてきていただけますか」

「わかりました」

赤がうなずいた。

「次にどういうことをやっていただくかは、それが済んだ後にということで——」

「はい」

ふたりが、畏《かしこ》まった表情で返事をした。

その後、ふたこと三こと、短く言葉を交してから、

「失礼いたします」

ふたりは早々に西明寺を後にした。

子英と赤の気配が消えてから、

「おい、今、ふたりに頼んだのは、いったいどういうことなのだ」

逸勢が空海に訊ねてきた。

「どうして、子英にあのようなことを頼んだのだ」

「あのようなこと、と言うのは、崇徳坊の屋敷の持ち主を調べさせたことか」

「そうだ」

「考えたらおまえにもわかることだ」

「わからん。わからんからおまえに訊《き》いているのだぞ、空海――」

「よいか、逸勢よ、今回の件では実に色々なことが起こっているのだが、共通する符牒《ふちよう》が幾つかある」

「符牒?」

「だから、今、それを調べに行ってもらっているのさ」

「おれには、何のことだかわからんぞ」

「いずれ、調べがついたら、おまえに教えてやるさ」

「もったいぶるなよ空海」

「もったいぶっているわけではない」

「好奇心で気が狂いそうになってしまうではないか」

「まあ、今は待て。わかってからみんな教えてやるから――」

「では、赤に渡した、あの紙は何だ。〝空の晴れたる日いま一度瓜を食べたし〟というのはなんなのだ」

「あれは、おれから丹翁《たんおう》どのに与えた文《ふみ》さ」

「丹翁どのに？」

「話をしたいことがあるので、空海を訪ねてきてもらえぬかという意味さ」

「なんだと？」

「空の晴れたる日というのに特別な意味はない。あれは、〝空〟の字が入っていれば何でもよかったのさ。あの空は空海の空さ」

「いま一度瓜を食べたし——というのは？」

「言ったろう。もう一度会いたいという意味さ」

「あれには、瓜を食いたいと書いてあるぞ」

「だから、逸勢よ。昨年、この国に入ったおりに、おれたちは、洛陽《らくよう》の都で丹翁どのから瓜をいただいているではないか」

「あの、植瓜《しょっか》の術を使った老人だな」

「ああ、そうだ」

「なるほど」

「わかったか。あれはつまり、他の誰が読んでも、誰が誰にあてたものかはわからん。丹翁どのだけがわかる」

「で、丹翁どのと何を話すのだ」

「さっきの屋敷の持ち主が誰であったかという件と同じさ」

「つまり、白龍どのが、今どこにおられるのかを、丹翁どのに訊いてみようと思うているのさ」

「え？」

「わかるのか、丹翁どのに？」

「さあて——」

空海は、遠い視線を宙に走らせた。

そこへ——

「空海先生——」

と、大猴が外から声をかけてきた。

「どうしました」

「白楽天《はくらくてん》さんが、またお見えですよ」

空海が言うと、

「白楽天が？」

白楽天ならば、ほんの数日前にこの西明寺まで空海を訪ねてきている。

あれからまだ、いくらも日が経ってはいない。

「お通しして下さい」

空海が言った。

しばらくすると、白楽天が空海の部屋に入ってきた。

思いつめたような表情をしていた。

「どうなさいました？」

空海が問うと、

「ついに、決心をしましたよ」

白楽天は言った。

「決心？」

「こんど、驪山《りざん》の華清宮《かせいきゅう》までゆくことにいたしました。それをお伝えしに来たのです」

白楽天は、珍しく早口で言った。

「よろしかったら、空海さん。あなたも一緒においでになりませんか」

四

「結局ね、あそこなのですよ」

白楽天は、低い声で空海に告げた。

「あそこ、というのは華清宮のことですね」

「はい」

白楽天はうなずき、

「玄宗《げんそう》皇帝と楊玉環《ようぎょくかん》のおふたりが過ごされた場所の中で、どこが一番お幸せであったかということを考えてみて下さい」

空海を試すような眼で見た。

「なるほど、華清宮ですか」

何ごとか、思いあたることでもあったように、空海は白楽天を見やり、

「おっしゃる通りです。他のどの場所でもありません。今、おふたりのゆかりの地をただひとつあげよと言われたのなら、結局そういうことになりますね」

うなずいてみせた。

「四日後には、出かけるつもりでいるのですが、一緒にゆきませんか」

「ぜひ」

「朝に、わたしの方からこちらにうかがいます。もし、何か不都合がおこったら、誰かに文を持たせてよこして下さい」

白楽天は、それだけ言うと、

「帰ります」

小石を吐き出すようにそう言って、白楽天は立ちあがった。

「では――」

「では――」

白楽天が去ってから、

「おい、空海よ。驪山の華清宮がどうしたのだ」

橘逸勢が訊いてきた。

「しばらく前に、符牒の話をしたろうが」

「符牒？」

「それを今、子英や赤に調べてもらっているのだと言わなかったか」

「言ったが、符牒の意味までは教えてはくれなかったぞ」

「貴妃様だよ」

「貴妃？」

「こたびのことは、いずれも貴妃様とどこかで繋《つな》がっているということさ」

「それはそうだが、それがどうしたのだ」

「それを確認するために、赤や子英たちに今動いてもらっているのだ」

「ということは、崇徳坊のあの屋敷跡の地も、貴妃様に関係があるということか」

「だから、それを子英に調べてもらっているのさ――」

「あったらどうする」

「何故、白龍が、皇帝のお生命《いのち》を縮めようとしているのか、その謎を解く手掛りになるということだな」

「なに!?」

「しかし、さすがだな」

「何がさすがなんだ」

「白楽天のことだよ」

「あの男がどうかしたか」

「驪山の華清宮という大きな符牒をおれは見逃がしていたよ。それを、あの男は見抜いた」

「何を見抜いたのだ？」

「華清宮こそが、玄宗皇帝にとっても、楊貴妃どのにとっても、一番心に馴染《なじ》んでいた場所だということさ」

「――――」

「あれだけの執念を、一片の詩に注いでいれば、そういうこともわかってしまうのだろう」

空海の言うことも、言葉にされてみれば逸勢にもわかる。

そもそも、玄宗皇帝が、自分の息子、寿王《じゆおう》の妻であった楊玉環について、初めて耳にしたのが、驪山であった。

唐の開元二十八年。

十月――

この驪山にある山の温泉宮に、玄宗が御幸《みゆき》していたおり、人から美しい娘がいることを知らされるのである。

〝玄琰《げんえん》のむすめ、姿色代に冠たり。よろしく召見を蒙《こうむ》るべし〟

と『旧唐書《くとうじょ》』にある。

これを聴いて、さっそく、側近として仕《つか》えていた高力士《こうりきし》を呼び出すのである。

「かような話を耳にしたが、この噂、本当か？」

当然ながら、高力士は、楊玉環の美貌については耳にしていたはずだ。

この時、高力士はきわめて慇懃《いんぎん》に、玄宗の言葉を肯定したと思われる。

「そのようにうかがっております」

「おまえの耳にも届いておるのか」

ここで初めて玄宗は興味を示し、

「その噂が本当であるなら、ぜひその顔を見たいものだ」

そう言った。

顔を見たいということは、つまり召し出せということであり、さっそく、高力士が出むいて、楊玉環を驪山まで連れてきてしまった。

ここで初めて、玄宗と楊玉環は対面し、その美しさに驚いて、そのまま自分の許にとめ置いてしまうことになったということになっている。

これは、『資治通鑑《しじつがん》』に記されていることから充分に想像できることであるが、事実は、多少違うものであったはずである。

まず、それまで、皇帝の玄宗が、息子の妻である楊玉環の美しさを知らなかった——つまり楊玉環と会ったことがなかったと考えるのは、いくらか無理がある。

玄宗は、もっと以前より、楊玉環の美しさについては知っており、いつ、どのようにしてこの美貌の女性を我がものにするかについては、かなり前から策を練っていたに違いない。

この時、呼び寄せた楊玉環に、さっそく、太真《たいしん》という道士の名を与え、女道士として太真宮に内《い》れたという手際のよさから考えても、これは明らかであろう。

いずれにしても、太真宮は驪山にあり、ここが楊玉環と玄宗との逢瀬《おうせ》の場となったことは疑いがない。

この頃、玄宗が熱を入れていたのが神仙道《しんせんどう》であり、このことから、楊玉環を女道士として太真宮に住まわせるという発想を得たのであろうと推測できる。

〝十月甲子、温泉宮に幸し、寿王の妃楊氏をもって道士と為し、太真と号す〟

と『新唐書』にもある。

長安城から離れていた驪山に、女と入りびたりになってしまっては、国の政《まつりごと》のことなどわからなくなってしまうのも無理はあるまい。

「朕《ちん》、楊貴妃を得たるは、至宝を得たるがごとし」

臆面《おくめん》もなく玄宗が言ったという言葉が残っている。

「そして、貴妃どのと一緒に、黄鶴、白龍、丹龍が姿を消してしまったのも、驪山の華清宮ではないか――」

「ああ、そうだな」

「物語の始まりも終りも、華清宮――そういうぐあいにできているのかもしれぬな」

「空海、その終りというのはいつのことだ。五十年前のことか。それともまだ、これは終っていないことなのか……」

「ここから先のことは、もう、おれの領分ではない」

空海は、そう言って、静かに微笑したのであった。

第三十章　幻法大日如来

一

尊仁《そんにん》は、眼が覚めた。

最初は、尊仁は、自分が何故眼を覚ましたのかよくわからなかった。

深く眠っていたのはよくわかっている。

めったなことでは眼を覚ますことはない。

風の音。

虫の音《ね》。

鼠《ねずみ》の這う音。

樹々の梢《こずえ》の揺れる音。

そういうものでは眼を覚まさない。眠っている自分を呼び起こすほどのものではない。

しかし、これが、炎の燃える音であれば、それが虫の音よりもかすかなものであっても、眼を覚ます。それが、異質な音だからだ。あるいは大きな危険を呼ぶことになるかもしれない音だからだ。

しかし、今、自分が目を覚ますことになったのは、何があったからか。

炎の音か。

誰かが、廊下の板を踏み、それが音をたてたからか。

それとも、音ではないのか。

何かの気配であるのか。

それとも、どういう原因もないのに、ただ、夜半に眼が覚めてしまったのか。

そういうことは、ないことではない。

一年に、一度か二度はそういうことがある。

しかし、それは、目覚めてから自分の心の裡《うち》をさぐればすぐにわかることだ。

いやな夢を見ていたり、あるいは、寒い隙《す》き間《ま》風が吹き寄せていたり、何か心にかけていたことがあったり、そういうものがたてた意識のさざ波によって、自分が目覚めたのだということがわかる。

だが、今目覚めたのは、何が原因であるのか。

妙な気分であった。

「はて――」

耳を澄ます。

気配をさぐる。

どういう音も、どういう気配もない。

尊仁は、夜具をのけて身を起こした。

いつもならば、放っておく。

夜中に眼を覚ましたからといって、わざわざ起きあがったりしない。

それをしたのは、今、寺に恵果《けいか》がいないからである。

もしも、恵果の留守の間に何かあったら、今、恵果のやっている仕事に水を差すことになるからだ。

恵果は今、宮中に入って、皇帝を守るための呪法《ずほう》を行なっている。

このことは、寺の中でも、知っている者はごくわずかだ。

もしも何かあったら、恵果の呪法のさまたげになる。

立ちあがる。

素足のままだ。

外へ出た。

廊下を歩いて、本堂へ向かった。

冷たい板の上に素足が触れて、熱が奪われてゆく。

渡り廊下の上に、屋根がかかっている。

左右は庭であった。

左右の地面を、月が青く照らしていた。

鍵を持ってきていた。

鍵で、錠を開け、重い扉を押し開き、本堂に足を踏み入れた。
窓から、月光が入り込んできて、わずかに中の様子が見てとれる。
正面に、大きな大日如来《だいにちにょらい》の像がある。
金《きん》の箔《はく》にその表面を覆《おお》われている。
その像が、鈍い、底にこもった金色に光っている。
「ここではなかったか……」
小さく声に出してつぶやく。

ここさ……

声がした。
いや、声ではなかったような気がする。
自分の心の中に、響いた声なき声。
独り言か――
と、そう思う。
数瞬迷ってから、尊仁は、灯明皿のひとつに、灯りを点《とも》した。
小さな灯りがひとつ。
その赤い灯りが点ったことによって、かえって堂内の闇が深まったような気がする。

尊仁は、もう一度、堂内を見回し、気配をさぐった。

誰もいない。

どういう物音もない。

もしも気配があるとするなら、炎の灯りに鈍く照らされている黄金色の大日如来である。

どっしりとした重み。

量感。

この宇宙を統《す》べるもの。

この大日如来の圧倒的な存在感。

これが、気配と呼べば、気配と呼べなくもない。

と――

「おい……」

大日如来の唇が動いた。

二

まさか――

と思う。

大日如来の唇が動くわけはない。

見間違えだろう。

灯明の灯りが揺れて、そんな風に見えただけなのだ。

声にしたって、聴こえたような気がしただけで、空耳だろう。

その尊仁の心の裡を見たように、

「おれだ……」

と、また如来の唇が動いた。

なんと!?

確かに、大日如来の唇が動き、〝おれだ〟という肉声が耳に届いてきた。

あり得ることではない。

大日如来という存在については、尊仁は信じている。

密教の徒《と》として、それは自然な認識である。

人格神ではないとも理解している。

この宇宙を統べる原理に対して与えられた名が、大日如来であるとわかっている。その原理に、あたかも人格や感情があるように考えたくなることもあるし、そういう時にはごく自然に、人格を持った存在としての大日如来に心の中で声をかけていることもある。

曰《いわ》く、このことについて、大日如来であれば何とお想いになるであろうか。

曰く、大日如来は全てのことについてお見通しである。

曰く、大日如来は、そのようなことを許さぬであろう。

そういう思考はするが、それはあくまでも、便宜上するだけであり、大日如来という存在が、純粋な智恵であり、法であるということを逸脱したものではない。

ましてや、眼の前にある大日如来は、ものである。

青銅でできあがった身体に金箔《きんぱく》を張りつけたものだ。金《かな》ものである。

しかし、金ものとはいえ、大日如来を表現《あらわ》したものであり、大日如来を象徴したものである。ただの金ものではない。その背後にある原理に想いを至らせるためには必要なものであり、おろそかにはあつかえぬものだ。

しかし、だからといって、その像が口を開き、声を発するということがあるわけはないと理解している。

自分が今、眼の前にしているのは、大日如来そのものではないのだ。

だが、現実に自分は今、〝おれだ〟という声を聴き、その時大日如来の唇が動くのを見ている。

が、しかし——

と尊仁はさらに思考する。

それは、自分がそう思っているだけで、実際に声は聴こえていないのではないか。大日如来の唇は動いていないのではないか。

あるいは、声は聴こえているが、大日如来の唇は動いていないのだ。

その方が、まだあり得る。

ならば、それはどういうことであるのか。

自分がおかしくなっているのだ、と思う。

では、自分がおかしくなった理由は何か。

術か!?

と思う。

何者かに、自分は今、術をかけられているのである。

そういう術があることなら、自分は知っている。

自分自身も、多少であればそのような術も使える。

自分がこの寺で修行してきたものの中には、そのような術を操《あやつ》る技術も含まれているのである。

方士や、道士が使うのと同様の術も、自分は使うことができる。

相手が、何の修行もしていないただの人間であれば、自分が今体験しているようなことを、その人間に体験させることだってできるのである。

もの言わぬ人形がしゃべったと誰かに思わせることくらいはできる。

しかし、この自分がそのような術にかかるとは。

こんなことが自分に対してできるのは、自分の知る限りでは、師である恵果阿闍梨のみである。

あるいは、寿水《じゅすい》か、吐蕃《とばん》から来た鳳鳴《ほうめい》くらいか。

だが、寿水も鳳鳴も、今は寺にはいない。

師の恵果阿闍梨と共に、宮中にいる。

皇帝に対して仕掛けられている呪詛から、皇帝のお生命《いのち》を守るためである。

今は、自分が、青龍寺《せいりゅうじ》の留守をあずかっている。

いったい、何者なのか。

何者がこのような術を仕掛けてきているのか。

そして、いったいいつ、自分は相手の術にはめられたのか。

眠っている時か？

どこか妙な気配があって、ふと、眼を覚ましたのはさきほどである。

眼を覚ましたあの時に、術にかけられたのか。

それとも、この本堂に入ってからか。

気配によって、自分を本堂に呼び寄せて、聴こえるか聴こえぬかの声で、

〝こさ……〟

と呼びかける。

あの時に、自分は術にかけられたのか。

それとも、眠っている時、すでに自分は術にかけられていたのか。

もしも、気配さえ気《け》どられずに眠っている人間の枕元に立つことができれば、術をかけるのはたやすい。

耳元で、かけたい術の内容を囁《ささや》けばよいのである。

だが、この自分に対して、そのようなことができる人間がいるのか。この自分に、気配をさとられずに近づき、術をかけられるような人間がどこにいるのか。

何も、はじめから耳元で囁くだけが、術をかける方法ではない。

身体に優しく触れる。

あるいは、軽く息を吹きかける。

それで、相手の反応に合わせて術をかけてゆく方法もある。

もしも、首筋にそっと息を吹きかけて、わずかでも相手が寒そうな表情をつくれば、

「寒いな……」

その時はじめて声をかけてやればよい。

「風だな」

でもよいし、場合によっては、

「雨だな」

でもよい。

そうして、相手の反応を見ながら、術をかけてゆくのである。

若い娘にいきなり術をかけて服を脱がせることは難しい。いくら術をかけたといっても、その若い娘の行動を支配しているのは、日常的な思考であるからである。もしも、その娘の服を脱がせたくば、まず、暑さを感じさせ、その上で美しい泉のほとりまでやってきた

と思い込ませ、

「さて、ここで水浴びでもするか」

と声をかけてやってはじめて、娘は服を脱ぐのである。

寝ている時か。

もう一度、尊仁は自問する。

おそらくはそうだ。

自分が眠っている時に、相手は術をかけてきたのである。

だが、まだ、その術は完全ではない。

さっきの娘の例で言うなら、泉のそばまできたから服を脱げと言われたが、どうやらそこが泉のそばではないとわかっているというのと似ている。

早い思考で、尊仁はそこまで考えている。

では、どうするか。

術を、完全に解くべきであろうか。

もし、自分がはっきり覚醒《かくせい》したければ、どのような真言でもよいから、眼を閉じ、心を静めて、それを二〜三度唱えればよい。

そうすれば、自分は覚醒する。

だが——

そうしてしまっていいのか。

もしも、自分が完全に覚醒してしまえば、この相手は逃げてしまうであろう。

そうなったら、相手が、わざわざこの青龍寺までやってきて、自分に術をかけたその目的がわからなくなってしまう。

どうするか。

術にかかったふりをして、何が目的かを相手に訊いてみるか。

こういう状態で、術をかけてきた相手と会話をするというのは、かなりの危険をともなうことになる。

ますます、相手の術中にはまってしまう可能性があるからだ。

よほど、注意深く会話をせねばならない。

それができるか。

できるだろう——

と尊仁は思う。

今、自分が有利であるのは、相手が、まだこの自分が術にかかっていることに気づいていないと思っていることだ。

それを利用する手はあるだろう。

しかし、いくら術にかかっているふりをするといっても、いきなり大日如来に手を合わせて拝んでしまうというのも、わざとらしすぎる。

どういう対応がよいか。

「おれさ……」

また、大日如来の唇が動いた。

「はて――」

尊仁は口を開いた。

大日如来を見やり、

「おれとは、どなたのことですかな」

そう問うた。

「だから、おれさ」

また言った。

むこうのねらいはわかっている。

こちらから先に、大日如来という言葉を言わせたいのだ。そうすれば、また、半歩、むこうの術に深くはまり込むことになる。

「おれではわかりませぬな」

「大日如来と、おれの口から言わせたいのか？」

これは微妙なところだ。

むこうは、大日如来と口にはしたが、まだ、そう名のっているわけではない。

「言わせたいとも、言わせたくないとも、思うてはおりませぬ。ただ、お名前をお名のりいただきたいということです」

「おまえ、疑うておるな」

その唇が言った。

はい――

と答えてしまってはいけない。

それでは、疑っているとの言質《げんち》を相手に与えてしまうことになる。これは、また逆に、ある意味では、大日如来であるとこちらが認める発言をしたのと同じことになる。

「大日如来の像が、動くわけはない、口を利《き》くわけがないと、おまえは思うているのであろう」

うまい攻め方をしてくる。

「何かの術に、自分がかけられていると思うているのだな」

しかし、これにもうなずくわけにはいかない。

「お名前を――」

尊仁はそう言った。

言われて大日如来はからからと笑い、

「では、仮《かり》の名でよいか」

「真《まこと》のお名を――」

「それは困る」

大日如来は、そう言ってから、

「困るがしかし、教えてやろう」

「おっしゃって下さい」

「わが真《まこと》の名は、〝仮の名を大日如来〟という」

絶妙の答えが返ってきた。

なかなかこちらに妥協してこない。

「では、お名前についてうかがうのはやめましょう」

「ふむ」

「御用件をうかがわせていただけまするか」

「用件とな」

「わざわざ、わたしをここまで呼び出されたその理由《わけ》をお聴かせ下さいませぬか」

「欲しいものがある」

「何でございますか」

「恵果阿闍梨が大事にいたしておるものだ」

「それはないといえばございませんし、あるといえばたくさんございます」

「たくさんはいらぬ。おれが必要なのはただひとつ」

「何でしょう」

「巻子《かんす》よ」

「巻子？」

「おう」

「巻子というても色々ござります。どのような巻子でござりまするか」

「わからぬ」

「はて――」

「わからぬが、たしかに恵果阿闍梨が持っておる」

「しかし、恵果様はただいまおりませぬ」

「宮中であろうが」

よくごぞんじで――

と言いかけて、尊仁はそれを思いとどまった。

仮に、この相手が、恵果がどこに行っているかを知らず、それを知るために鎌をかけてきたかもしれないからだ。

「鎌をかけているわけではないぞ」

仮の名を大日如来というものは、尊仁の心の裡を見すかしたように言った。

「全て知っておる。順宗《じゅんそう》を呪殺《じゅさつ》しようと謀《はか》っているものがいるのであろう」

「――」

「その呪法から順宗を守るために、恵果は宮中まで行っているのであろうが」

「俗界のことに、それほど興味がおありとは――」

尊仁は、相手の言うことを、否定もせず、肯定もせずに言った。

「その巻子だが、まさか恵果阿闍梨どのが宮中まで持って行ったとは、とても考えられぬ」

「――」

「この青龍寺のどこかに、必ずあるとみた」

「――」

「どうだ、その場所を知らぬか」

「なかなかの術をお使いになるわりにはわかりませぬのか」

「わからぬ。時をかければ、いずれは見つかろうが、あまりそれで時間を使ってしまうわけにもゆかぬのでな。それでぬしに訊いておるのさ」

「何故、このわたしが知っていると?」

「おれが恵果であれば、必ず、誰ぞにその巻子のことは言いおいて出かけてゆくからよ」

「はて?」

「火が出たらなんとする」

「火!?」

「この寺に火が出て、本堂に燃え移るようなことがあったらなんとする?」

「――」

「仏像や、経典《きょうてん》を、寺の外に運び出さねばなるまいが」

「――」

「しかし、その巻子は、経典ではない。誰か、他の者が、その巻子の大事さに気づくことはあり得ぬであろうから、寺より持ち出すのが遅れるやもしれぬ。そうなったら、この巻子が焼けて灰になってしまうではないか」

「恵果様お留守の間に、この寺から火が出るようなことがあると？」

「あるやもしれぬだろうな」

「誰かが付け火をするとでも？」

「おう、そうじゃ。よいことを思いついたぞ——」

「よいこと？」

「おれが、付け火をしてやろうか」

仮の名を大日如来が言った途端、その顔が赤《あか》あかと輝き出した。

見れば、先ほど尊仁が点した灯明皿の灯りが、五倍ほども大きくなっている。

「おそろしいことを」

「付け火をする。火がまわる。さすれば本当のことがわかろうというものさ」

「本当のこととは？」

「ぬしが、恵果から、その巻子の置き場所を聴いているかどうかということがさ」

「ほう」

「もし知っているなら、火がまわれば、ぬしは慌ててその巻子を寺の外へ持ち出すことになるであろうが。その時にぬしの手からその巻子を奪うとしようか」

尊仁の額に、はじめて小さく汗の玉が浮いた。
この寺への侵入者と話をしてしまったことを、後悔しかけていた。
もしかしたら、自分が相手をしているのは、とんでもない人間であるのかもしれない。
「汗が出ているぞ……」
仮の名を大日如来は、尊仁の反応を楽しもうとするような声色《こわいろ》で言った。
「どうだね」
怖い声であった。
「火を付けてやろうか」
尊仁は、言葉につまった。
失敗をした——
そう思った。
自分は、確かに、恵果阿闍梨から、巻子の保管を頼まれている。
もとより、その巻子に何が書かれているかを知っているわけではない。
しかし、これはたいへんに大切なものであると、恵果阿闍梨からは言われている。
もしも、火が出るようなことがあれば、外へ持ち出すようにとも言われている。
他の者は知らない。
寺の人間でこのことを知っているのは自分だけであった。
それらの全てを、この相手に知られてしまった。

それがわかる。

それは、自分が相手にしゃべったのではない。相手が自分に対してしゃべったことだ。しかし、相手のしゃべることは不思議に全てが事実であった。まるで、自分の心が相手に読まれているようであった。

「図星だったな」

相手の声が、微《かす》かに笑っているように聴こえる。

とんでもない奴を相手にしてしまった——

その思いがある。

いったい、いつ、奴の術中にはまってしまったのか。

しかし、まだ、自分には最後の手段がある。

「火付けは困る」

尊仁は言った。

「だろう」

「わたしが、それをここへ持ってきてやってもよい」

口調を変えて、尊仁は言った。

「ほう?」

「確かに、おまえの言う通り、わたしは、恵果阿闍梨より、その巻子についてはうかがっている」

「うむ」

「どこにその巻子があるかもわかっている」

「正直でよい」

「恵果様は、このようにも言われた」

「おう、どのように——」

「この巻子を、あるいは自分の留守中にねらってくる者があるやもしれぬと」

「あったわけだ」

「その者、いずれにしろなまなかの相手ではない。場合によっては生命まで危うくなるやもしれぬ。かなわぬと見た時は、すみやかに、それを渡してしまってもよいと——」

「ほう？」

「ただし、渡す前に、ひとつ約束をせよと」

「どのような？」

「渡す前に言う」

「今ではないのか」

「しばし待て、今これより、巻子を取ってまいる。どのような約束かは、その時に言う」

「わかった」

仮の名を大日如来がうなずいた。

「では——」

尊仁は、そのまま踵《きびす》を返して、本堂から出た。

渡り廊下の濡れ縁を歩いて、恵果の自室に入った。

灯りを点す。

炎の灯りの中に、恵果の部屋の様子が浮かびあがる。

文机《ふづくえ》。

その上に乗った何巻かの経典。

寝台があり、その寝台に近い壁に、小さな仏壇がしつらえてあり、そこにも小さな大日如来の像がある。

像の手前には、炉《ろ》がある。

その像の背後に、尊仁は手を伸ばし、木製の文箱《ふばこ》を取り出した。

蓋《ふた》を開く。

中に、一本の巻子が入っていた。

その巻子を取り出し、紐《ひも》を解《ほど》いて、それを広げ……

尊仁は、火の点いた灯明皿まで歩み寄ってゆくと、その炎の上に広げた巻子を翳《かざ》した。

たちまち、炎が巻子に燃え移った。

充分に炎が巻子に燃え広がるのを待ってから、燃えている巻子を広げながら、それを炉の上に置いた。

炎が大きくなって、巻子が燃えてゆく。

と——

「むうっ」

炉の向こうの小さな大日如来が、声をあげながら、眼をむいた。

像は小さいが、その眼はまるで人間の眼であった。

「なにをするか！」

小さな如来像が、声をあげた。

無言で、尊仁は、その巻子を燃え易くなるように広げてゆく。

「待て、たばかったな」

銅製の、くすんだ色の大日如来が、そこに立ちあがった。

人の首ひとつぶんほどの背丈しかない大日如来である。

燃えている巻子に手を伸ばそうとしたその小さな大日如来を、右掌で押し倒した。

大日如来は、みごとに後方に倒れ、炎の灯りの中で、手足をばたばたと揺らしている。

「お、おのれ」

大日如来が立ちあがってくる。

「どうだ、手を出せまい」

尊仁は言いながら、声をあげて笑った。

そして——

自分の笑い声で眼が覚めていた。

まだ、自分の寝床の中であった。
寝床の中で、声をあげて笑い、その自らの声で、尊仁は眼を覚ましたのであった。

三

はて——
尊仁は身を起こした。
闇の中で考える。
今のあれは何であったのか。
夢であったのか。
夢にしては、いやにはっきり覚えている。記憶があまりにも生々しい。
起きあがり、手燭《てしょく》を手に取り、それに灯りを点した。
それを手にして、廊下へ出た。
本堂へ向かって歩いてゆく。
本堂に入った。
中央の、巨大な大日如来の座像に眼をやった。
さきほどと同様に、炎の色を鈍く映した大日如来が見えている。
さっきは——あるいは夢の中では、この像が自分に口を利《き》いたのだ。

凝《じ》っと見つめても、大日如来は大日如来のままである。

どういう不思議もない。

まだ自分が術にかかっているのか、それとも醒《さ》めているのか。

眼を閉じ、静かな呼吸を繰り返して、心の中に月を想い浮かべる。

円《まる》い、月の真円。

月輪観《がちりんかん》と呼ばれる、密教の瞑想法《めいそう》であった。

どのようなさざ波も心の裡《うち》に立たぬようにする。

心を、きれいな静水とする。

だいじょうぶだ――

そう思う。

自分の意志で自分の心の輪郭をなぞり、他の何ものの意志もそこに入り込んでいないのを確認する。

次は、恵果の部屋であった。

恵果の自室に入ってゆき、炉の前に立って、その向こうにある大日如来の像を見る。

動いた様子はない。

手を伸ばし、像の後ろをさぐった。

ここに巻子があれば――

ない。

指は、空を泳いだ。

どきりとした。

ああ、そうか――

と尊仁は思う。

なくていいのだ。

ここにあった巻子は自分が取り出して火を付けたのだ。だからここに巻子がないのはあたり前のことだったのだ。

まてよ。

ならば、さきほどのことは、夢ではなかったということか。いや、夢でないのなら、それはそれでいい。あの巻子を燃やしたことで、あの相手があきらめたということだからだ。

ただ、気にいらないのは、自分が、いつ自室にもどって眠ったのか、その記憶がないことだけである。

本当に、夢か。

現実か。

現実ならば、床に、巻子を燃やしたおりの灰が落ちているはずであった。

尊仁は、膝を落として、灰を捜した。

いや、床ではない。

炉の中だ。

あの時、自分は、燃えあがった巻子を、炉の上に置いたのではなかったか。

立ちあがって、炉の上に灯りをかざした。

あった。

炉の中に、巻子の燃えたものと思われる灰がある。

しかし、灰はあるが、その燃え残りは？

大きく巻子に火が燃え移りはしたが、あれだけで、巻子の全てが燃えたとも思えない。

燃え残った巻子の芯や、他の部分が炉の中に残っていなければならない。

持ち去られたか⁉

と尊仁は思う。

大日如来の名を騙《かた》った相手が、炉の上で燃え残った巻子の一部を持ち去ったか。

ならば、いい。

あの巻子は、もしもこのようなことがあった時のために用意しておいた、まったく別の巻子だ。

尊仁自身が写経した「般若心経」が書かれている巻子である。

もし、相手がその巻子を持っていったのなら、焼け残った文字の一部を見れば、すぐに偽物だとわかるはずだ。

わかれば、また、この青龍寺にもどってくるのではないか。だが、まだ、相手がもどってきた様子はない。

尊仁は、急に不安になった。

もしかしたら、本物の巻子を奪われてしまったのではないか。

手燭を手にして、尊仁は恵果の部屋を出た。

経堂《きょうどう》へ向かった。

経堂は、本堂の西側にあり、本堂からは、屋根のある渡り廊下で繋がっている。

尊仁は、足速に廊下を渡って、経堂の前に立った。

錠が掛かっているが、その鍵は、恵果の部屋から、今持ってきた。

入口の扉に異状はない。

しかし、あのような幻術をこの自分に仕掛けてきた相手だ。自分が眠っている間にこの鍵で経堂を開け、巻子を手に入れてからまた鍵をもどしておくということも、充分に考えられる。

あるいは、もっと別の方法でこの経堂の中に侵入したことだってあり得る。

経堂に入って確かめておく必要がある。

鍵を使って錠を開け、扉を開いて中に入った。

手燭の灯りをたよりに中に進んで、奥の棚を見やる。

たくさんの経典が、巻子のかたちでその棚に積みあげられている。

この中からあの巻子を捜し出すことは、すぐにできることではない。

一巻ずつ、中をあらためながら捜してゆかねばならない。

知っているのは、ここに巻子を置いた人間だけである。
それは、自分と、恵果しかいない。
上から三番目の棚だ。
そこに積まれている巻子のうちの一本が、件《くだん》の巻子である。
尊仁は、問題の巻子に手を伸ばし、それを手に持った。
手燭を、棚の空いた場所に置いて、その巻子を両手に持ち、灯りに翳《かざ》した。
確かにこれだ。
中身は読むなと恵果に言われているので、開くことはできないが、間違いはない。
ほっとして、その巻子を棚にもどそうとした時——
く、
く、
く、
と、低い含み笑いが、どこからか聴こえてきた。
その笑い声が次第に高くなり、からからという大きな笑い声にかわった。
「だ、誰だ!?」
尊仁は声をあげた。
「そんなところに隠しておいたか——」
声が聴こえた。

尊仁は、後ろを振り返った。

そして、ぞっとした。

今しがた、尊仁自身が開いたばかりの入口いっぱいに、巨大な顔があった。

大日如来の顔であった。

大きな大日如来が経堂の前に立ち、身をかがめて、入口から中を覗《のぞ》き込んでいるのである。

まだ、幻術から醒めていなかったのだ。

大日如来の巨《おお》きな金色の顔が、棚に置かれた手燭の炎の灯りを映して、ぬめぬめと光っていた。

巨大な大日如来は、入口から尊仁を眺めながら、
にったり——

と笑った。

入口から、大きな大日如来の手が伸びてきた。

「それを、渡せい」

「やれぬ」

尊仁は、巻子を持っていた右手を自分の後方に隠した。

その途端——

右手に持っていた巻子を、何かが急にひったくっていった。

「な……」

思わず声が出ていた。

尊仁が、後方を振り返った。

奥の暗がりの中に、小さな人影が濃い闇のようにわだかまっていた。

「ようやく手に入れたわ……」

その人影が言った。

低い、泥を煮るような声であった。

「お、おまえ……」

「すまぬな。どうしても、これが欲しかったのでなあ」

尊仁が走り寄ろうとすると、ふわりとその人影が宙に浮いた。

「か、返せ――」

天井にその身体が張りついた。

大きな蜘蛛《くも》のように、天井をその影が移動してゆく。

「ま、待て――」

尊仁は追ったが、その影は、尊仁の頭上を通り過ぎ、床に下り立って、大日如来の顔の消えた入口から、外へ跳び出していった。

「逃げるか」

尊仁は、走って外へ駆け出ていた。

廊下へ出て、廊下から庭へ跳び降りる。

月光の中へ出た。

誰もいない。

誰の姿もない。

ただ、天から降りてくる月光を受けて、庭の前栽《せんざい》が、青く尊仁の周囲で光っているばかりであった。

第三十一章　胡神

一

空海は、自室で、紙に文字を書きつけている。

左から右へ。

横に書いてゆく波斯《ペルシア》の文字である。

それを、横から橘 逸勢《たちばなのはやなり》が眺めている。

昼——

窓の外には、明るく西明寺《さいみょうじ》の庭が見えている。

空海の作業が一段落したところで、

「おい、空海よ」

逸勢が声をかけてきた。

「おまえ、自分が何を書いているのか、わかっているのか——」

「多少はな」

空海は答えた。

空海は、机の上に、一冊の本を置いている。

波斯《ペルシア》文字の書かれた本である。

そこに書かれているものを、空海は別の紙に書き写しているところであった。

拝火教の、安《あん》司《し》祭《さい》から借りてきた本で、羊の皮に書かれている。

「いったい、何なのだ？」

「胡《こ》の国の神について書かれたものだな、これは――」

「どういうことが書いてある」

「まあ、神とは、光であるというようなことが書かれてあるな」

「ほう」

「それで、彼らは光のもとである火を拝むのさ――」

「ふうん」

「この光の神の名前が、アフラ・マズダというのさ」

「ほう」

「わかり易く言うなら、これが良い神で、一方には悪の神がいる」

「それで」

「この悪の神が司《つかさど》っているのは、闇で、この世の中は、その光の神と闇の神との闘いの場だと言うのだな」

「へえ――」

「まあ、今は、その力はどちらも同じくらいであるのだが、いずれは、光の神が勝つことになっているらしい」

「ふうん」

逸勢は、感心したような声をあげた。

「おもしろい」

空海は言った。

「ああ、たしかにおもしろいな」

答えた逸勢へ、

「おもしろいが、しかし、充分ではない」

「何がだ」

「これでは、この天地《あめつち》のことを全て説明しきれてはおらぬということさ——」

空海は言った。

二

「邪神の方の名は、アンラ・マンユというのだが、このことは、いつかもおまえに話をしたではないか」

空海が言えば、

「ああ、覚えている」

逸勢が答える。

「この善神と悪神が闘って、一方が勝つというのが、どうも胡散臭《うさんくさ》い」

「胡散臭い？」

「ま、おとぎ話だな」

「ほう？」

「この天地において、この宇宙法を説明するのに、神に名を付けるのはよしとしよう。それを善神と悪神とに分けるのもまあ、よい。しかし、そのうちの一方が一方に勝利するというのが……」

「胡散臭いと？」

「うむ」

空海はうなずき、

「この天地の絵解《えと》きになっておらんのさ」

そう言った。

「絵解きか」

「マニの教えの方が、まだ絵解きとしては上だな――」

「マニ？」

「ゾロアスターの後に出た人物が広めた教えで、拝火教と同じ神を信仰している」

「どこが違うのだ」

「ひと口に言うのなら、この善神と悪神——アフラ・マズダと、アンラ・マンユとの闘いは、どちらか一方が勝利することなく、ずっと続くということだな」

「それなら、天地の理法にかなっているというのか」

「うむ。およそ、天地というものはそういうものだからな。陰と陽とは、ひとつのものの裏と表だ。銭は、表もあって裏もある。裏だけの銭も、表だけの銭もこの世にはないのさ」

「善と悪も——」

「善と悪は、天地の法ではない」

「なに!?」

「善と悪は、人の法が作ったものよ」

「どういうことだ」

「ここに、硯《すずり》があるではないか」

空海は、文机《ふづくえ》の上の硯を指差した。

「あるが、それがどうした」

「逸勢よ、この硯は善か悪か？」

突然に空海が訊《き》いてきた。

「そんなことがあるか。硯には、善も悪もない。硯は硯ではないか」

「そうだ、あたりまえのことだ」

「だから、どうなんだ」

「しかし、この硯を、おれがおまえに向かって投げつけたらなんとする」

空海が硯を手に持った。

「かんべんしてくれ、まさか、本当に投げつけるつもりではないだろうな」

「投げつけたりはせぬ。しかし、投げつけられるのはいやだろう？」

「ああ」

「何故だ」

「当たれば、怪我《けが》をする。怪我をせずとも、当たれば痛いではないか」

「つまり、逸勢よ。おれがおまえに向かって投げつける硯は、おまえにとっては悪ということなのではないか――」

「まあ、そういうことになるか」

「それと同じさ」

「――」

「神を善だの悪だのというのは、それは人の法でのことよ。人の法によって、この天地の絵解きをするのはまだよいが、このどちらか一方が一方に勝利して、その善神だけの状態が永遠に続くというのはなあ……」

空海が言った時、

「空海先生……」

外から声がかかった。

大猴《たいこう》の声である。

「どうした?」

「子英《しえい》さんと赤《せき》さんがやってきましたが――」

「では、こちらへお通ししてくれ」

空海が言うと、ほどなくして、慌《あわただ》しく足音が近づいてきて、子英が部屋に入ってきた。

「どうでした?」

空海が問えば、

「わかりましたよ」

子英が、声を低めて言った。

「崇徳坊《すとくぼう》にあったあの屋敷ですが、あれは、もともと、陳長源《ちんちょうげん》という人物のものだったそうで――」

「その陳長源はどういう方だったのですか?」

「ええ、玄宗《げんそう》皇帝の頃、金吾衛《きんごえい》の役人をしていた男で、玄宗皇帝が、安史《あんし》の乱のおりに、蜀《しょく》へお逃げになったおり、一緒に行っていた人物です」

「すると、馬《ば》嵬駅《かいえき》にも行ったということですね」

「なんでも、楊玉環《ようぎょくかん》の姉上の、虢国《かくこく》夫人を、馬嵬駅で殺したそうで……」

「それが何故、あのように荒れたままになっているのですか？」

「蜀から皇帝がもどられて、しばらくして、陳長源が不思議な死に方をしたらしいのです」

「不思議な？」

「ある晩、悪かった、悪かったという声が聞こえるので使用人が外へ出ましたら、庭に陳長源が座しておりまして——」

陳長源が座していたのは、庭石の前であったという。

両膝を地に突き、両手を地面に置いて、陳長源は月光の中に座していた。

「悪かった」

そう言いながら、陳長源が頭を下げる。

すると、その額が庭石に当たる。

普通の速度で頭を下げるのではない。渾身《こんしん》の力を込めて、できる限りの速さで頭を下げる。

その額が庭石に当たると、不気味な音が響く。

ごん、

と額をぶつけ、一瞬、くらくらとしかけるが、また——

「悪かった」

頭を下げる。

額が石にぶつかって、音をたてる。

そしてまた——

「お許し下され」

自ら頭を石に打ちあてる。

使用人が見た時には、もう、陳長源の額の肉は潰《つぶ》れ、血が流れ出ていたというから、もうしばらく前からそれを続けていたのだろう。

庭石の、額を打ち当てている場所には、血と、肉がこびりついていたという。

「許して下され、許して下され、許して下され」

続けて額を打ちあてる。

額の皮膚は破れ、肉は削れ、骨が見えており、額を当てれば、もう直接に骨が庭石にぶつかる音が響く。

「旦那《だんな》さま、何をなされます」

おやめ下さいと使用人が止めても、陳長源は聞かずに、とうとう、庭石に額を打ち当てながら、鉢《はち》を割って死んでしまったというのである。

「その後、五年近くは、家族の者が住んでいたそうですが、流行病《はやりやまい》や、怪我などで、ひとり死に、ふたり死に、使用人もいなくなって、そのままになっているそうです」

子英は言った。

「御苦労でした」

ひと通り、子英の話がすんでから、空海は言った。

「この後はどういたしますか」

子英が訊いてきた。

「では、続いてお願いしたいことがあります――」

「何でしょう」

「馬嵬駅で叛乱《はんらん》を起こした者たちの主だった者たちが、その後、どうなったかを調べていただけますか」

「お急ぎですか？」

「はい。早い方がいいと思います」

「宮中に記録が残っているものについては、今ならば一日もあればできると思いますが、そうでないと難しそうです」

「記録があるものだけで充分です」

空海はうなずいて、赤を見やった。

「わたしの方は、言われたことをすませてきましたが――」

「ありがとうございます。赤さんの方にも、まだ、お願いしたいことがあります」

「何でしょうか」

「柳《りゅう》先生にお願いをして、宮廷の楽人を何人か拝借したいと伝えてもらえませんか」

「楽人ですか」

「宮廷の楽人が難しそうなら、あなたの判断で、どこからか見つけてきて下さい――」

「どのくらい集めたらよろしいのですか――」

「琵琶《びわ》が二、編鐘《へんしょう》が二、琴が一、月琴《げっきん》が一、簫《しょう》が一……そのくらいでよろしいでしょう」

「いつ、御入用なのですか」

「三日後の晩に――」

「わかりました」

うなずいてから、何か言いたそうに赤は唇を開きかけ、そして閉じた。

その赤が言いたかったことを代弁するように、逸勢が口を開いた。

「おい、空海よ。こういう時に、何で楽人が必要なのだ。おまえが、おまえの好きで楽人を集めて音曲を楽しむ分にはいいが、赤にそれを頼むというのは、筋が違うのではないか――」

「いや、関係がないことではないのだ」

「楽人を集めることがか」

「うむ」

「どうしてだ」

「うまく説明できぬことだ。ゆっくりりと、話したところで、やはりうまく伝わるかどうかもわからぬし、今は、そういった時間もないだろう」

空海が言うと、

「だいじょうぶです。集めましょう」

　赤が言った。

「ならば、逸勢よ、おまえにも頼みたい筋がある」

　空海が言った。

「おれに？　なんだ」

「おまえ、最近、胡玉楼《こぎょくろう》へは行っているか」

「胡玉楼？」

「ああ──」

「しばらく行っていないが、それがどうしたのだ」

「久しぶりに、行くか」

「おい、空海──」

「玉蓮姐《ぎょくれんねえ》さんにもしばらく会っていないだろう」

「いや、空海よ、そういう話ではない。今、ここでそういったことを話していいのかということさ。まさか、胡玉楼へ行くのも、今度のことに関係があるというのか」

「ま、あるということさ」

「おい、空海──」

「玉蓮姐さんは、舞はお上手だったな」

　澄《す》ました顔で空海が言った時、

「空海先生」

堅い声で、大猴が言った。

「どうした」

「わたしにも、何かできることはありませんか。どうしてわたしには、何かせよと言ってくれないのです」

巨漢の男は、不服そうに、子供のように唇を尖《とが》らせた。

「いや、大猴よ、あなたにも頼むことがひとつあるのですよ」

空海が言うと、堅かった大猴の顔が崩れた。

「何でも言って下さい。何でもおれはやりますぜ」

「白楽天《はくらくてん》さんのところへ行って、三日後のお出かけについては、この空海に仕切らせてはもらえませんかと、そうお伝えしてくれ」

「わかりました」

「その晩は、亡き楊玉環様を偲《しの》んで、宴《うたげ》を催したいので、ぜひ楽天先生には、李白酔仙《りはくすいせん》の『清平調詞《せいへいちょうし》』を歌っていただきたいのですがと申しあげてくれませんか」

「もちろん申しあげます」

「ついでに、せっかくの宴であるので、衣冠《いかん》取り揃えて、お身につける用意をしてきて下されればありがたいと、そうもお伝えしてくれ」

「それだけですか」

「それだけ？」

「わたしがするのは、それだけですか」

「楽天先生のところへ行った後、まだ頼みたいことはたくさんあります。大猴、楽天先生にそれをお伝えしたら、すぐにもどってきて下さい」

「はい」

空海に言われて、大猴は嬉しそうにうなずいた。

三

一同が帰ってからも、まだ、逸勢は不満そうであった。

「おい、空海よ」

逸勢は言った。

「何だ？」

「おれにはまだ、わけがわからんぞ」

「いいではないか、いずれわかるさ」

「いずれではなく、おれは今知りたいのだよ。空海よ、おまえ、もったいぶるのは悪い癖だぞ」

「もったいぶってはおらん」

「ならば教えてくれ」

「何をだ？」

「だからおまえが考えていることをだ」

「――」

「おまえが、どうやら華清宮《かせいきゅう》で、宴を催そうとしているのはわかった。だから、それが何のためかということをさ」

「言ったではないか」

「言った？　おれは聴いてはいないぞ」

「聴いたさ」

「何をだ」

「だから、楊玉環様を偲ぶために宴を催すのだと、言ったではないか」

「本当にそうか」

「そうさ」

「おれが訊きたいのは、それがどうしてなのかということさ――」

「それが、うまく説明できぬのさ」

「もう、皆、帰った。ここにいるのはおれとおまえだけだ。だからいいではないか。水臭いことを言わずに教えてくれ」

「逸勢よ、おれはわざと教えないのではない。うまく説明できる自信がないということさ。

うまくゆくかどうかもわからん」

「うまくゆくかどうかとは、何のことだ？」

「だから、宴がさ」

「また同じことか――」

じれたように逸勢が言った時、扉の向こうから、また声がかかった。

「空海先生、おられますか」

しばらく前に出て行ったはずの赤の声であった。

立ちあがって、逸勢が扉を開くと、そこに赤が立っていた。

「どうしました？」

空海が訊いた。

「よくない、知らせです」

ぼそりと、赤が言った。

「どういう知らせなのですか」

「はい」

赤はうなずいてから、

「昨夜、青龍寺に賊《ぞく》が入って、怪《あや》しの術を使って、例の文《ふみ》を盗んでいったそうです」

そう空海に告げた。

四

夜——

空海は、夢の中で楽の音《ね》を聴いていた。

簫。

笛。

月琴。

三っつの楽の音が、月の光の中で鳴っている。

本来は、眼に見えるはずのない楽の音が、色をもって見えているかのようであった。

あるいはまた、その色は花の色のようでもあった。

青い花弁の中に、複雑な色あいで見えている雌蕊《めしべ》や雄蕊《おしべ》の黄色や赤。ひと口に、青や黄色や赤といっても、それは単純な単色ではなく、微妙に混ざりあい、それぞれがそれぞれの色に手足をからめて抱き合っている。

これが、簫だ。

笛は、透明な、青い金属である。これが、薄刃の刃物が宙を舞うように、月光の中で優雅に身を揺らせている。

月琴は、ほろほろと月光の中に生み落とされてくる大小の紅玉のようであった。その紅玉の中に、時おり碧玉《へきぎょく》の緑に近い青が混じる。

これらのものが、からみ合いながら、月光の中を天に向かって昇ってゆくのである。

楽の音が、昇天してゆくのである。

空海は、これらの音を、色やかたちとして見ながら、なお、音としても認識している。

さらに言うなら、それらの音や色に、空海は花の香まで嗅いでいた。

なめらかな触感。

舌の先に、蜜の味。

楽の音が、空海という人間の五感の全てを刺激しているのである。

実のところ、これを夢見ている空海も、楽の音が本体であるのか、匂いが本体であるのか、色やかたちが本体であるのか、それは判然とはしない。

もしかすると、色やかたちを、楽の音や匂いとして認識しているのかもしれないと思っている。

ただ、今は、自分が、本体を楽の音と感じているだけのことで、他のものが実は本体であっても、それは少しもかまわないであろうと空海は思っている。

もともと、宇宙とはそのようなものだと、空海は思っている。

さらに言うなら、これは夢であるとの認識も空海にはある。

夢の中で、楽の音を聴き、それをさまざまの色や匂いやかたちとして同時に認識しているのでもいいし、それらの全てを、夢の中で同時に味わっているのでもいい。

ただ、自分は今、その本体を楽の音として理解しているだけのことだ。

空海は、その楽の音を、色やかたちとして聴き、見つめていながら、なおかつ、その楽の音そのものでもあった。

楽の音を見つめながらまた自分自身が楽の音として、自分に見つめられている。

楽の音が、月光の中を天に昇ってゆく。

空海自身が、天に昇ってゆく。

艶やかな快楽《けらく》が、自分の裡《うち》にあり、天への上昇はまた、その快楽の上昇でもあった。

自分の裡に、悦《よろこ》びが高まれば高まるほど天に近づいてゆき、天に昇ってゆけばゆくほど、自分の裡の悦びも増してゆくのである。

来たか——

空海はそう思っている。

しかし、それを口には出さない。

今夜は、どのような趣向なのか、それを楽しもうと思っている。

空海が楽の音として天に昇ってゆくと、そのうちに雲の高さに届いた。

その雲の中に、朧《おぼろ》な、青い鱗《うろこ》を光らせて、巨大な獣が蠢《うごめ》いている。

やがて、それが雲の中から姿を現わした。

それは、一匹の龍であった。

「やよ、空海よ」

龍が、楽の音となって天へ昇ってゆく空海に声をかけてきた。

「どこまでゆくか」

龍が問いかけてくる。

「ゆけるところまで――」

空海は空海となって答えた。

「それではわからぬ」

「他に答えようがありませぬ」

「この先は、人界《にんがい》に非《あら》ず。人のゆくところではない」

「わたしは、楽の音でありますれば、人ではありませぬ」

「ではなぜ、おまえは、人の言葉を語る。嘘をつくのなら、おれはおまえを啖《くら》うぞ」

「わたしが人の語をしゃべるのは、あなたが人の語をもって語りかけてきたからです。あなたが、わたしを人と思うたればこそ、今、かりそめの人の姿をしているのです。ならば、わたしは、楽の音をもって、あなたに語りましょう」

空海の口から、ほろほろと滑り出てきたのは、大小の紅玉であり、月琴の音であった。

いや、もはやそれは空海が口から生み出すものではなく、月琴の音そのものであった。

「空海よ、この上は、須弥山《しゅみせん》の頂《いただき》 忉利天《とうりてん》、神々の棲《す》む世界なるぞ」

空海は答えない。

楽の音となって、ほろほろと天へ昇ってゆく。

さらに昇ってゆくと、暗い天のただ中で、空海は無数の神々に囲まれていた。

須弥山に棲む、三十三天《てん》の神々。

四方を司る、東方の持国天《じこくてん》、南の増長天《ぞうちようてん》、西の広目天《こうもくてん》、北の多聞天《たもんてん》の四神もいる。

その中で、ひときわきらびやかな衣装を身に纏《まと》い、手に雷《いかずち》の武器である金剛杵《ヴァジュラ》を持った神がおり、巨象に乗っていた。

「我は忉利天、須弥山の頂にある、天善見城《てんぜんけんじよう》の主である」

その神は言った。

「帝釈天様《たいしやくてん》でございまするか」

空海がうやうやしく頭を下げれば、

「わが名を知るか、空海」

「忉利天、天善見城の主で象に乗るお方と言えば、帝釈天さまをのぞいて、他におりませぬ」

「どこへゆくか」

「さて、どこまででございましょう」

「これより先は、遥か八万由旬《ゆじゆん》（一由旬＝約七キロメートル）の上方に夜摩天《やまてん》があり、それより先十六万由旬の上方に兜率天《とそつてん》があるばかりである」

これは『倶舎論《くしやろん》』に記されている知識であり、空海も『倶舎論』は日本にいる時にすでに読んでいる。

「兜率天といえば、弥勒菩薩《みろくぼさつ》様がおられる場所でございますね」

「いかにも」

帝釈天は言った。

弥勒菩薩は、五十六億七千万年後に、仏陀《ブッダ》となり地上に降臨して、衆生《しゅじょう》を救済すると言われている菩薩である。

「なればわたくしは、兜率天までまいり、弥勒菩薩様にお逢いしたいと思います」

「逢うてなんとする」

「五十六億七千万年後では、今の衆生は救えませぬ。今の衆生を救うために、わたしが弥勒菩薩様より直接教えをうかがって、それを今の衆生に伝えましょう」

「人の身で、仏の代りをしようというか」

「いえ、わたくしは人ではありませぬ」

「なんと」

「わたくしは、妙《たえ》なる楽の音でござりますれば、楽の音として鳴り、絃《いと》の震えとして、その教えを衆生に伝えるばかりでござります——」

空海が言えば、
か、
か、
か、

と、帝釈天は声をあげて笑った。

「おもしろいやつじゃ」

その声を後にするように、空海はまた、鳴りながら上の天に昇ってゆく。

おもしろいやつじゃ——

おもしろいやつじゃ——

という帝釈天の声が下方になってゆき、ついに月の光も消え、どのような光も消えた。

ただ、虚空《こくう》の中で、空海だけが鳴っている。

そこへ、声が響いてきた。

「この虚空で鳴る絃《いと》は誰《たれ》じゃ……」

その声は言った。

「わたくしは、ひとつの妙《たえ》なる弦《げん》の震えでございます」

空海は答えた。

「その弦の震えは、名を何と言うか」

「この絃《いと》の震えは、空海という震えでございます。この震えが変われば、また、わたしは空海以外の何者でもあることができる者でございます」

「するとおまえは、たとえばおまえと同じ国の橘逸勢であるとも言うのか」

「はい」

「たとえば、さらに違う震えとなれば、おまえは、一頭の牛でもあることができるというのか」

「はい、わたくしはそのようなものであります――」

空海は言った。

「ではおまえは、ある時は、牡丹《ぼたん》の花にも、その花に遊ぶ蝶にも、あるいはその蝶の死骸《しがい》を運ぶ蟻《あり》でもあるものだと言うのだな」

「はい。わたくしは、そのようなものであると思っております」

空海は答えた。

「さらに申せば、これは、わたくしだけのことではありません。およそこの世に存在するものは弦の震えであり、その震えによって、どの弦の震えも、他のどの弦の震えであることもできるのです」

「この世の全てのものは、ひとつのものであると、おまえはそう言うのか」

「はい。わたしはそのように言っております――」

空海は、はっきりとうなずいた。

か、
か、
か、
と、また、楽しそうな笑い声が虚空に満ちた。

「なんとも、おもしろい男じゃ。空海――」

黄金色に光り輝く存在が、しずしずと虚空の彼方より舞い降りてきて、空海の前に座した。

「私は、弥勒菩薩である」

と、それは言った。

座した足の上の両手に、ひとつの大きな瓜を乗せていた。

「おれを呼んだかよ、空海――」

弥勒菩薩が言った。

「はい」

空海はうなずいた。

「また、瓜を喰いたいと申しておったな」

「ええ」

「瓜じゃ」

弥勒菩薩が、手に持った瓜を、空海に差し出した。

空海がそれを受け取った。

「また、と申しましたが、実は瓜をいただくのは、これが初めてです」

空海が言うと、ふふん、と弥勒菩薩は笑ってみせた。

「あの時は――」

「犬の首でございました」

「そうであったな」

「このわしに会いたいという書きつけを、あちこちで眼にしたわ」

〝空の晴れたる日いま一度瓜を食べたし〟

その書きつけのことについて、弥勒菩薩は言っているのである。

「何の用じゃ」

「はい」

空海は、うやうやしく頭を下げてから、

「こたび、この空海が皆さまをおまねきして詩と楽の宴を催そうと思いまして、丹翁どのにおかれましては、ぜひともおいでいただきたく、あのような書きつけをしたためました
――」

「宴とな」

「はい」

「いつじゃ」

「三日後の晩でございます」

「顔ぶれは？」

「まずはこのわたくしと、橘逸勢――」

「他は？」

「白楽天と、楽人が何人か」

「わかりませぬが、丹翁殿にとっては、おなつかしい顔ぶれに来ていただけるかと考えております」

「何をたくらんでおる、空海？」

その問いには、空海は答えなかった。

「場所を、まだ申しあげておりませんでした――」

空海は、弥勒菩薩を見やり、

「場所は、驪山《りざん》の華清宮でござります」

そう告げた。

弥勒菩薩が、ふいに押し黙った。

長い沈黙が虚空に満ちた。

「わかった……」

弥勒菩薩が言った。

「その宴、ゆこうではないか」

「恐縮でございます」

「用件はそれだけか」

弥勒菩薩が言った。

「まだございます」

「他には――」

「何だ」

「昨夜、青龍寺より、ある品が盗まれました――」

「ほう」

「これは、丹翁殿の仕業《しわざ》ではありませぬか――」

空海は言った。

五

「いかにも、ぬしが言うように、このわしがやった」

弥勒菩薩の丹翁は言った。

「もうひとつの文が、青龍寺にあること、御存知だったのですか」

「うむ」

「どうして、それをお知りになられたのですか」

「韓愈《かんゆ》に聞いたのよ」

「韓愈に?」

「あやつが眠っているおりに、術をもって聞いた。あやつは、わしにそのようなことを言うたとは思ってはおるまい。全て忘れておるからな」

「なるほど」

「わが術中にあって、わしと対等に話ができる者なぞ、めったにはおらぬ。空海よ、ぬしは特別よ」

丹翁は言った。

弥勒菩薩は沈黙し、さぐるようにその眸《め》が空海を見た。

「どうだ、空海よ」

「は？」

「読みたいか」

「――――」

「青龍寺にあった、文を読みたいか」

「はい」

空海がうなずくと、弥勒菩薩は口を開いた。

その口から、ぬうっと一巻の巻き物が現われた。弥勒菩薩はそれを右手でつまんで、口の中より引き出して左手の上に乗せた。

「これは、高力士《こうりきし》がその死の寸前に、晁衡《ちょうこう》にあてて書いたものじゃ」

「高力士様が――」

弥勒菩薩は、その巻子《かんす》を、空海の前に置いた。

「空海よ、それをぬしの手から青龍寺の恵果《けいか》へ渡しておけい」

「よろしいのですか」

「我が名を出し、丹翁が手より取りもどしたと言えば、それがいずれぬしの役にも立つであろう――」

「では、そのように――」

空海が頭を下げた。

「恵果の手に渡す前に、それを読むも読まぬもぬしの裁量じゃ」

「はい」

うなずいた空海をしみじみと見つめ、

「しかし、華清宮か……」

ぽつりと弥勒菩薩は言った。

「はい……」

空海がまたうなずく。

「たいした男よ。華清宮とはな。考えてみれば、その通り。劉雲樵《りゅううんしょう》の家、あの綿畑、呪《しゅ》に使った荒れ屋敷、馬嵬駅、そうなればいよいよ最後は……」

「華清宮……」

「そうじゃ。白龍《はくりゅう》め、ずっとこのわしを呼び続けておったのだな」

「――」

「もう少し早く気づいておれば、事は早く済んでいたものを……」

そう言ってから、弥勒菩薩は静かに首を左右に振った。

「……いいや、やはり、最後に華清宮というのが、あの男の望んだことなのであろう。もし、どこでもよいのなら、あの時、綿畑で相見《あいまみ》えたおりでもよかったはずだからな」

「何が、あの時でもよかったのですか」

「我らが、五十年前に見た夢の結末をつけるのがさ」

「夢の……？」

「うむ」

弥勒菩薩はうなずいた。

うなずいたその眼から、涙が頬を伝った。

「よろしかったのですか？」

空海は訊いた。

「何がだ？」

「丹翁殿——いえ、玄宗上皇、高力士様、貴妃様、そして、黄鶴様、白龍様……皆様の御事情の中へ、わたくしは踏み入ろうとしております」

「もう、踏み込んでおるわ」

「そうでした——」

空海がうなずくと、弥勒菩薩はしばらく沈黙してから、

「空海よ」

あらたまった口調で言った。

「何をたくらんでおる」

さきほどと同様のことを訊いた。

「ただ、宴を――」

「宴を？」

「盃を交し、詩を交し、楽の音と共に舞い、酔うて倒れ伏すまで……」

「――」

「場所は、驪山の華清宮――配するは、晁衡殿にかわりましては倭国《わこく》からきたこの空海が――」

「おう」

「李白翁にかわりましては、当代きっての詩人白楽天――」

空海は言った。

弥勒菩薩は、遠くを見るような眼つきで空海を見やった。

「空海よ」

「はい」

「急げ――」

弥勒菩薩は言った。

「雲のように急げ」

「――」

「過ぎてゆくぞ。過ぎてゆくぞ。瞬《またた》く間の五十年ぞ。一夜の夢のごとき一生ぞ」

「――」

「ぬしが為《な》すべきことあらば、急げ――」

「雲のように？」

「そうだ。空をゆく雲のように往《ゆ》け」

ふうっと、虹が消えゆくように弥勒菩薩の姿が薄くなってゆく。

「丹翁殿……」

「空海よ、ぬしの趣向、楽しませてもらおうか――」

弥勒菩薩の姿が消えた。

空海が眼醒めてみれば、その足元に一巻の巻子が、ぽつんと置かれていた。

第三十二章　高力士

一

高力士《こうりきし》から晁衡《ちょうこう》への手紙

晁衡殿におかれましては、お身体おすこやかにおられましょうか。わたくし、高力士は、齢《よわい》七十九歳となり果てました。

ただいま朗州《ろうしゅう》の地にてこの文《ふみ》をしたためております。

黔中《けんちゅう》より長安《ちょうあん》にもどる途中この地に病《やまい》に倒れ、今はほとんど身動きもならぬありさまです。身体の節々は痛み、頭《つむり》も槌《つち》で叩かれるがごとくに痛みます。心の臓はせわしく動き、喘《あえ》げば口からは熱い息が洩れるばかりの身体となりました。

粛宗《しゅくそう》皇帝にかわり、玄宗《げんそう》様が上皇におなりになられてから、諸事思うにまかせず、粛宗皇帝に信の篤《あつ》かった李輔国《りほこく》に謀《はか》られて一年半前に黔中の地に流されました。これまでわたくしが、他の人間たちに対してやってきたことが、ようやく我が身に振りかかってきたということで、おとなしくこの運命にあまんじてこの生を終ろうと思っていたのですが、彼《かの》地《ち》で日々想うのは、都での日々のことばかりでございました。

玄宗皇帝と共に過ごした日々——

安禄山《あんろくざん》の乱で、ともに蜀《しょく》の地まで落ちのびたのは、いつだったでございましょうか。

あれは、天宝十五年ですから、ただの六年前のことだったのですが、今想い出せば、遥か遥か昔のことのようになってしまいました。思えばそのおり、馬嵬駅《ばかいえき》では私たちの運命も変えかねない叛乱もおこったりしたのですが、あれすらも、今のわたくしにとっては、ただただなつかしい想い出であるばかりです。

晁衡殿。

わたくしがこうして、あなたにお手紙を書いているのは、今となってはもう、このような手紙を書く相手があなたしかいないからでございます。

できることなら、最後に、あなたを前にして、死にゆく老人の繰《くり》ごとをゆっくりと申しあげたかったのですが、病の身とあってはそうもゆきません。

ああ——

なんと、なんと長い歳月が過ぎ去っていったことでしょう。

この歳月を、わたくしは、玄宗様と共に過ごしてまいりました。

一年半もの長い間、玄宗様にお会いできなかったのは初めてのことです。これまで、毎日毎夜、どれだけわたくしは玄宗様のことを想い、生きてきたことでしょう。

考えてみれば、玄宗様に貴妃様のことを最初に申しあげたのも、わたくしです。そして、最後に貴妃様を――ああ、これは、今思えば、あるいはわたくしの嫉妬であったのかもしれません。わたくしは、貴妃様に嫉妬していたのでしょう。

このような告白が今できるというのも、もう、多くのことが、過去のことになってしまったからでしょう。

玄宗様も、嗚呼《ああ》、今はもうこの世の方ではありません。

わたくしが、玄宗様の死を知ったのは、ほんの三日前のことです。

長安からやって来た流人《るにん》からそのことを聴かされたのです。

その時に、わたくしは全ての力を失い、この地に倒れてしまったのでした。

今、こうして、夜に独り灯火《とも》を点して文机《ふづくえ》に向かっているのも、やっとのことです。

最後までこの文を書き終えることができるかどうかはわかりませんが、わたくしの気力の続く限り、筆を走らせることにいたしましょう。

わたくしと、玄宗様が出会ったのは、まだ、わたくしたちが十代の頃のことでございました。

玄宗様も、わたくしも、まだ力に溢れ、若く、そして玄宗様は皇帝になれるかどうかもまだわからぬ頃でございました。

どのような男や女たちでさえ、わたくしと玄宗様ほど、深い心の繋《つな》がりを持った者はいないでしょう。

ある意味では、貴妃様と玄宗様以上に、わたくしたちは、深い繋がりをもって生きてきたのでございます。
あなたには、それがよくおわかりでしょう。

二

玄宗様が、皇帝になられたのは、わたくしが二十九歳のおりのことでございました。太極元年の七月、睿宗《えいそう》皇帝が御決心をされて、帝位を李隆基《りりゅうき》様にゆずり、自らは太上皇《たいじょうこう》帝《てい》と称して隠退することを宣言なされたのでした。

こうして、年は太極から延和《えんわ》と改まり、八月に李隆基様が、玄宗新皇帝となられたのでした。

御歳二十八歳。

しかし、皇帝となられてからも、玄宗様はけして油断はなさいませんでした。太平公主《たいへいこうしゅ》と宰相の竇懐貞《とうかいてい》たちがまだ権力の座にいたからでございます。

はたして、太平公主たちが、側近たちと謀議して謀反《むほん》を企てたのは、翌先天《せんてん》二年（七一三）のことでございました。

七月の四日に、宮中にて玄宗様を亡きものにしようとしたのでございます。しかし、玄宗様もわたくしたちも、それを待っていたのです。この謀事《はかりごと》は全て我等に筒抜けになっており、我等はその裏をかいて、彼等が事を起こす前日の七月三日に、部下の将兵三百余人を率いて宮殿に攻め入り、太平公主の謀議に顔を出した主だった者たちを捕え、斬りすてました。

太平公主は、いったんは脱出して寺に身を隠しましたが、我々に捕えられ、ついに死を賜《たま》わったのでした。

真に、新皇帝玄宗様の治世が始まったのはこの時からでございます。

それからのことは、あなたもよく御存知の通りです。

それから四年後には、もう晁衡殿は長安にこられていたわけですから、どのように玄宗様が唐の国を治めていったかは、ごらんになっていることでしょう。

しかし、あなたが知らないこともまた幾つかあります。

今夜はそれをあなたに申しあげるべく、このように、燭《しょく》を点《とぼ》し、筆を手に取ったのでございます。

三

武恵妃《ぶけいひ》様がお亡くなりになられたのは、開元二十五年（七三七）の十二月、玄宗様が五十三歳の時のことでございます。

玄宗様が、どれほどこの武恵妃様を慈《いつく》しんでおられていたかは、あなたも御存知でしょう。玄宗様のお哀しみようは、ひと通りのものではなく、後宮《こうきゅう》には何人もの美しい女たちがおりましたが、いずれも玄宗様のお哀しみを癒《いや》すことはできなかったのでございます。

「どのような女でもよい」

と玄宗様は、ある時わたくしに申されました。

「この、わしの心に空《あ》いた虚《うつろ》を埋めてくれる女はいないか――」

本心か、本心であってもその時はお戯《たわむ》れが幾らか混じっていたのでしょう。

刻《とき》が至れば、どのような哀しみもいずれは癒されてゆくものだということは、わたくしも玄宗様もわかっておりましたから、本気ではあっても、最初からあのようなことになるのがわかっていたら、決して玄宗様もそのようなことはお口にはなさらなかったでしょう。

「もしも、そのような女がおるのなら、たとえそれが誰かの妃《きさき》でもよい。このわしの前に連れて来てくれぬものか。褒美は望みのままにとらそうぞ――」

これを、その場にいた臣下の者たちが耳にして、本気になって、皇帝をお慰めする女を捜し始めたのでございます。

日に、何人もの女の話が玄宗様の耳に届けられ、あるいはその女本人が連れてこられ、何人かは、玄宗様と閨《ねや》を共にしたのでございます。

ここに至りまして、わたくしも不安になりました。

もしも、誰ぞが連れてきた女が、玄宗様のお気に入りとなり、子まで生《な》すようになったら――

そうなれば、その女を見つけてきた者は、皇帝の覚えめでたく、栄達してゆけば、いずれはこのわたくしを、玄宗様のおそばから追い落とすことも考えるようになるやもしれません。

わたくし以外の者たちにとっては、出世の大きな機会が、眼の前にぶら下がったのです。これに反対をしては、わたくし自身が皇帝の御機嫌を損ねてしまいます。

もしも、玄宗様をお慰め申しあげることのできる女がこの世にいるのなら、それはこのわたくし高力士が捜し出し、皇帝の前に連れて来ねばなりません。

わたくしもまた、国中に手を尽くして、女を捜し始めたのでございます。

〝誰ぞの妃でもよい〟

今思えば、このひと言が後の全てのことの始まりだったのでございます。このひと言さえなければ、わたくしも、今、あなたにこのような文を書いてはおらず、このような場所でこうして、燭を点してはおらぬでしょう。

しかし、逆にまた、このひと言があったればこそ、唐王朝の秘事に関わることになったのであり、数奇なる生を生きたのでございますから、何とも言えぬところもあるのでございます。

あの時、もし、ああであったら、こうであったらと、過去のことを思い出しては色々と悔やんだり歯を噛んだりするのは人の常なのですが、このことについては、これまでの生涯で、何度わたくしはそのことを思ったことでしょう。

もしも、玄宗様があのようなことをお口になされなかったら。

もしも、あの男がわたくしの眼の前に現われなかったら。

もしも、玄宗様があそこまであの女に心を奪われなかったら。

もしも、もしも、もしも……

このもしもを、これまでに何度、わたくしは、人知れず、頭の中で繰り返し思い浮かべたことでございましょう。

しかし、もしもあの時こうであったらというもしもの刻《とき》と、今わたくしが生きてこうして文をしたためているこの刻とを、ふたつ並べて比べることはできません。

過ぎてしまった刻は、もう、取りもどすことはできないのです。

あの男が、わたくしの眼の前に現われ、あの呪われた言葉を口にしたのは、開元二十六年の五月も半ばを過ぎた頃でございました。

わたくしはわたくしの屋敷の庭に、ただ独り立って、考えごとをしておりました。

考えているのは、もちろん、玄宗様が捜せと仰せになった女のことでございます。

これまで、何人もの女が、玄宗様にお目通りしていますが、誰ひとりとして玄宗様が気に入られた方はおりませんでした。

「ああ、やはりこの世には武恵妃に勝る女はいないのではないか——」

そう嘆息される皇帝のお姿を、わたくしは何度も見ております。

わたくしは、皇帝のお側《そば》に近くお仕えいたしておりますので、皇帝のお気持ちはよくわかっておりました。

その時の皇帝をお慰めすることは、どのような女にもできることではないと、わたくしは知っておりました。

もしも、武恵妃様が生きておられたなら、玄宗様も他の女子に心をお移しになることもありましょうが、武恵妃様は、もはやこの世の方ではありません。玄宗様のお心の中にだけ生きているお方なのです。そういうお方には、生身のどのような女も勝てるわけがないのです。

たまに、心をお移しになる方がいても、それも閨を共にするまでのことでございました。一度、閨を共にしてしまえば、玄宗様のお心は、もうそのお方から離れてしまうのでした。

それに――

玄宗様の前にやって来る女は、どなたも皆、武恵妃様によく似た方ばかりなのでございます。時には、生前の武恵妃様にそっくりのお方もおりましたが、たとえどれだけ似ていようとも、そのお方は武恵妃様ではありません。

顔だけでなく、声、仕草《しぐさ》、息の仕方、眼のくばり方――それ等がどれだけ似ていようとも、武恵妃様とは違います。なまじ、似ているところがあるばかりに、違いが際立ってしまうのでございます。

似ているということは、かえってよくないのです。

そのことは、わたくしはよくわかっていたのですが、しかしでは誰がよいのかということになると、わたくしも手をこまねいているばかりなのでした。

似ているお方も駄目。

似てないお方も駄目。

わたくしは、本当に弱り果てておりました。

それまで、わたくしは、どういうお方も玄宗様の前に連れて行ってはいなかったのです。人をたよりに捜したり、これはという方に会ったりはしていたのですが、いずれも玄宗様がお気に入るとは思えませんでした。それを承知で、女たちを玄宗様に会わせることなどできるものではありません。

自分では捜すことはできず、このまま、もしも他の者が連れてきたお方を玄宗様が気に入ってしまったらと、不安が胸の裡《うち》に渦巻いていたのです。

夜でございました。

おりからの満月で、ちょうど咲いている牡丹《ぼたん》の花に月の光が差して、それはそれは美しい夜でございました。

その年、いつになくたくさんの牡丹が、長安のどの屋敷の庭よりも早く咲いたのです。

その時——

「高力士殿——」

どこからか、声がかかってきたのでございます。

男の声でございました。

しかし、その声はあまりに小さく、微《かす》かで、もう一度同じ声が聴こえてこなかったら、空耳かと思ってしまうところでした。

はて――

と思っているところへ、

「高力士殿――」

また、同じ声が響いてまいりました。

今度は、はっきり、しかもずい分近くから響いてまいりました。

「ここじゃ、ここじゃ――」

その声がわたくしを呼びます。

「花の上じゃ。あまりに小そうて見えぬか――」

言われて、眼の前に咲いている牡丹に眼をやれば、果たして、そこに人の姿があったのでございます。

白い牡丹でございました。

月光に照らされている、その重い牡丹の花の上に、ひとりの男が座しておりました。

大人の指一本くらい。

その大きさの男が、月の光で、青く見える白い牡丹の花びらのひとつに座して、わたくしを見あげているではありませんか。

小さくて、よくは見えませんが、五〇歳を大きく過ぎた、六〇歳に近いと思われる年齢の男でございました。道士の格好をしておりましたが、顔つきは唐の国の人間というよりは、どこか、胡《こ》の国の者のような感じで、鼻も少し高いようでした。

「な――」

わたくしが思わず、大きな声をあげようとすると、

「驚くことはない」

その男は、そう言って、

「どうじゃ、高力士殿、女は見つかったか」

にいっと笑ったのでございます。

「見つからぬ」

わたくしは、知らず答えておりました。

「であろう」

いかにもそうだろうというような表情で男はうなずきました。

「おまえ、狐狸《こり》か妖怪の類《たぐい》か――」

わたくしが問えば、

「人さあ……」

男が答えました。

「何故に、わたくしが女を捜していると？」

わたくしが言えば、
か、

か、
か、
と男は笑い、

「おまえだけではない。皆が捜しているではないか」

そう言ったのです。

「知っているぞ。皇帝が女を欲しがっているのであろうが」

「そうだが、しかし――」

「まだ、見つからないのであろうが」

きっぱりと男は言った。

「何人も何人も女が連れてこられているが、皇帝は、どの女も気に入らぬのであろうが」

男の言う通りでございました。

わたくしは、

「おまえの言う通りだよ」

うなずいていました。

男を見やり、

「皇帝が気に入る女なぞ、この世に生きてはおらぬ」

そうつぶやきました。

すると――

「そんなことはない」

男は言いました。

「いるというのか」

「いる」

「何故わかるのだ」

わたくしは言いました。

「あなたが女をひとり知っているというのはいい。しかし、その女を皇帝が気に入るとどうしてわかるのだ」

「わかるからわかるのさ」

「なに!?」

「これは、理屈ではないのだ」

「――――」

「理屈ではない。見ればわかる。見た途端にわかるのだ。そういう女が、稀《まれ》に、この世にはいるのだ。そして、このおれは、その女がどこにいるか、どういう女かを知っているのだ」

「誰だ。その女が、どこにいると!?」

わたくしが問うと、

「教えて欲しいか」

男が言いました。

「教えてくれ」

「やだね」

「いや?」

「ああ」

「ならば、何故、ここまでやってきた?　わたくしをからかうためか」

「いいや」

「何故、教えぬ?」

「教えるかわりに、欲しいものがある」

「何が欲しい?」

「今は言わぬ」

「なに?」

「明日、その女をぬしに会わせよう」

「明日?」

「ああ」

「どうやって?」

「会えばわかる。会えば会ったその瞬間に、この女のことであったのかとわかる」

「本当に?」

「嘘は言わぬ」

「――――」

「ぬしがその女を見て、気に入ったのなら、その時に、わしが欲しいものを教えよう。それを、ぬしが気に入らねば――」

「気に入らねば？」

「華州《かしゅう》より来た袁思藝《えんしげい》あたりにこの話を持ってゆこうか」

「なに!?」

袁思藝というのは、その頃宮中に仕えるようになった人物なのですが、なかなか思慮の深い、人の心を摑《つか》むことの巧みな男です。

いずれは、わたくしと並ぶような地位まで登ってくる男がもしいるとするなら、それはこの袁思藝であろうと、前々からわたくしも思っていた人物でした。

そのひと言で、この男が、並ならぬ智恵を持っている人物であるということがわかりました。

この〝女捜し〟の意味を、この男がきちんと理解しており、しかも、それを利用して何かたくらんでいるというのがわかります。

「わかった」

わたくしは、答えていました。

「明日、その方と会おうではないか」

「では、わしは、去《い》ぬることにしよう」

そう言って、男は花びらの上に立ちあがり、もぞもぞと動き始めた。

なんと、花びらをめくりあげ、できたその透《す》き間《ま》に、頭から潜り始めた。

男の身体が、牡丹の花の中に潜ってゆく。

「幻術《めくらまし》か!?」

わたくしがつぶやいた時には、もう、頭から腰のあたりまで、男は花びらの中に潜っておりました。

「そなた、名は何と?」

わたくしが問うと、花びらの間から、ぴょこんと男の頭が飛び出してきて、

「黄鶴《こうかく》——」

と、そうその男はつぶやいたのでございました。

四

そうして、この男は牡丹の花の中へ消えてしまったのでございます。

その後、花に手で触れてみても、花びらをめくってみてもどこにも男の姿はなく、牡丹の花はただ牡丹の花であり、手を離せば、美しいたわわな重い花が、静かに月光の中で咲いているばかりでございます。

夢であったのか、現《うつつ》のできごとであったのか。幻術にかかったのなら、いったいいつその幻術にかかり、いったいいつ、その幻術から醒めたのでしょうか。

いいえ、もしかしたら、幻術から醒めてはおらず、わたくしはいまだに、あのおりにかけられた夢の中にいるのかもしれません。いいえ、いいえ、術《ゆうべ》をかけるもなにも、そもそも人の一生というものが、夢のようなものなのでしょう。夕には花に実を結び、朝《あした》には消えてしまう露のように、人の一生のなんと儚《はかな》く、夢のようなことでしょうか。

その露のごとくに今、わたくしの命も消えようとしています。燭《しょく》を点《とぼ》し、かすむ眼をこすりながら、震える指先に筆を握って、かつての日の出来事をあなたにしたためているのです。

わたくしが、黄鶴という男の言ったことが本当であったと思い知らされたのは、黄鶴の言った通り、その翌日のことでございました。

昼頃でございましたか。

わたくしは、屋敷内で宮廷へもどる支度をしておりました。

そこへ家人《けにん》のひとりがやってまいりまして、わたくしに次のようなことを言うのでございます。

「ただいま、寿王李瑁《じゅおうりぼう》様の従者であると名乗るものがやってまいりまして、高力士様にお目通りを願いたいと申しております」

「何ごとか」

わたくしが問いますと、

「寿王様の女官の楊玉環《ようぎょくかん》様が、馬車にてお忍びでこのあたりを通りかかったところ、ふいに軛《くびき》の一本が折れてしまったとのことで、その修繕の間、しばらくこちらのお屋敷にて休ませてはもらえまいかとのことでございます」

このように家人が言うではありませんか。

「はて——」

とわたくしがこの時、首を傾《かし》げたのも、晁衡どのには無理なきこととわかって下さい。寿王様はともかく、その女官のひとりが何故に、馬車でこのようなところを通りかかるのか。寿王様御本人が馬車でというのならわかりますが、女官がどうしてお忍びでなければならぬのでしょう。

ともあれ、そのおり、寿王様が、たいへんに難しいお立場にいることは、わたくしもよくわかっておりました。

晁衡殿も、寿王様と三太子の一件はよく御存知でしょう。

それまで、玄宗様の御寵愛《ごちょうあい》を一身に受けておりましたのは、お亡くなりになった武恵妃様でございました。そして、玄宗皇帝と武恵妃様の間にお産まれになったのが、李瑁様——つまり寿王様でございました。

玄宗様は、寿王様をたいへんに可愛がられ、これに嫉妬したのが、玄宗様の他のお妃たちのお産みになられたお子たちであったのです。

まず、趙麗妃《ちょうれいひ》様のお産みになられた、皇太子の李瑛《りえい》様。

楊《よう》様のお産みになられた李璵《りよ》様。

皇甫徳儀《こうほとくぎ》様のお産みになられた李瑶《りよう》様。

劉才人《りゅうさいじん》様のお産みになられた李琚《りきょ》様。

玄宗様は、この方がたをそれぞれに皇子に封じておられたのですが、おそばに武恵妃様がお仕えするようになり、李瑁様がお産まれになると、玄宗様のお子への関心のほとんどは、この李瑁様に移ってしまわれたのでした。

これに不安を抱《いだ》いたのが、皇太子の李瑛様、鄂王《がくおう》李瑶様、光王《こうおう》李琚様の御三人でございました。

御三人は腹違いの御兄弟でございましたが、自分たちの母親が空閨《くうけい》をかこち、不満を洩らしているのを知っておりまして、また、自分たち自身も、以前のようには皇帝から目をかけてもらえなくなったことを恨みがましく思っておりました。

この三皇子が、宮廷内で顔を合わせたおり、話がそのことに及ぶのは仕方がありません。御三人は、それぞれに、皇帝に対する不満を洩らしたのですが、これが他人に盗み聴きされており、武恵妃様に報告されてしまったのです。

武恵妃様は、さっそく玄宗様のもとに足を運び、

「皇太子たちが、そろってわたくしたち母子を殺害しようとしております」

涙を流しながら訴えたのでございました。

武恵妃様を愛しておられた玄宗様は、この言葉をすっかり信じてしまわれ、即刻に宰相たちを召集し、

「三皇子を廃し、武恵妃の産んだ寿王李瑁を皇太子にたてたい」

このように告げたのでございました。

これに反対されたのが、当時宰相の首席の地位にあった張九齢《ちょうきゅうれい》殿でございました。

「はっきりと、事実を調べもせぬうちに、一方の側だけの話を聴いて、天下の本たる皇太子の地位を、軽々しく動かしてよいものでしょうか。まず、事の真偽を確かめるのが先ではございませぬか」

もっともな意見であり、これには玄宗様も反論はできませんでした。

しかし、気分を害された玄宗様は、そのまま、その場から退出されてしまったのです。

この時、宰相方の御意見がたたかわされている間、礼部尚書《れいぶしょうしょ》として末席につらなっていたのが、李林甫《りりんぽ》であったのです。李林甫は、武恵妃様と通じておりましたので、このことを武恵妃に伝え、さらには、

「こたびのことは、政《まつりごと》にはあらず。玄宗様の家事でござりますれば、他人に御相談されることではなく、御自身の御心のままにされるのが一番でござりましょう」

このように言ったというのです。

この時こそ、玄宗様は、李林甫の意見には従わなかったのですが、開元二十四年の十一月に、張九齢を宰相からはずし、開元二十五年の四月に、先の皇太子三人を廃し、年長の

皇子である忠王《ちゅうおう》李璵様を皇太子にたて、三皇子を殺してしまわれたのでした。

この李璵様が、後の粛宗《しゅくそう》様でござります。

三皇子を亡きものにして、寿王様を皇太子にたてるのでは、これは一番の年長であられた李璵様をないがしろにすることであり、また、朝廷内にもめごとがおこるやもしれません。三皇子を亡きものにして、ひとまず武恵妃様母子の生命の危機は去ったことであり、ここは李璵様を皇太子におたてになるのが、おさまりがよろしいのではありませんかと、玄宗様に申しあげ、これが入れられたのでございます。

つまり、このわたくしのために寿王様は、皇太子になりそこねたのであり、このことは寿王様もよくわかっておいでのはずです。

素振りにこそ出しませんが、寿王様が、わたくしのことをこころよく思っておられるはずもなく、たとえ女官とはいえ、そのくらいの主《しゅう》の心は承知しているはずでござります。

車の軛が折れて難儀しているとはいえ、当屋敷に助けを求めるのは主の心に反することでしょう。

わたくしが、まず、いぶかしく思ったのはそのことでした。

しかし、さらに考えてみますれば、だからこそ、わたくしの屋敷に声をかけてきたとも考えられます。

わが屋敷の前で車が壊れ、他の屋敷に寿王様の御身内の者が助けを求めたとあっては、玄宗様に対してわたくしの顔が立ちません。心では、どのように想っていようと、皇帝のお側近くに仕えている人間の顔を潰《つぶ》すのは、朝廷で永く生きながらえてゆこうとする者が、やってはいけないことでございます。

それに、さらに考えてみれば、武恵妃様が亡くなられてからは、寿王様に対する御愛着の念も、玄宗様からは薄れているこの時期のことでございます。わざわざわたしの顔を潰すようなことをするのは、得策でなく、ここは素直にわたくしの屋敷の門を叩いたというのであれば、納得のゆくことでもございます。

「目通りするまでもない。さっそくこれへお通しして、お休みいただき、その間に、当屋敷の新しい車を御用意してさしあげるのだ」

このように、わたくしは、家人に申したのでございました。

そして、わたくしは、その女官を屋敷に迎えたのですが、従者たちに囲まれて入ってきたその姿を見た途端に、魂を奪われたようになってしまったのでした。

ああ——

あの方を初めて見た時のことを何と申せばよいのでしょう。

驚き?

いいえ、それはもう、驚きというものを通り越しておりました。

たとえばそれは、いきなり剣をこの身体に突きたてられたようなものと言えばよろしいのでしょうか。ふいに、鋭い刃物が自分の肉体に潜り込んでくる——驚くというのは、その刃物が、今まさに自分の肉体を傷つけようとするその直前に、それに気づいた時です。

気づくも何も、どういう間もなく、刃《やいば》が肉を貫いてきたら、その時に人が感ずるのは、まず痛みです。驚く間も、恐怖する間もない痛み――

あのお方を初めて見た時にわたくしが感じたのは、まさしくそのようなものであったのです。純粋なる美というものが、この世にあるのかどうか、わたくしにはわかりません。しかし、その時わたくしが見、感じたのは、そのようなものでした。

驚く間などありませんでした。

そのお方が、従者たちに囲まれて、しずしずと入っていらした時に、あの方が身に纏《まと》っている――いいえ、あの方そのものである美が、もう、わたくしの中に入り込んでいたのです。

美に襲われる、というのでしょうか。

あの方の美が、いきなりわたくしの目の玉を平手で叩いたのです。あの方の美が、わたくしの心をいきなり叩いていたのです。

わたくしの屋敷の中が、ふいにぱあっと明るく照らされたようでした。光のように見えました。その光が、しずしずとこちらに向かって歩いてくるのでした。わたくしは、ただただ、そのお姿に見とれているばかりでした。

肌は、磨かれた玉《ぎょく》のようになめらかで、白く、そして幾分かふくらんだように見える頬の肉も、触れれば溶けてしまいそうな醍醐《だいご》(ヨーグルト)のようでございました。

鬢髪《びんぱつ》膩理《じり》にして挙止《きょし》閑冶《かんや》。

この世のものならぬものがわたくしに向かって動いてくるのでございます。

わたくしは、どういう心の準備もせぬまま、まったく不用意に、人が触れてはならぬもののの前に立ってしまったのでございます。

見た時に、もう、わたくしはそのお方の虜《とりこ》となり、魂を奪われていたのでございます。

「楊玉環と申します」

大小の玉《ぎょく》が、琴の絃《いと》の上に降りかかるような声でございました。

「このたびは、突然の申し出にもかかわらず、入館のお許しをいただき、ありがとう存じます」

この先にある道観《どうかん》に、月に一度ずつほど通っており、今日がその日であったのだが、途中、車の軛が折れ、やむなくお屋敷の門を叩くことになってしまったのだと、そのお方――楊玉環はわたくしに言ったのでございます。

「高力士様のお屋敷が、近くにあって、本当に助かりました」

艶《あで》やかなる色彩が、言葉と共に、その唇からほろほろとこぼれ出てくるようでございました。

その芳《かぐわ》しい息までが、ほんのりと何かの色に染まっているようでございます。

「どうぞ、御安心して、おくつろぎ下さい」

そこまで言った時、わたくしはようやく、昨夜、あの黄鶴という男が言った言葉に思いあたったのでございました。

〝明日、その女をぬしに会わせよう〟

〝会えばわかる。会えば会ったその瞬間に、この女のことであったのかとわかる〟

これまで、わたくしは、すっかり昨夜のことを忘れていたのでした。

あの男は、このお方のことを言っていたのだと、わたくしは、その時、ようやくわかったのでございました。

五

宮廷へもどるつもりであったのを、わたくしは一日のばし、その日の晩も屋敷にとどまりました。

自室にもどりましても、頭の中に浮かびますのは、昼間出会った寿王様の女官であるあの娘——楊玉環様のことでございました。

玉環様が帰られました夜になっても、まだその色香や、明るい光の如《ごと》きものが、屋敷内の空気の中に残っているようでございました。

こんなことがあるのでございましょうか。

ああ——

間違いございません。

もしも、この女性を玄宗様に会わせたら、必ずや玄宗様は、ひと目でこの方を気に入ってしまわれるでしょう。この方で駄目ならば、もう、この地上に玄宗様がお気に入るような方はただのひとりとしておらぬことでしょう。

しかし、ああ、しかし――

なんということでしょう、この女性は、玄宗様と武恵妃様との間にお生まれになったお子である、寿王様の女官とはいえ、実質上は妃でございます。

息子の妃を、父が気に入ってしまったら。

玄宗様が、寿王李瑁様をどれだけ御寵愛なされていたかは、わたくしもよく存じております。

その李瑁様から、玄宗様はどうして楊玉環様をお取りあげになることができましょう。政《まつりごと》の道から言っても、我が息子の妻を、自らが妻にすることなど、いったいどのようにしてすることができましょうや。

灯りを消し、寝台の上で横になっても、楊玉環様の艶やかなお姿が浮かび、寿王様と玄宗様のことが気にかかって、なかなか寝つかれません。

いったい、どうしたものでございましょうか。

闇の中で眼は冴《さ》え、悶々《もんもん》として眠ることができません。

もしも、わたくしが、この楊玉環様のことを玄宗様に申しあげなかったら――

あの黄鶴という男は、必ずや別の人間のところへゆき、このわたくしに告げたのと同じことを告げることになるでしょう。

それを知らされるのが、黄鶴自身が言っていたように、もしも袁思藝であったりしたら
——

わたくしは、寝台の中で、眠れぬままに何度も寝返りを打っておりました。

すると——

「眠れぬのか……」

低い男の声が響いてまいりました。

聴き覚えのある、あの黄鶴の声でございました。

わたくしは、闇の中で、寝台の上に身を起こしておりました。

視線を動かしましたが、闇の他は何も見えません。

「そのままでよい。そのままで聴け——」

黄鶴の声がいたします。

その声の方へ顔を向け、眸《ひとみ》をこらしました。

部屋の隅のあたりに、闇よりもなお濃い闇のごときものが、黒々とわだかまっているようでございました。

それが、黄鶴であるのか、それともただの闇であるのか、わたくしにはわかりませんでした。しかし、黄鶴が、まるでもののけのごとくに、この闇のどこかに潜んでいるのだということは間違いがないようでした。

「どうだ……」

黄鶴の声が響いてまいります。

「見たか……」

声が言います。

「何を見たと?」

わたくしが問い返しますと、低い、くつくつという泥の煮えるような笑い声が響いてまいりました。

「わかっているだろう、女だ」

「女」

「昼間、女が来たはずだ」

「昼に来たのは、寿王様の女官の——」

「楊玉環」

黄鶴が、わたくしに代ってその名を口にいたしました。

「楊玉環様なれば、昼に、車の軛が折れたとかで、当屋敷に——」

「来たのだろう」

「来た」

わたくしは答えておりました。

「その女がそうだ……」

「——」

「あれは、おれがやったのさ」

「あれとは？」

「楊玉環の乗る車の軛に傷をつけておいて、ここらあたりで折れるようにしておいたのだ——」

「なんと、あれはおまえが……」

「どうだった」

「——」

「おれの言った通りであったろう。見たとたんに、おれの言ったことがわかったはずだ」

「はて、何のことでしょうかな」

「そうやってとぼけるつもりなら、他をあたることにしようか」

あっさりと、黄鶴が言いました。

「ま、待て——」

わたくしは、思わず声を大きくしておりました。

「なんだ」

こうなったら、もう、素直に認めるしかありません。

「おまえの言う通りだった」

わたくしは言いました。

「ほう……」

「あのようなお方が、この世におられるとは思ってもみなかった」

「そうであろう」

黄鶴の声の中に、嬉《うれ》しそうな響きが混じりました。

「あのお方であれば、玄宗皇帝も間違いなくお気に入ることであろう」

「だから言ったではないか。そういう女であると」

「その通りだった」

「別の人間に、これを知らされたら困るであろう」

「ああ」

「おれもな、できればそんなことはしたくない。おれも、おまえを見込んだればこそ、あの女がここへ立ち寄らざるを得ないように仕組んだのだ」

「何故、わたしを――」

「選んだのかということか」

「そうだ」

「ぬしは、頭がよいからよ」

「頭が？」

「そうじゃ。情などに流されて、自分の不利益になるようなことは、絶対にできぬ男だからな」

「そういうところはあるやもしれぬ」

「だから、ぬしを選んだのよ。どういう時にどう動くか、情に流される人間は読めぬからな。信用できぬということだ。利をもって動く人間は、信用できる」

「喜んでよいのか、それは」

「おう、喜べ。この黄鶴に見込まれるくらいの男だとな」

「しかし、わたしは、おまえが読めぬ」

「ほう」

「何が欲しい？」

「ふふん」

「金か？」

「さて」

「宮廷に仕えることが望みか」

わたくしが言いますと、黄鶴は楽しそうにからからと笑いはじめたではありませんか。

「望みを言え」

「望みか」

「おまえの言う女を、もう、わたしは見てしまった。どこの誰であるかも知っている。おまえのことなど知らぬことにして、これから動くこともできるのだぞ」

「そうしたくばするがよい」

「なに!?」

「おれはそれで、いっこうにかまわぬぞ」

「なんと」

「望みを言わねば不安か」

「――――」

「金が欲しいと言えば、安心をするか。出世を望めば、おれのことがわかると言うか」

「――――」

「かまわぬぞ、言うがよい、この黄鶴から聴いたなどと皇帝に伝える必要はない。今日のこの日、たまたま出会った娘がおりましたがと、言えばよいのだ」

「それでよいのか」

「よいとも」

言ってから、黄鶴は、何がおかしいのか、低い声でくつくつとまた笑いました。

「何がおかしい」

「ぬしは、必ず、皇帝にあの女のことを言うであろう。言わずにはおれぬだろう。言わねば、いつ、他の人間があの女のことを知ってしまうかわからぬからな。おれが、誰か他の人間にあの女のことを教えてしまうかどうかなど、本当はもう、関係がないのさ。おまえは、おまえ自身の不安に負けて、あの女のことを、玄宗に言うことになるのだ」

確かに、黄鶴の言う通りでございました。

知ってしまったら――

あのような方のおられることを知ってしまったら、わたくしのような立場の人間は、他の誰よりも早く、あの方のことを皇帝に言わねばならないのです。

それが、この宮廷で生きてゆくためには必要なことなのです。

「ひとつ、聴かせてくれぬか」

わたくしは言いました。

「何だ」

「あの方は——楊玉環様はこのことを知っておられるのか」

「このこと？」

「おぬしのことをだ。黄鶴という人間が、今、このように、このわたしと会ってこのような話をしているということをだ」

「ほう」

「楊玉環は、おまえのことを知っているのか」

「どう答えて欲しい？」

「どう？」

「知っていると、答えて欲しいか。このおれが、実は楊玉環に頼まれて、こんなことをやっているのだとわかれば安心するか」

「——」

「このおれが、楊玉環は自分の身内であると言えば、落ちつくか」

「どうなのだと訊いている」

「さて、どうであろうかな」

「なに」

「ひとつだけ言っておく。いずれ、おまえは、このおれを必要とする時が来るということだ――」

「おまえを？」

「そうだ。その時に、おれはまた、お前の目の前に現われることになる。覚えておけ、今、おれが言ったことをな」

「どういうことだ、それは――」

「それまで、姿を消す」

「なに⁉」

わたくしは、声をかけましたが、返事はもどってはきませんでした。

「待て」

わたくしは、闇の中に向かって声をかけました。

しかし、返事はありません。

「おい」

わたくしはまた声をかけましたが、もう、どういう返事ももどってくることはございませんでした。

ただ、濃い闇がわたくしを包んでいるばかりでございました。

六

それでも、わたくしが、楊玉環様のことを玄宗様に言うまで、ひと月ほどがたってしまったのでございました。

寿王様の女官——御妃《おきさき》様である方の名前を挙げて、万が一にでも玄宗様の御機嫌を損ねることがあってはならなかったからでございます。

しかし、結局、楊玉環様のことを玄宗様に申しあげることとなったのは、黄鶴が言った通りに、不安からでございました。

もしも、誰かが、楊玉環様のことを言い出して、玄宗様があのお方とお会いになり、気に入ってしまわれたら、これはわたくしにとって、大きな問題となってくるからでございます。

さて、玄宗様の御機嫌のよい時に、わたくしは、何気ない調子で寿王様の御妃である楊玉環様のお名前を出したのでございます。

まず、わたくしは、このことを、わたくしがこれまでずっと黙っていたその理由《わけ》から正直にお話しいたしました。

「このお方は、実は玄宗様にとっては御身内の方のお傍《そば》におられる方であり、わたくしがこれから申しあげることで、玄宗様のお身のまわりに、余計な波風が立つのはよくなかろうと思っていたのでございます」

　わたくしが、このように申しあげたことで、かえって玄宗様は御興味を覚えた様子でございました。

「もしも、わたくしの申しあげたことが、お気に入らねば、いかようなおしかりをも覚悟しておりますが、万が一にも、わたくしがこのことを申しあげなかったことで、わたくしが、お淋しい玄宗様のお心をおなぐさめする機会を逃《の》がす役をしてしまうというのも心残りであります故、これを申しあげるのでございます」

「それは誰なのか」

　玄宗様は、わたくしに訊いてまいりました。

「寿王、李瑁様の女官、楊玉環様でございます」

「なに、寿王の女官とな」

「女官と申しましても、実情は、寿王様の御妃でございます。わたくしが、これまで、これを申しあげられなかった理由はそこにあるのでございます」

「なるほど」

　玄宗様も、わたくしの迷いをきちんとわかってくれたようでございました。

　あの、黄鶴とのことは告げずに、わたくしは、車の軛が壊れたため、楊玉環様がわたくしの屋敷に立ち寄られたことなどをお話し申しあげました。

「ほほう」

と、玄宗様は、興味を覚えたように身を乗り出し、

「それは、なかなかのものであったのだろうな」

このように言ったのです。

「おまえが、これまで、ひと月もそのことを黙っていたにもかかわらず、ついにその名を口にしてしまう娘じゃ。さぞ美しい女人なのであろうな――」

「はい」

「しかも、寿王の妃であるというのを承知で、おまえはわたしにその楊玉環という娘のことを話したことになる。これは、よほどの娘なのであろう」

みごとに、玄宗様に心の裡を見透かされてしまったのでした。

「よし、会おうではないか」

玄宗様は、そのようにおっしゃったのでございました。

「その、おまえの言う楊玉環という娘に会《お》うてみようではないか」

こうして、その年の夏に、驪山《りざん》の華清宮《かせいきゅう》で、玄宗様と楊玉環様は、会うことになったのでございました。

七

毎年、夏になりますと、避暑のため、驪山の華清池にある華清宮にいらっしゃるのが、玄宗様の夏の過ごし方でございました。

このおりに、華清宮へ寿王様をお呼びして、玄宗様の御機嫌をうかがわせ、寿王様にはぜひとも楊玉環様をお連れいただくというのが、わたくしの腹づもりでございました。

幸《さいわい》なことに、楊玉環様が、先日我が屋敷にて御休息あそばされた件では、後になって寿王様より結構な御礼の品をいただいておりました。

そこでわたくしは、おおよそ次のような意の書状を、寿王様に御送り申しあげたのでございました。

〝過分なる御礼の品をいただき、当方も恐縮しております。玄宗様にもこのこと申しあげたところ、それはぜひともおまえからもあらためて礼を返さねばならぬぞとの仰《おお》せにてございますれば、いらっしゃるおりには、楊玉環様をお連れして下されたく、そのことをここに申しそえる次第でございます〟

玄宗様の御名を入れたのは、これは玄宗皇帝の御意志でもあることを、寿王様にお伝えしておこうと考えたからに他なりません。

わたくしは、少なからずこのことについては心を痛めておりました。

寿王様は、御聡明な御方でございましたから、

〝楊玉環様をお連れせよ〟

との申し入れが、何を意味しているのかは、薄々察しておられたのだろうと思われます。

玄宗皇帝が、前々から武恵妃様にかわる御方を捜していらっしゃるということは、当然御存知であったことでしょう。そういう時に、自分が、楊玉環様ともども名指しで呼ばれたということがどういうことか。

しかし、これが、玄宗様の御意志であれば、行かないわけにはまいりません。

そのあげくに、たとえ、玄宗様が楊玉環様をお気に入られて、楊玉環様をお召しになる決心をされたとしても、その御意志にさからうことはできません。玄宗様の御意志にさからうということは、それは、すなわち死を賜《たま》わることを意味したからでございます。

果たして、寿王様は、夏のある日に、楊玉環様を伴われて、華清宮を訪れたのでございました。

この時、玄宗様が、ひと目見るなり、楊玉環様をお気に入られてしまったというのは、皆様御存知の通りであり、あらためて申しあげるまでもありません。

まったく、玄宗様は、身も世もなく、楊玉環様のお美しさに魅せられて、楊玉環様がお帰りになられてからも、息を吐くたびに、その御名をつぶやかれるようになってしまったのでございます。

その日から二日目には、玄宗様はわたくしをお呼びになり、深い溜め息をおつきになり、

「なんとかならぬのか」

このわたくしに、そのようにおおせになったのでございます。

「何のことでございましょうか」

玄宗様が何のことをおっしゃっているのかはよくわかっておりましたが、わたくしから口にするのは、あまりに憚《はばか》られることでございましたので、わたくしは、そう申しあげる他はなかったのでございます。

「楊玉環のことだ」

「はい」

「おまえの言うた通りであった。この耳に聴いた以上であった……」

苦しげに、しかし、興奮を隠せぬ御様子で、玄宗様は言ったのでございました。

「わしは、昨夜は一晩中眠れずに、楊玉環のことばかりを想っていた……」

「お気に入られたのですね」

「ああ」

玄宗様は、深くおうなずきになり、

「あの女を我がものにしたい」

かようにおおせになられたのでございます。

「しかし――」

玄宗様は、そう言って宙へ視線をさまよわせ、

「あれは、寿王の妃じゃ……」

「はい」

「いったい、どのような手だてをもって、あの娘を我がものにすればよいのじゃ……」

玄宗様は、悶《もだ》えるように身をゆすって、そのようにおっしゃられたのでございました。

八

まことに困ったことになったのでございました。

玄宗様は、楊玉環様をお気に入られ、そのお名を口になさらない日はございませんでした。

起きては、そのお名をつぶやき、眠れば寝言にてそのお名を口になさるのでございます。

「どうしたらよかろうか」

わたくしの顔を見るたびに、玄宗様はそのように言われるのでございます。

どのようにして、楊玉環様を、玄宗様の許にむかえるか。

それは、わたくしも頭を痛めていることでございます。

その年、玄宗様は五十四歳、楊玉環様は二十歳——御歳の差は三十四歳もございます。

しかし、その歳の差については、大きなことではございません。問題は、楊玉環様が、寿王様のお妃でいらっしゃることでございます。自分の息子の妃を、父王であらせられる玄宗皇帝が自分のものにしてしまうということについて、玄宗様は悩んでおいでなのでございました。

ただ、楊玉環様を御自分のものにする、ということだけなら、問題はございません。玄宗様は、いつでもそれをすることができます。

そなたの妃である楊玉環をこのわしにくれい――と、そのように言うだけでよいのです。

これを拒《こば》むことは、死を意味します。

寿王様も、楊玉環様も、それを受けるか、死をもってそれを拒むかの、返事はふたつにひとつしかございません。

しかし――

あからさまにことを運ぶわけにはゆきません。

そのようなことをすれば、玄宗様御自身の御名に傷がつき、それが後世までもついてまわることになってしまいます。

主上《かみ》が、そのようなことをいたせば、政《まつりごと》の根本がゆらいでしまうことになります。

いったいどうすればよいのか。

正直に、その折のわたくしの心中《しんちゅう》を申しあげておけば、その時、わたくしは、そうなった時の寿王様と楊玉環様のお心の痛みを思いやることよりも、どうやって楊玉環様を、玄宗皇帝のものとなすかということであったのでございます。

玄宗様が、華清宮より長安城にもどられて、十日ほども経った頃でありましたでしょうか。

わたくしは、自分の屋敷の寝床の中で、眠っておりました。

時おり、どうかすると、いやに秋めいた風も吹くようになっており、わたくしは、夜具を胸までかけて、仰向けになって眼を閉じておりました。

楊玉環様のことが気にかかっており、眠りは浅く、しばらくうとうとしたかと思うと、また眼が醒《さ》めるといったことを寝台の上で繰り返しておりました。

夜具がやけに重く感ぜられ、呼吸も苦しく、どこか地の底にでもこの身体が沈みかけてゆくような気がしておりました。

すると——

「おい……」

どこからか、声が聴こえてまいりました。

「おい……」

小さな、嗄《しわが》れた声でございました。

聴き覚えのある声です。

あの声——

わたくしは、気がついて、夜具の中で仰向けになったまま、眼を開いておりました。

すると、いきなり、わたくしの眼に入ってきたのは、あの、黄鶴の顔であったのでございます。

黄鶴の顔が、わたくしの顔の真上から、わたくしを見下ろしていたのでございます。

「あっ」

と、わたくしは、思わず声をあげておりました。

黄鶴は、なんと、わたくしの胸の上の空中に、支えも何もなしに座して、そこから、鶴のように細い頸《くび》を前に曲げて、わたくしを見下ろしていたのでございます。

わたくしが眼醒めたのを知ると、黄鶴はにんまりと微笑して、

「どうじゃ」

と楽しそうにつぶやきました。

「困ったことになったのう」

まるで、他人事《ひとごと》のように言うではありませんか。

「困ったこと？」

わたくしが下から言いますと、

「ほう、困ってはおらぬのか」

黄鶴がまた微笑いたしました。

「何のことだ」

「楊玉環のことよ」

「――――」

言いあてられて、一瞬、わたくしが言葉を失ったところへ、

「おれの言うた通りであったろうが」

得意そうな顔で、黄鶴は言いました。

「だから、このおれがやってきたのさ」

「なに？」

「言うたはずだ。おまえはまた、このおれを必要とする時がくる。その時にまたおれはやってくると――」

確かに、その言葉は、わたくしも覚えております。

「寿王の妃を、いかにして玄宗のものにするか、それで困っているのであろうが」

「その通りだ」

わたくしは、正直にうなずきました。

「どうだ。このおれがよい方法を教えてしんぜようか」

「あるのか、よい方法が」

「ある」

「何だ、それは――」

「おまえだって、これに気づいてもよかったのだ」

「何のことだ？」

「おまえには、ちゃんと教えてやったはずだぞ。楊玉環が、あの日、どこへゆこうとしていたのかを――」

「どこへだと？」

「道観さ」

道観、すなわち、道教の寺でございます。

「それがどうした」

「まだ、わからぬのか」

「なに？」

わたくしが、黄鶴が何を言いたいのかわからぬまま、怪訝《けげん》そうな顔をいたしますと、黄鶴は、ひとしきりからからと笑ってから、

「楊玉環を、道士にせい」

このように、黄鶴は言ったのでございました。

「道士に？」

「はてさて、これだけ言うてもまだわからぬとは、玄宗皇帝の知恵袋の高力士殿も、血の巡りが悪くなられましたか」

そこまで言われた途端、わたくしには、黄鶴が何を考えているのかがわかったのでございました。

わかってみれば、なんとよい方法でございましょうか。

まず、楊玉環様を、出家させて、女道士にする。つまり、出家させて、いったん楊玉環様には、寿王様とおわかれになっていただくのです。

しかる後に、ほどよき場所に道観を建て、そちらに移っていただく。

玄宗様は、その道観に、これまた道士としてお通いになられればよいのです。

そして、一年なり、二年なり、ほどよい時間が過ぎたところで、楊玉環様を宮廷におむかえになられればよいのです。

こうすれば、本当の事情は、誰でもがよくわかっているにしろ、表むき、楊玉環様が寿王様とお別れになった理由は、玄宗様とは関係のない出家というものにあることになります。

前々より、楊玉環様が、道観に通われていらっしゃったことを考えれば、出家ということもそれほど不自然なことではありません。

すばらしい方法でした。

これならば、建前上は、玄宗様の御名に傷がつくことはございません。

しかし、それにしても、この黄鶴という人物、なんとおそろしい男でございましょうか。

「おまえ、もしかしたら、わたしに最初に声をかけてきたあの時から、こうなることを考えていたというのか」

「あたりまえではないか」

黄鶴は、なんとも不気味な笑みをその唇に浮かべ、

「いずれまた、来る……」

そうつぶやいたかと思うと、ふっ、と掻《か》き消すように、宙からその姿を消していたのでした。

九

晁衡殿。

このようにして、わたくしは、楊玉環様と出会い、黄鶴と出会ったのです。

開元二十八年十月甲子（十日）、華清池の温泉宮に、玄宗様は、楊玉環様をお迎えしたのでございました。

もともと、玄宗様は神仙道に御愛着が深く、老子を道家の祖として尊崇しておりました。温泉宮には道観もあり、それを太真宮《たいしんきゅう》と名づけて、そこへ、楊玉環様にはお入りいただいたのです。

玉環様には、その御名を太真と名のっていただき、女道士としてこの地へ来ていただいたことは言うまでもございません。それは、玄宗様の命によるものではなく、あくまでも楊玉環様自らの御意志であるとしたのも、黄鶴の考えた通りの筋でございました。

黄鶴の言った通りに事を運び、結局、その言葉のままに、玄宗様は、楊玉環様を手に入れられたのでございます。

そして、楊玉環様と共に、あの魔物のごとき黄鶴という人物もまた、宮廷に入ってきたのでございました。

晁衡殿。

それは、あなたも噂では耳にしておられることでしょう。

しかし、この時まだわたくしは、あの黄鶴という人間のほんとうの恐さをよく知らなかったのです。

黄鶴の、恐さにわたくしが気がついた時には、この人物は、もう、宮廷の深い場所に入り込んでいたのでございます。

この黄鶴は、わたくしが当初に考えていたよりも、遥かに恐ろしい人物でございました。これまで、この人物を、何度宮中から追い出そうと考えたことでしょう。

しかし、もはや、この黄鶴を宮中から追う術《すべ》をわたくしは持ってはおりませんでした。安禄山《あんろくざん》の乱も、結局はこの黄鶴が謀《はか》ったことと言っていいでしょう。

このことについては、後で詳しくお話し申しあげるつもりですが、今は、ここでまず、ひとつの重大なるある事実について、わたくしに告白させて下さい。

今、それを書いておかねば、これを書いている最中にも、わたくしの生命《いのち》が終ってしまうかもしれないからです。

病に冒されているわたくしの魂《たましい》を、冥府《めいふ》よりの使者が、いつ連れ去ってしまうかわからないからです。

こうして、灯を点してこれをしたためているおりも、息は荒くなり、眼は霞《かす》んでまいります。筆を動かす力さえ指先から失《う》せて、何度も机の上に顔を伏せてしまいそうになるのです。

晁衡殿。

あの安禄山の乱のおり、わたくしたちは長安より逃げて、蜀《しょく》の地まで落ちのびました。

そのおり、馬嵬駅《ばかいえき》において、陳玄礼《ちんげんれい》が、兵を率いて叛乱《はんらん》を起こしたことは覚えておいででしょう。

わたくしも、あの時のことは、忘れられません。

今、こうして文をしたためておりましても、あの時のことが頭に浮かんでまいります。

玄宗様の憔悴《しょうすい》しきったお顔。

お疲れになったあなたのお顔。

槍《やり》の上に突き刺さっていた楊国忠《ようこくちゅう》の首。

そして、あのような時でさえ、冴えざえとしたお美しさを失わなかった、楊玉環様の貌《かんばせ》。

陳玄礼が、わたくしたちに要求いたしましたのは、貴妃様のお命でした。

貴妃様を亡きものにするなら、叛乱をおさめ、皇帝に従って蜀の地までゆこうと陳玄礼は言ったのでございます。

玄宗様も困り果て、貴妃様を亡きものにする以外に方法はなかろうということになったおり、

「よい方法がある」

と言い出したのが、黄鶴であったのでございます。

それは、とんでもない方法でございました。

針を貴妃様のお身体に打つことにより、貴妃様を死んだように見せる方法があると黄鶴は言いました。

このことについては、あなたもお関わりになったことですから、よく御存知でしょう。貴妃様を仮死の状態にし、陳玄礼にそれを確認させたあとで、石の棺に入れて埋葬する——しかし、実際は貴妃様は死んではおらず、あとで掘り起こして針を抜けば、生き還《かえ》ることができるのだと、黄鶴は言ったのでございます。

熱《ほとぼ》りが冷《さ》めてから、おりを見て貴妃様を蘇《よみがえ》らせ、日本国まで逃げのびさせることができるのだと。

そして、そのおり日本国まで貴妃様をお連れ申しあげるのが、晁衡殿、あなたのお役目であったのです。

そして、黄鶴はその秘法を貴妃様に施し、わたくしたちは貴妃様を馬嵬駅にお埋めして、蜀まで落ちのびたのでした。

やがて、乱もおさまり、わたくしたちは長安までもどってくることができました。

玄宗様が、貴妃様を掘り起こすことにしたのは、長安にもどってからほどなくのことでございました。

貴妃様の墓《ぼ》所《しょ》を、華清宮の地に移す——これが、貴妃様を掘り起こすことの名目でございました。

しかし、そうして石の棺を掘り起こし、お助けした貴妃様は、棺の中ですでに目覚めておいでであったのでした。

しかも、狭い、地中の棺の中で目覚めた貴妃様は、以前の貴妃様ではございませんでした。貴妃様は気が触れていたのでございます。

棺の蓋《ふた》の内側に、爪で掻いた、ぞっとするような血の跡が残っていたのは、あなたも覚えておいででしょう。

わたくしたちは、貴妃様を華清宮の地へお連れ申しあげ、そこで、相談をいたしました。

これから、どうすればよいのか。

その時、黄鶴が言ったのが、

〝誰か、自分の呪法の邪魔をしたものがいる――〟

ということでございます。

何者かが、貴妃様のお身体に刺した針を、いじって少しばかり抜いたらしいと――

そこへ、おいでになったのが、青龍寺《せいりゅうじ》の不空《ふくう》和尚でございました。

不空和尚は、玄宗上皇と、ただふたりで話がしたいと申されました。

そこで、我々は、あなたも御存知の通りに、玄宗様と不空様をそこに残し、部屋を出たのでございます。

話が済んだ後、

「終《しま》いじゃ――」

玄宗様は、このように申されました。

「終いと申したのじゃ。終ったのじゃ、もう、何もかも……」

そういう時に、黄鶴が高い声で叫んだのでございました。

「おらぬ！　貴妃がおらぬ。それればかりか、白龍《はくりゅう》も丹龍《たんりゅう》もおらぬ。三人が姿を消しておる！」

それは、本当のことでございました。

不空様と、玄宗様がお話をしていた間に、貴妃様、白龍、丹龍の三人の姿が華清宮より消えていたのでございます。

「皆、忘れよ。何もなかった。何もおこらなかった。貴妃は、馬嵬の駅で死んだのじゃ。あとのことは皆、夢《ゆめ》、幻《まぼろし》よ——」

玄宗上皇は、その時、涙ながらにそのように言われたのでした。

そして、ほどなく、消えた三人の後を追うように、黄鶴もまた、宮中から姿を消していたのでございます。

さて——

晁衡殿。

ここで、わたくしは、幾つかのことをあなたに申しあげておかねばなりません。

それは、あの時、何故、黄鶴が貴妃様に施した尸解《しかい》の法が効かなかったのかということでございます。

もうひとつには、どうして、あのおり、不空和尚が華清宮までやってきたのかということでございます。

不空様のことから申しあげておきますれば、あのおり、不空様に声をかけ、華清宮までお呼びしたのは、このわたくしであったのです。

そして……

ああ、そして……

あの貴妃様の針をいじったのは誰かということでございます。

申しあげましょう。

あの時、馬嵬駅で、皆さまの眼を盗んで、貴妃様の首の後ろに刺さっていた針を浅く抜いていたのは、このわたくしです。

このわたくし、高力士が、それをやったのです。

ああ――

何という恐ろしいことを、わたくしはしてしまったのでしょうか。

そうせざるを得なかったとはいえ、貴妃様のことを玄宗様にお伝えしたのはこのわたくしなのです。

黄鶴が、わたくしをそのようにそそのかしたとはいえ、このわたくしが、それをやったのです。黄鶴が、わたくしに貴妃様の話をした時、わたくしは、それを無視することもできたのでした。わたくしがそれをしなかったのは、正直に申しあげておけば、それは、わたくし自身の保身のためであったのです。

もしも、貴妃様が、他の誰かの推薦によって、玄宗様の知ることとなったら——その誰かが、大きな出世の機会を得ることになってしまいます。

皇帝の御寵愛を受けている妃に近いものが出世してゆくのは、道理です。誰かがそういう立場に立てば、このわたくしの地位が脅《おびや》かされかねません。

そうなるのを、黙って見過ごすわけにはゆきませんでした。

どうせ、誰かが、楊玉環様のことを皇帝にお伝えすることになるのなら、この自分が、それをしようとわたくしは決心したのでした。

そういう意味では、わたくしも、責任のある者のうちのひとりです。

しかし、あのようなことになるのがわかっていたら、何があろうとも、わたくしは貴妃様のことを、玄宗様に隠し通したでしょう。

ですが、それは、今だから言えることでございます。

あの時、こうすればよかった、ああすればよかったと、人は、一生のうちにいったいどれほど心の裡《うち》で思うことでしょう。

それは、どれほど思おうとも、取り返しのつくものではありません。また、取り返しのつかぬことであるからこそ、人はそのように思うものなのでしょう。

もっと正直に申しあげておけば、もう一度、あの頃にもどり、またもう一度やりなおす機会を天より与えられたとしても、わたくしはもう一度同じあのあやまちを繰り返してしまうような気がしてなりません。

あのようなことになるのがわかっていたら——と今わたくしは申しあげましたが、もしもわかっていたとしても、あるいは、わたくしは同じことをしていたような気もするのでございます。

美しい、貴妃様のお側にいて、宮中の栄華のただ中にあって、この大唐国の裏も表も、つぶさに眺めることの悦《よろこ》び。

あの李白《りはく》が詩を作り、李亀年《りきねん》が唄い、貴妃様が舞い、晁衡殿がいて、あの日の宴《うたげ》をもう一度、この身に味わうことができるのなら、何度でもまた同じあやまちを繰り返したいと考えているわたくしもいるのでございます。

同じあやまちを繰り返してしまうのが、人間というものなのでございましょうか。

まことに、このわたくしは、普通の人間であれば、百生を生まれかわったとて、見ることができぬものを見てまいりました。

そして、七〇歳の齢《よわい》を越える今日まで生きたことを思う時、ある意味では幸福なことであったと言わねばなりません。

皇帝のお側近くに仕え、政《まつりごと》を動かし、大きな権力もこの手にし、わたくしの命によって首を斬られた者も数多くあります。

それが、いよいよの生命の終りに近づいて、こうして文をしたためる相手のいることを思う時、まずまずの生涯《しょうがい》であったと言わねばならないでしょう。

文を書く間もなく死んでいった者たちも多くあったことでしょう。

話をもどさねばなりません。

どうして、わたくしが、貴妃様の首の後ろに刺さった針を浅く抜いたのかということでございます。

それをお話し申しあげれば、自然に、不空様がどうしてこの件にお関わりになったかということも申しあげることになるかと思います。

十

不空様が、そもそもこの件に関わられたきっかけというのは、あることがありまして、それを不空様に相談したからでございます。

そのあることというのは、もちろん、貴妃様と黄鶴のことでございました。

ああ——

しかし、それをお話し申しあげる前に、わたくしはもうひとつ告白しておかねばならないことがあるのでございます。

これまで、何度、この文《ふみ》の中でそれを書こうと思ったことでしょう。しかし、それをお話しする勇気がなく、ここまでそれをひき伸ばしてきたのでございます。

あるいはこれは、このままわたくしがあの世まで持ってゆくべきことかもしれません。

しかし、あの陳玄礼もこの世の人でない今となっては、もしもわたくしがそれをここで記しておかねば、永久に誰の知るところのものでもなくなってしまいます。

この大きな時の流れのことを思う時、いったいどれだけの数の事柄が、その流れの中に消え去ってしまったことでしょう。わたくしが、今、心に秘めておりますことも、そうして時の中に消え去っていった多くのものと同様に、この世から永遠に消え去ってしまってもかまわないのかもしれません。いやむしろ、そうなった方がよいことなのかもしれません。

しかし、それでも、わたくしは、それをここへ記しておきたいのです。

晁衡殿。

もしかすると、このわたくしが記したものは、あなたの手元には届くことがないのかもしれません。それでも、あなたに向かってこれを記しておきたいのです。

この生命が、あとどれだけもつのか、それは、わたくしにもわかりません。しかし、もう、いくらもこの生命がもたないであろうことはわかっております。この生命の瀬戸際に、どうしてもこれを書き残しておきたくて、力が尽きようとしている手に筆を取って、これをしたためているのです。

これが、果たして、あなたの眼に触れることがあるのかどうか。それは、もはや天にまかせるしかありません。

たとえ、何を書き記したところで、誰の眼にも留まらずに、この文が消え去ってしまうこともあるでしょう。

しかし、それは、今このわたくしが考えることではありません。

わたくしは、今、この文を最後まで書き終えることのみを祈って、筆を取ることにいたしましょう。

とはいっても、いざこのことを書こうとすると、筆が惑うのです。

玄宗様がまだ御存命でいられたのなら、とてもこれは書けることではないのですが、玄宗様がこの世にいない今となっては、何を気にすることがありましょう。

申しあげましょう。

晁衡殿――

安史《あんし》の乱のおり、わたくしたちは玄宗様と共に蜀の地まで逃げ伸びました。

そのおり、馬嵬駅で起こった陳玄礼を首謀者とする叛乱は、あれは、陳玄礼のみがやったことではないのです。

あれは――

あれは、実はこのわたくし高力士と、陳玄礼のふたりが謀ってやったことなのです。

これが、これまでわたくしがあなたに隠してきたことなのです。

いえ、あなただけではありません。玄宗様をはじめとして、他の全ての方々に、このわたくしは、それを隠し通してきたのです。

このことを知っているのは、わたくしをのぞいては、陳玄礼ただひとりでございます。

不空様にさえ、このことは申しあげておりません。

さて、では、どうしてわたくしが、陳玄礼と謀って、馬嵬駅で叛乱を起こしたか。どうしてわたくしが、貴妃様の針を浅く抜いたのか、その理由《わけ》を申しあげねばなりません。

それは、ひと口に言ってしまえば、あの黄鶴が、いったい何を考えていたのかがわかったからでございます。いったい何故、黄鶴が、貴妃様と共に宮廷に入ったのか、その理由がわかったからでございます。

黄鶴が考えていたこと——

それは、この唐王朝の滅び、であったのです。

ただ、玄宗様を殺すということであるだけなら、黄鶴は、とっくの昔にそれを成し遂げていたことでしょう。その機会は、いくらでもあったからでございます。

玄宗様がもしも死んだとて、それは、皇帝が代るだけのことで、唐王朝が滅びるわけではありません。黄鶴が考えていたのは、唐という国そのものの滅びであったのです。

では、いったい、いつ、わたくしがそれを知ったのかということでございますが、それを書くには、もう、わたくしの力が持ちません。

今夜はひとまず筆を置いて、また、明日、この続きを書くことにいたしましょう。

なんということでしょう。

あれから、わたくしは、二日も筆を取らずに過ごしてしまいました。

何度か、寝床から起きあがって書こうとはしたのですが、とても、続きを書く気力が湧いてこなかったのです。

今日もまた、一日をここで寝て過ごし、夜になってから灯を点して、またこの続きを書き始めたところでございます。

昼間よりも、夜の方がいくらかは元気がでるのでしょうか。

なんとか、倒れずに、文机に向かって筆を取っております。

どこまでお話し申しあげたでしょうか。

前の時は、どうしても筆を取ってはいられなくなって、休んでしまったのでした。

しかし、眠っていても、起きている時以上に疲れることもあるのだということが、この歳《とし》になってようやくわかりました。

あの時――わたくしは、眠っている間中うなされていたようでした。身体が、寝台の中にぎゅうっと押し込まれてゆくようでございました。

手足を動かすこともできずに、ただただ朝まで――いえ、眼が覚めるまで、おどろの夢ばかりを見続けていたような気がいたします。

玄宗様が出てきたような気もいたしますし、貴妃様も出てきたような気もいたします。

晁衡殿も、李白殿も、黄鶴も、安禄山も、陳玄礼も、そして、首だけになった楊国忠も出てきたようでございました。

楊国忠などは、首だけで現われて、わたくしが眠っている間中、自分の身体を返せ、自分の身体を返せと、うらみがましい眼でわたくしを見つめていたようでございました。

話を続けましょう。

あれは、わたくしたちが、蜀へ落ちるために長安を後にする二日ほど前のことでした。

いつ、安禄山の兵が長安に入ってくるか、いつ、玄宗様の宮殿に炎があがるかという頃のことです。この時期のことは、晁衡殿もよく御存知でしょう。

この頃、わたくしと玄宗様との間では、長安を出るということはすでに決めておりました。

このことを知っている者は、幾人もおりません。

貴妃様と、その兄である楊国忠は知っている人間の中《うち》に入っておりました。

そして、その中には、あの黄鶴とそのふたりの弟子、白龍と丹龍も入っていたのです。

しかし、知っているもいないも、将軍が敗れて、安禄山の兵に山を越えられれば、もう、この長安を逃げ出すしか生き残る術《すべ》がないのは、皆が知っていたことでした。

わたくしの、腹心の者たちからは、いよいよ陳玄礼が楊国忠を討つかもしれぬという噂も届いておりました。

陳玄礼は、知っての通り、根っからの戦人《いくさびと》でございます。戦場で、武運をあげて、ここまで出世してきた人間でございます。

貴妃様の御身内——兄上であることから、宮廷に出入りするようになり、半分以上は貴妃様のお力で出世した楊国忠とはまるで反対の立場にいる人物でございます。

西の辺境と長安という違いこそあれ、楊国忠と対立した、安禄山とは似たような立場にあったのが、この陳玄礼でございました。陳玄礼が、心情的には楊国忠よりも安禄山に近いものを持っていたことは、晁衡殿にもおわかりであったと思います。

今度の乱の原因は、玄宗様が、楊貴妃様に夢中になり、政《まつりごと》のほとんどを楊国忠にまかせてしまったことにあると、陳玄礼は考えておりました。

口にこそ出しませんでしたが、多くの者が陳玄礼と同様の考えを持っていたであろうとわたくしもわかっております。

その意味では、わたくしも楊国忠とは同罪でございます。

何しろ、貴妃様を玄宗様にひき会わせ、楊国忠に出世の機会を与えてしまったのは、他ならぬこのわたくしだったのですから。

そして、わたくしは、貴妃様にお仕《つか》えする立場にあり、楊国忠の出世に手をかしたことも少なからずあったのでございます。

しかし、この宮中で生き抜き、自分の立場を守るためには、玄宗様に最も近い貴妃様にはさからえません。さらにもっと申しあげておくならば、わたくしは、あの美しかった貴妃様にお仕えし、あの方のお気に入るように物事を運んでやることが、決していやではなかったのでございます。いやむしろ、あの方の悦ぶようなことを見つけては、進んでそれをやっていたこともございました。

あの方の悦ぶ貌《かお》を見たいがために、遠い国から、夏に氷を運ばせたのもこのわたくしでございます。

まことに、あの方は、不思議な力を持っていたと言ってよいでしょう。貴妃様に仕えるというのは、人に仕えるというよりは、現世《うつしょ》ではたまたま人の姿をしている、天人——天女に仕えているかのごとき気がいたしておりました。

一国の百年にただひとり、稀《まれ》にあのようなお方がこの世に生まれるのでしょう。

玄宗様と貴妃様がいさかいを起こしたことも、何度かございました。

首を切られるのを覚悟で、貴妃様が宮殿をお出になり、お屋敷にひきこもってもどらなかったこともございました。

そういうおり、おふたりの仲をとりもったのもこのわたくしでございました。

しかし、玄宗様が貴妃様にのめり込んでゆけばゆくほど、それを憂《うれ》えていたのもこのわたくしであったのでございます。

ですから、わたくしは、陳玄礼にとっては楊一族の側にいる人間でありながら、なお、それを憂えているということでは、陳玄礼側の人間であったのでございます。

話を進めましょう。

黄鶴のことでございます。

前にもお話し申しあげましたが、この黄鶴の宮廷での立場は、あくまでも、楊貴妃様の、道《みち》の上での師というものでございました。

道《みち》——すなわち道教でございます。

女道士となられた、貴妃様を、道の上で教え導くというのが、この黄鶴の役目でございました。

しかし、それは、表向きのことであり、実際には、道教上のことで、貴妃様にどういうことを教えていたということはありません。

しかし、貴妃様が、玄宗様の妃になられたいきさつ上、どうしてもその型は必要であったのです。

宮殿のひとつずつに、太真堂《たいしんどう》が建てられ、貴妃様が別の宮殿にお移りになられるおりには、黄鶴とそのふたりの弟子も一緒に移動するのでございます。

気が向けば、貴妃様は、太真堂にお入りになり、道の上のあれこれのお話のみならず、たいくつをまぎらわす、よもやまのお話もしていたようでございます。

少なくとも、そうであろうと、長い間、わたくしは思っていたのでございました。

この黄鶴が望んでいたのは、ようするにこれであったのかと、むしろわたくしはほっとしていたのでございます。

出世して、宮廷に仕えることが、この黄鶴という人物の望みであったのかと。

しかし、それは、わたくしの大きな考え違いであったのです。

黄鶴が望んでいたのは、もっと恐ろしいこと――

この唐王朝の滅びであったのです。

そして、それをはっきり知ったのは、先ほども書きましたが、わたくしたちが、蜀へ落ちる二日ほど前のことであったのです。

十一

安禄山《あんろくざん》と史思明《ししめい》の引き起こした天下の大乱によって、玄宗《げんそう》様やわたくしたちが長安を後にしたのは、御存知の通り、天宝十五年の六月十三日でございます。

潼関《どうかん》において、名将哥舒翰《かじょかん》殿が安禄山の軍に敗れたのが六月十日でございますから、このことがあったのは、六月十二日の夜のことであったと思います。その日付まではっきり覚えているというのは、この日に、潼関落つの知らせが長安までもたらされたからでございます。

よもやの知らせであり、わたくしたちは仰天いたしました。まさか、万が一にも哥舒翰将軍が敗れるとは思ってもいなかったのでございます。

その後のあわただしい長安からの落ちのび方を考えれば、それもあなたにはよくおわかりでございましょう。

この時、哥舒翰将軍が率いていた軍勢はおよそ二十万。すでに洛陽《らくよう》を落とし、時の勢いを得ているとはいえ、安禄山の軍が十五万。安禄山の首はとれぬにしろ、敵の軍を押しもどすことはまず間違いないと誰もが思っていたのでございました。さらに申しあげておけば、潼関は天下の要害であり、守るに易く、攻むるに難《かた》しと古来言われてきた場所でございます。一度、安禄山の軍を洛陽へ押し返してから、後の策を練ることにすべきと、わたくしたちは考えていたのでした。

それが、何故に安禄山の軍に敗れてしまったのか。

このことの原因は、あなたもわかっておいでのことと思います。本来は、敵の攻むるを待って、潼関で闘わねばならなかったところを、将軍は打って出てしまったのです。

〝守って攻むるべからず〟

これについては、哥舒翰将軍もよく御存知のはずでございました。

それがどうして打って出てしまったのか。

この原因というのは、楊国忠《ようこくちゅう》殿にございました。

潼関にこもって闘いたいと、再三願い出てきた哥舒翰将軍に対して、

〝出《い》でて戦うべし〟

と、外での戦《いくさ》を主張されたのが、他ならぬ楊国忠殿でございました。

楊国忠殿は、貴妃様の兄上にあたるお方で、天宝十一年にそれまで宰相であった李《り》林甫《りんぽ》殿が没したおり、後を継いで宰相になったお方でございます。

この楊国忠殿と哥舒翰殿の不和が、実を申せば、潼関での敗北の原因となったのでした。

楊国忠殿は、哥舒翰殿が手柄をたてて、その勢力が増すことを恐れていたのです。さらには、安禄山と密約があって、内応しておりを見てふたりが共に長安まで攻め込んでくるのではないかと疑ってもいたのです。

ですから、一刻も早く、哥舒翰と安禄山の軍とを戦わせたいと焦ってもいたのでした。

禄山河朔《かさく》を窃《ぬす》むといえども人心を得ず。請う、持重して以《も》ってこれを弊《つか》れしめ、彼の心離るるに因《よ》りて之《これ》を翦滅《せんめつ》せん。兵を傷つけずしてこの寇《あだ》を禽《とりこ》にすべし。

洛陽を落としたとはいえ、まだ人民の心を安禄山はつかんでいない。ここはひとまず潼関にこもって、安禄山とその兵を疲弊させて、人民の心が安禄山から完全に離れたるおりをもって、彼《か》の敵を打つべし——と、このように哥舒翰殿は、伝令をよこして玄宗様に奏《そう》したのでございますが、これを止めさせたのが、楊国忠でございました。

これを聞いて、さらに哥舒翰は伝令をよこして、次のように言ってきたのでございます。

賊兵は遠きより来たる、利は速戦にあり。いま王師はみずからその地に戦う。利は堅守に在り。かろがろしく出ずれば利あらず。もしかろがろしく関《せき》を出ずればこれその算に入らん。乞う、更に事勢を観《み》られよ。

敵兵は遠くからやってきて疲れており、速く勝負をつけたがっている。こちらの利は、潼関を堅守することであり、軽々しく打って出れば、それこそ敵の計略にはまってしまう。ぜひ、ここはおとなしく、様子を観るのがよいのではないか。

哥舒翰殿の申し出は、痛々しいほどでございましたが、楊国忠は、

〝出て戦え〟

という、これまでと同じことしか答えなかったのでございます。

ついにやむなく、哥舒翰殿は打って出て、結局、敗れ、捕えられて殺されてしまったのでございました。

味方の死者数万。

もしも、楊国忠が疑心を起こさねば、長安は敵の手に落つることはなかったはずでございます。

これに加えて、民の人望篤《あつ》き高仙芝《こうせんし》もまた、敵中を突破して潼関に入ったのだが、宦官《かんがん》の辺令誠《へんれいせい》と仲が悪く、その讒言《ざんげん》によって首をはねられてしまったのでございます。

このようにして、味方の手によって名将たちの多くが死んでしまったのでした。

それで戦の経験のない楊国忠が、戦の指揮をとっているのでは、武将たちもおもしろうはずもございません。

陳玄礼をはじめとして、長安に残った武将たちから不満の声のあがるのも無理からぬところでございました。

哥舒翰は、かねてより、安禄山とはおりあいがわるく、何かにつけて対立してまいりました。

その哥舒翰、捕えられて皆の前に引き出され、安禄山に次のように言われたそうでござ

います。

〝汝《なんじ》、常に我を軽んず。今日如何《いかん》〟

「おまえはいつも、おれのことを軽く見て馬鹿にしていたが、今日のその様はどうだ」

この後、哥舒翰殿は首をはねられてしまったそうですが、その屈辱たるや、いかばかりであったでしょうか。

そもそも、安禄山が乱を起こしたことも、楊国忠殿にその因があったことと言えましょう。

もしも楊国忠が、あれほどに安禄山を嫌わねば、安禄山も乱を起こさずに済んだのかもしれません。

楊国忠が安禄山を嫌うこと甚《はなは》だしく、常に機会を見つけては、

「安禄山に天下をねらう野心あり」

と玄宗様に奏上しておりました。

当時、范陽《はんよう》にいた安禄山は、楊国忠の自分を嫌うことをよく承知しており、御史中丞《ぎょしちゅうじょう》の吉温《きつおん》をとり込んで、宮廷での様子を、逐一自分に報告させていたのです。

「外、痴直なるがごときも、内《うち》は実に狡黠《こうかつ》なり。常にその将劉駱谷《りゅうらくこく》を京師《けいし》に留《とど》まらしめ、朝廷の指趣を詗《うかが》い、皆報ぜしむ」

楊国忠のみならず、このように申す者も、宮廷にはいたのでございます。

しかし、ここまでなら、妬《ねた》みからくる噂としてすませることもできますが、ついに楊国忠は、安禄山と気脈を通じていた侍御史《じぎょし》の鄭昴《ていぼう》を御史台《ぎょしだい》で縊殺《いさつ》し、吉温を捕えて広東の合《ごう》浦《ほ》に放逐してしまったのでございました。

安禄山が宰相になるという話も何度かあったのですが、その度《たび》にこれを潰してきたのも楊国忠でございます。

「彼人《かのひと》文字の読み書きできず。国外よりの使者来たるおりにも、彼人が宰相では、我が国の体面ははなはだよろしからず——」

このように楊国忠が主張したので、安禄山は宰相となることができなかったのでございます。

次に楊国忠が、安禄山に要求したのは、長安への参内《さんだい》でした。

「長安に来たりて、宮廷に参内せよ」

玄宗皇帝に御挨拶をせよと、しきりに楊国忠は安禄山を誘ったのでございます。

もとより、これは安禄山を殺害するための口実であり、楊国忠殿は、もしも安禄山がやってきたら、有無を言わせずに殺してしまおうと考えていたのでございます。

これは、安禄山もわかっておりますから、なかなか参内しないのは当然でございます。

日が悪い、病気である、様々な理由をつけて参内を伸ばしていたのですが、楊国忠殿もしつこく安禄山に参内を求めたのでございます。

「参内せぬというのは謀反《むほん》の心ありとみた」

ここまで楊国忠殿に追いつめられては、安禄山も決心せざるを得ません。参内すれば捕えられて斬首《ざんしゅ》されるのはわかっておりましたから、後に残った手段は、皇帝に叛旗《はんき》を翻《ひるがえ》すことしかありません。

このようにして安禄山は、朝廷に叛旗を翻したのでございました。

安禄山は、謀反の配下の武将を集め、

「禄山をして兵をひきい、朝に入り楊国忠を討たしむ。諸君よろしく軍に従うべし」

と——

このように言ったというのでございます。

そもそも、乱を起こした安禄山の旗印はこの、

〝楊国忠ヲ討タシム〟

でございました。

決して、玄宗皇帝を亡きものにして、自分自らが皇帝を名のろうというものではなかったのでございます。

「やはり、安禄山め、動いたな」

楊国忠殿が、安禄山謀反の知らせを聴いた時、わたくしの前で、嬉《うれ》しそうにそう言ったのを、今でもわたくしは覚えております。謀反の事実を恐れるよりも、自分の言っていた通りになったことを、むしろ喜んでおいでのようでした。

ともかく、この乱で、安禄山は、ついに潼関を落としたというのです。

もう、安禄山がいつ長安に攻め込んできても、おかしくない状況でございました。

それで、その日も夜遅くまで、わたくしたちは評定《ひょうじょう》を続けていたのでございます。

長安を捨てて、蜀《しょく》へ落ちるか、あるいはここに踏み止《とど》まって闘いぬくか。

その御決心が、玄宗様にもつかないのでございました。

夜、疲れたわたくしは、長生殿《ちょうせいでん》の石壁に背を預けて休んでおりました。

これからどうしたらよいのかを、ひとりで落ちついて考えてみようと思ったからでした。

自然に、頭も石の壁に触れていたのですが、その時——

「おもしろいことになってきたわ」

声が聴こえてきたのでございます。

誰か!?

わたくしは、石壁から頭を離し、周囲に人の姿を捜そうとしたのですが、人の気配はどこにも感じられませんでした。

男の声で、しかも、どこかで聴いたことがありそうな声だったのですが、頭を立てて周囲を見回しても、誰もおりませんでした。

空耳か？

そう思って、また石の壁に頭をつけますと、

「ついに安禄山めが、動きおったぞ」

再びあの声が聴こえてきたのでございます。

そして、わたくしはやっと気がついたのでございました。

件《くだん》の声は、わたくしが、石壁に頭をあてると聴こえてきて、離すと聴こえなくなるのです。

それは、小さな囁《ささや》くような声ではあったのですが、確かに聴こえているのです。

ああ、なるほど——

と、わたくしはひとつのことに思いあたりました。

こういう石造りの建物の場合、どうかすると、石が思わぬ遠くの声を運んでくることがあるのです。石と石を重ねる時の加減というか、それが、何かの具合で非常にうまくいった時、ある石のそばで話している声が、離れた別の石にまで伝わってしまうのです。

納得はいったものの、次に気になったのは、ではいったい誰が、どんな話をしているのかということでございました。

わたくしは、ちょうど自分の頭が触れていた石に耳をあて、その声を、もっとよく聴きとろうとしたのでございます。

「それにしても、うまくいったものよ。楊国忠を操ることなど、たやすきこと——」

その声を聴いていると、何やら、妖しく胸が騒いでくるではありませんか。

どうやら、わたくしは、何者かの秘密の話を、今、聴いているのでした。

十二

「楊国忠と安禄山を仲たがいさせ、さらには楊国忠と哥舒翰とが反目するようにも仕向けた……」

と、その声が言うのが耳に届いてまいります。

わたくしは、自分の心臓が、音をたてて破裂するのではないかと思うほど驚いておりました。

なんというとんでもない言葉でしょうか。楊国忠と安禄山を反目させ、安禄山が叛乱を起こさずにはいられぬように仕向けたのはこの自分であると、その声の主は言っているのでございます。さらには哥舒翰将軍と楊国忠が反目しあうようにさせたのも自分であると言っているのです。

いったい、誰がそのようなことを言っているのでしょうか。

けれど、その声は、あまりにも小さく微《かす》かであったため、初めは誰の声であるのかわかりませんでした。

しかし、どこかで、確かに聴いたことのある声でございました。

石を伝わって、こちらへ届いてくるまでの間に、その声が変わってしまっているのでしょう。

「おう——」

と、声の主がうなずくような声をあげているところをみれば、これは、決して独り言のようなものではございません。

声の主は、誰かと話をしているのでございます。相手の声も、微かに聴こえているような気もするのでございますが、その声は、石に耳を押しつけても、何を言っているのか聴きとれません。

その声を伝える石との距離や立つ位置が、それぞれ微妙に違うため、このようなことが起こっているのでしょう。あるいは、石と、声の主との相性というのもあるのかもしれません。ある質の声のみを、ある石がよく伝えるということもあるのかもしれません。

「しかし、言うておくがわしは、無理に、人の心にそのようなものを植えつけたのではないぞ。それはもともと、その人間の心の中にあったものだ……」

声の主は、言いました。

わたくしは、この会話がどこで交されているのかを確かめようと思い、一瞬、壁から離れかけたのですが、それを思いとどまりました。

この会話を、この場所を離れたことにより、聴き逃《の》がしてしまうことを恐れたのでございます。また、わたくしが彼等を捜して動き出せば、その気配を声の主たちに察知されて、彼等は話をやめてしまうかもしれません。

彼等が、危険な人間たちであれば——いいえ、その話から、彼等が充分危険な人間たちであるということはすでにわかっておりますから、もしもわたくしが立ち聴きしたことを知られたら、こちらの生命《いのち》が危うくなります。

ここは、動かずにこの場所で話を立ち聴きするというのが一番の得策であるとわたくしは考えたのでございました。

「楊国忠の胸の中《うち》に、安禄山に対する疑惑の念のあったればこそ、わしはそれを育てることができたのよ」

その言葉を聴いている者——あるいは者たちのうなずく気配がありました。

「わしがしたのは、楊国忠の心の中にあったものを、育てただけよ。楊国忠が、哥舒翰を気に入らぬやつと思うていたからこそ、それを利用することができたのさ。あの、高力士とてそのひとりにすぎぬ」

なんと、その声の主は、次にわたくしの名をあげたではありませんか。しかも、その話の流れからすれば、高力士——つまりこのわたくしをも、自分は操ったのだとその声の主は言っているのでございます。

「自分の地位や権力を守りたいと思うていたからこそ、あの男は、このわしの期待した通りに、楊玉環《ようぎょくかん》を玄宗に会わせたのさ——」

その言葉を耳にした時、わたくしにはようやく、その声の主が誰であるかがわかったのでした。

黄鶴《こうかく》——

なんとそれを口にしているのはあの黄鶴であったのです。

間違いありません。

その声、そのしゃべり方、それはあの黄鶴のものであったのでございます。

となれば、黄鶴がしゃべっている相手というのは、白龍《はくりゅう》と丹龍《たんりゅう》以外には考えられません。

「安禄山が、潼関を越えた――」

黄鶴の言が続けます。

「これで、滅ぶ」

怖い声が響きました。

「これで、唐王朝は滅ぶ……」

何だ⁉

いったい何を言っているのだ、黄鶴は。

唐の滅びだと。

唐王朝が滅ぶというのか。

自分が、そのように仕向けたというのか。

まさか、そのようなことができるのか。

いや、まさしく、自分がそのようにしたのだと、黄鶴は言っているのではないか。

安禄山が乱を起こすように仕向け、さらには、哥舒翰将軍を敗北に追いやったのも自分だと言っているのではないか。

ああ――

そして、そのことの全てのもとになったのが、楊玉環様が貴妃の座についたことにあるのです。

楊貴妃様が、玄宗様のお気にいられたからこそ、黄鶴たちは、貴妃様お付きの道士として、この宮廷深く入り込むことができたのでございます。

ああ、しかし――

ああ、しかし晁衡《ちょうこう》殿。

黄鶴たちの始めからの狙いは、これであったのでしょうか。

唐王朝の滅び――

それが目的で、楊玉環のことを我々に知らしめ、この宮中に入り込んだというのでしょうか。

ならば、そもそもの事の始まりは、このわたくしが、楊玉環様のことを、皇帝にお知らせ申しあげたからでございます。わたくしが、楊玉環様のことを玄宗様にお知らせ申しあげねば、華清宮《かせいきゅう》にておふたりをお引き合わせねば、楊国忠も宰相《さいしょう》になることなどなかったことでしょう。そうなれば、自然に、楊国忠と安禄山の反目などあろうはずもなく、長安があのような危機に陥《おちい》ることもなかったことでしょう。

ああ、しかし、晁衡殿。

あの時、あのようにすればどうであったかなど、いったい誰がわかるというのでしょう。

その時いったいどうすることが一番よいことなのか、神ならぬ身のいったい誰にわかることだというのでしょう。

人の一生の多くは、誰も、二度と取り返しのつかぬもので、埋め尽くされているといってよいでしょう。

しかし、考えてみれば、もしもわたくしが、楊玉環様を玄宗様に引き合わせなかったら、あの数々の楽しい夢の如き宴《うたげ》の日々もなかったということでございます。

楽師たちが、楽を奏で、唄い、舞う——そこに、玄宗様がいて、貴妃様がいて、あの李《り》亀《き》年《ねん》や、詩人李《り》白《はく》がいた。あのような日々を、この生涯にもてたことこそを、わたくしは悦《よろこ》びとせねばならないのでしょう。

しかし、それは、今、この生涯を終えようという時であるからこそ、言えることであるのかもしれません。

長生殿で、黄鶴の声を立ち聴きしている時には、ただただ動転するばかりで、とても自分の生涯に思いを寄せているどころではございませんでした。

今度のことの多くを、あの黄鶴が謀《はか》った——それはそれとして、ではどうして、黄鶴は、そのようなことをせねばならなかったのでしょうか。

もしも、玄宗様に恨みがあるのなら、黄鶴には、何度も玄宗様のお生命《いのち》を亡きものにする機会がありました。玄宗様を殺して、逃げることも、あの黄鶴であれば、うまく謀ってそれをすることができたでしょう。

それほど、黄鶴は、宮廷の中深く入り込んでいたのでございます。

道士――しかも、楊玉環様の師であるわけですから、宮廷のほとんどの場所にも、貴妃様と一緒であれば入ることもできたのです。

しかし――

わたくしには、もうひとつ疑問に思われたことがございました。

それは、当の楊玉環様は、いったいどこまでこの黄鶴のたくらみのことを御存知であったのかということでございました。

わたくしは、さらに耳を石に押しつけたのですが、相手が何か言っている最中であるのか、しばらく黄鶴の声は途切れました。

やがて――

「不満そうな顔をするな」

白龍か丹龍か、あるいはその両方をたしなめるような黄鶴の声が聴こえてまいりました。

「あの女は、何も知らぬ。楊玉環が何も知らぬからこそ、事がうまく運ぶのではないか――」

黄鶴はそう言いました。

く、

く、

く、

という、低い黄鶴の笑い声がしばらく続き、そして、何も聴こえなくなりました。

それからは、どんなにわたくしが耳を澄ませても、石壁に耳を押しあてても、どういう話し声ももの音も聴こえなくなってしまったのでございました。

黄鶴たちが、話をやめたのか、あるいは場所を移ったのか、それきり、声は二度と聴こえてまいりませんでした。

自室にもどってからも、わたくしは寝つくことができませんでした。

しばらく前に耳にしたことが、頭から離れなかったからでございます。

本当は、すぐにでも玄宗様にお伝え申しあげねばならぬことなのでしょうが、情況があまりにも悪すぎました。

証拠はありません。

このことをお伝えして、それを玄宗様は信じて下さるでしょうか。このような事態でなければ、あるいは信じてくれるやもしれません。

しかし、黄鶴は、そのような声をわたくしが耳にしたと言っても、知らぬと言ってとぼけることでしょう。

石の中から微かに聴こえてきた声であり、しかも、微かなその声で、どうしてその声の主が誰であるかわかるのか。その前に、果たして、向こうで話をしている声が、石を伝わって本当に聴こえてくるのか。

玄宗様は納得しかねるでしょう。

わたくしか、黄鶴か、どちらの言うことを玄宗様が信ずるかということにかかってまいります。わたくしと黄鶴のことだけで申せば、当然玄宗様はわたくしを信ずるに決まっております。

しかし、問題は、その間に、楊玉環様がいらっしゃるということでございます。

もしも、楊玉環様が黄鶴の側についてしまったら――

わたくしが、黄鶴を陥れるために嘘をついたということになってしまうかもしれません。

それは、充分にありうることでございます。

もしも、楊玉環様がおられなければ――あの黄鶴たちを捕え、首を刎《は》ねることも、牢に入れることもできるでしょう。

しかし、よりによって、すぐにも長安を逃げ出さねばいけないという、この時期になんということにわたくしは直面してしまったのでしょうか。

誰か、わたくしと一緒に、あれを聴いている者がもしいたのなら、すぐにもわたくしは、玄宗様にこのことをお知らせ申しあげていたでしょう。しかし、わたくしはそれができずに、寝床の中で、悶々としていたのでございます。

どれだけ、経ったでしょうか。

いくらか、わたくしがうとうととしかけたおりに、声が聴こえてまいりました。

「高力士殿、高力士殿……」

ふと、わたくしが眼を覚ましますと、寝床の横に、ひとりの男が立っていたのでございます。

「高力士殿……」

その男は、わたくしを見下ろしながら言いました。

「わたくしです。陳玄礼《ちんげんれい》でございます」

十三

窓から入ってくるわずかな月明りで見れば、確かにそこにいるのは陳玄礼でございました。

わたくしは、一瞬、何かの理由で、この男がわたくしを殺しにきたのかと思いました。喉《のど》から高い叫び声が出そうになったのですが、わたくしは、それを、かろうじて思いとどまりました。

陳玄礼の声が落ち着いたものであったからであり、それに、もしわたくしを殺すつもりであったのなら、声も掛けずに、眠っているわたくしの胸でも喉でも剣で突けばそれで事足りるからでございます。

わたくしは、寝台の上に身を起こし、

「陳玄礼殿……」

声をかけておりました。

げます」

「高力士殿には、かようなる突然の振る舞いにおよびましたことを、まず、おわび申しあげます」

声をひそめて、陳玄礼が言いました。

陳玄礼は、竜武大将軍であり、哥舒翰《かじょかん》将軍が亡くなられた今、長安にいる将軍の中では一番の実力者でございます。

すでに、内々には、長安を玄宗様が落ちることは決まっており、そのおりに玄宗様の守護を仰《おお》せつかっているのが、この陳玄礼でございました。

「警護の者たちがいたはずですが……」

「今夜、警護にあたった者たちは、いずれもわたしの部下でござります。言い含めて、向こうへやっておりますので、我らの話を耳にする者は誰もおりませぬ」

そう言いつつも、陳玄礼の声が低くなるのは、よほどの大事なのであろうかとわたくしは思いました。

「話は、急を要するものであり、他の者に知られるわけにはゆかぬものです。仕方なく、このような仕儀とはなりました」

低い声で、陳玄礼は続けます。

「何事でしょう」

わたくしが問いますと、

「今夜の事には、生命をかけておりますれば——」

陳玄礼は、そう言って、自らの腰に下げていた剣を静かに抜き放ちました。

わたくしは、思わず、寝台の上で身をのけぞらしておりました。

やはり、陳玄礼は、わたくしの生命《いのち》をねらってやってきたのか——

しかし、そうではありませんでした。

陳玄礼は、柄《つか》を握っていた手を持ちかえ、その刃を手で握り、柄の方をわたくしに差し出してまいりました。

闇の中で、刃が、ぎらりと青い光を放ったようでございました。

「これを——」

「これ？」

陳玄礼が申します。

「この剣をお持ち下さい」

「——」

「わたしは、これから、あなたさまにあることを打ちあけます。その後で、ひとつの決断を迫ることになりましょう。その時、もしも、わたしがこれから申しあげることが、あなたさまの意にそぐわないのであれば、この剣で、わたしを刺し殺していただきたいのです」

「何を申されまするか」

「本気でございます」

小さいけれども、きっぱりとした声で陳玄礼は言ったのでございました。

そこに至って、ようやく、わたくしも覚悟が決まったのでございます。

わたくしは、寝台の上で身仕舞《みじまい》を正し、

「申されよ、陳玄礼殿——」

そのように言ったのでございます。

陳玄礼は、数度、息を整えてから、

「もう、押さえきれませぬ」

そう言いました。

「押さえきれぬ？」

「はい」

「何がですか」

「わたしの部下たちをです。そして——」

陳玄礼は、深く息を吸い込んでから、

「このわたし自身もです」

そのように言ったのでございました。

この時、わたくしには、陳玄礼が、何をしようとしているのかわかりました。わかりましたが、それは口にするのもおそろしいことでございました。口にして、それが現実のものとなってしまったら——

「何のことでしょう」

わたくしは、もう、わかっていることを、陳玄礼に問うたのです。

「あなたさまには、おわかりのはずです」

「わたくしの口から、あなたは、それを言わせようというのですか――」

わたくしが言いますと、陳玄礼は、

「楊国忠を討ちます」

それを口にしたのでございました。

「この一日、二日の間に、我らはこの長安を出てゆくことになります。わたくしに従う者が、およそ二〇〇騎。よもや、討ち逃がすことはあるまいと思われます」

陳玄礼の、無骨《ぶこつ》な眼が、闇の中で、わたくしのどんなに小さな表情も見逃がすまいとするように、こちらを見ているのがわかります。

「竜武大将軍殿――」

わたくしは、あえて、その名で陳玄礼を呼びました。

「あなたの言われることは、わかりました。しかし、それを、このわたくしに何のために告げたのですか――」

「――――」

「あなたのやろうとしていることに、このわたくしも荷担せよということなのですか」

わたくしが言いますと、

「いいえ、違います」

陳玄礼は、静かに首を左右に振りました。

「では、何のために――」

「高力士殿――」

陳玄礼は、わたくしが柄を握っている剣の先を摑《つか》み、それを静かに上に持ちあげてゆきました。

「あなた様は、ある意味では楊国忠よりも、玄宗皇帝に近いお方です。おそらくは、楊貴妃様に次いで、お近い場所におられます」

「はい」

わたくしは、素直にうなずきました。

「そして、あなた様は、冷徹なお方だ――」

「冷徹？」

「これは、誉めたのです。お気に障《さわ》ったらお許し下さい」

「――」

「あなたは、皇帝のお近くにおられて、周囲の者たちの誰よりも、ものがよく見えるお方です。宮廷で、何が起こっているのか、いつでも、誰よりもよく御存知です」

「――」

「此《こ》度《たび》の、このわたしがやろうとしていることについても、誰よりもよくわかっておられるはずだ」

陳玄礼の言う通りでした。

陳玄礼が、どうして楊国忠を討とうとしているのか、それがわたくしにはよくわかっておりました。

「我らに、荷担せよとは申しません。ただ、高力士様には、ことが起こった時、我らの真意を、皇帝にお伝えしていただきたいのです――」

「伝える？」

「此度のことは、玄宗様への謀叛《むほん》にあらず。ただ、楊国忠を、討つためだけに、我らは起《た》つのです」

「それで？」

「事が起こった時に、玄宗様に、そのことをお伝えしていただきたいのです。これは、決して玄宗様に危害を加えようとするものではありませぬ。楊国忠を討った後は、速やかにまた玄宗様の許《もと》に集い、蜀《しょく》までお守りしてゆく所存でございます」

「しかし――」

わたくしは、そう言って、陳玄礼を見やりました。

「何でしょう」

「楊貴妃様は、いかがなさるおつもりなのですか」

「――」

「あのお方には、罪はございません」

「あのお方の罪は、皇帝に愛されたことでございます。御自身の罪ではありません。しかし――」

「――」

「高力士殿、もしも、楊貴妃様を生かしておいて、それでうまくゆくと思われまするか――」

言われて、わたくしは、言葉につまりました。

陳玄礼の言っていることの意味がよくわかったからでございます。

「我らが、楊国忠を殺した後、その妹である楊貴妃様が、皇帝のお側《そば》に仕えていて、我らが安心できると思われまするか」

「――」

「いつ、貴妃様が、兄の敵《かたき》だといって、皇帝に申し出て、我らを殺させることになるやもしれません。それがわかっていて、貴妃様を生かしておくということは……」

そこから先を、陳玄礼は口にしませんでした。

しかし、陳玄礼の言う通りでございます。

楊国忠を殺し、貴妃様を生かしておくということは、いつ自分たちが殺されるかわからないということでございます。

「あなたは、賢明なお方です。ものがよく見えるお方だ。わたしの言っていることが、わたし以上におわかりのはずです」

陳玄礼は、そう言って、持っていた剣を上に持ちあげ、自分の喉にその切先《きっさき》を押しあてた。

「御決断して下さい」

静かに言った。

「今、この場で――」

陳玄礼の眼が、わたくしを見ております。

「わずかでも、迷いがあったり、決断を先へ伸ばしたいと思ったら、その剣で、今、わたしの喉をお突き下さい」

わたくしの、剣を持つ手が震えました。

今、わたくしの判断に、楊国忠や貴妃様のお生命がかかっているのでございます。

わたくしの額から、汗が出てまいりました。

もしも――

もしも、わたくしが、しばらく前に黄鶴のあの声を聴いていなかったら、わたくしは、その時、陳玄礼の喉をその剣で突いていたかもしれません。

しかし、わたくしは、それを聴いており、そして、すでに玄宗皇帝には隠し事を持ってしまっていたのでした。

わたくしは、数度、声を出しかけては口をつぐみ、口をつぐんでは、その口をまた開きかけるということを繰り返しました。

そして——

ついに、わたくしはその言葉を口にしていたのでした。

「わかりました」

わたくしは、うなずきました。

「あなたのなさろうとしていること。その日まで、わたくしの胸に納めておきましょう」

わたくしは、そう言って、剣先を下に下ろしていたのでした。

十四

晁衡《ちょうこう》殿。

この後のことは、全てあなたの御存知の通りです。

わたくしたちは、十三日に長安を出、そして、馬嵬駅《ばかいえき》において、あの事件が起こったのです。

楊国忠とそこに来合わせた吐蕃《とばん》の使者が話をしているのをきっかけにして、陳玄礼が蹶起《けっき》し、楊国忠を殺し、そして、皇帝に楊貴妃様を殺すことを迫ったのでした。

それが、あの事件の真相であったのです。

そして、貴妃様の首の後ろに黄鶴が差し込んだ針を、浅く引き抜いておいたのも、このわたくしなのです。

わたくしは、それで貴妃様があのままお亡くなりになるものとばかり思っていたのですが、それが、針のききめを弱くするだけの効果しかもたらさなかったのは、あなたの御存知の通りです。

それにしても、何故、あのような恐ろしいことを、わたくしはしてしまったのでしょうか。

今、思い出しても、もし、あの時、黄鶴のあの声を耳にしていなかったら、わたくしはそれをしていたでしょうか。

黄鶴に、このわたくしが騙《だま》された——その強い怒りが、あの針をわたくしがいじることの原因となったことは否めません。

このわたくしが、黄鶴の計略にのり、楊玉環様を玄宗様に紹介し、それによって、長安がこのように乱れることとなってしまったのだとしたら。

騙された……

そのくやしさが、わたくしを、あのような行為に導いたのでございましょう。

さらに申しあげておくならば、わたくしは人の心を信用しておりませぬ。

あのおり、貴妃様を、晁衡殿の手によって倭国《わこく》へお連れ申しあげる手筈《てはず》でございました。

玄宗様も、あの時は本当にそのおつもりだったのでしょう。しかし、わたくしは、長い間玄宗様の身近におりましたものですから、玄宗様のお心のことはよくわかっております。

何年か経《た》って、貴妃様をあそこから掘り出し、まだ、昔通り御無事でいらっしゃることがもしわかったら、きっと玄宗様はお心変りをされたに違いありません。

貴妃様を倭国へなぞやりたくないと言い出したことでしょう。

そうなれば、陳玄礼を捕え、その首を刎《は》ねることになりましょう。そして、それは、陳玄礼の口から、わたくしとのことが洩れることにもなりましょう。わたくしが、馬嵬駅での陳玄礼の蹶起を知っておきながら、それを玄宗様に申しあげなかったこともまた、そのおりに露見してしまうことになります。

わたくしが、貴妃様の首の後ろの針をゆるめたのも、心の裡《うち》にそういう考えがあったからでございます。

正直に申しあげましょう。

わたくしは、この我が身を守るためにも、あそこで貴妃様に死んでいただく方がよかったのでございます。

この告白は、晁衡殿におかれましては、たいへんに驚かれたことでしょう。

しかし、これが、嘘偽《いつわ》らざるわたくしの本心だった——いえ、本心であったと今わたくしが思っていることなのです。

貴妃様と玄宗様への嫉妬。

黄鶴に騙されたことへの恨み。

我が身の可愛いさ。

それらのものが、積み重ねられて、あのようなことを、わたくしはしたのでしょう。しかし、それは後から考えてのことであり、今となっては、自分の本心がどこにあったのか、わかってはいないところもまた、あるようです。

ああ――

それにいたしましても、人の心のなんと不思議なことでしょう。

わたくしは、玄宗様も貴妃様も、心から愛しておりました。

貴妃様のあの可愛いらしさ。

あんなに我儘《わがまま》なお方もおりませんでしたが、我儘を言われれば言われるほど、その方のことが愛しくなってしまうということが、またあるのです。

もしかしたら、わたくしは、貴妃様をひと目見たあの瞬間から、貴妃様のことをずっと愛していたのかもしれません。わたくしは、すでに男ではありませんから、玄宗様を通じて、ずっとあの方を愛し申しあげていたのかもしれません。

しかし、今となっては、もはや、自分の本心が何処《いずこ》にあったのかは、もうわかりません。

きっと、人というものの本心というのは、けしてひとつものではなく、その時その時、違った本心を持つものなのでしょう。ある時は本心であったものが、違う機会には別のものに変わってしまう……

さらに申せば、同じ時に、ふたつ、みっつ――幾つもの本心や矛盾《むじゅん》する心を、人は持つこともできるのです。

ああ、人の心のなんと不思議なことでしょう。

しかし、わたくしの本心がどこにあったにしろ、わたくしが貴妃様の首の後ろの針をいじってしまったことは、まぎれもない事実です。

ああ、そうでした。

まだ、不空《ふくう》殿のことを申しあげておりませんでした。

不空殿が、どうしてこの件に関わったのかということを、申しあげるつもりでした。

しかし、長い文を書いているうちに、わたくしは疲れ果てて、もう、筆を持つことも辛くなってまいりました。

不空殿のことについては、もしも、この生命がながらえ、明日もまた目覚めることができたのなら、その時にまたあらためて、したためることにいたしましょう。

十五

晁衡殿。

また、あらたに、あなたにお知らせ申しあげねばならぬことができてしまいました。

この生命、もう、後一日二日ももたぬであろうことはわかっております。いえ、あらたにお知らせ申しあげねばならぬことというのは、わたくしの生命のことではありません。

昨夜、起こったできごとについてでございます。

わたくしは、長安を望むこと数百里、朗州《ろうしゅう》の賓館《ひんかん》にて病《やまい》の床に就《つ》き、そこでこの文をしたためております。

そもそも、この地でわたくしが倒れたというのも、長安からやってきた流人《るにん》のひとりが、玄宗様がお亡くなりになられたことを、わたくしに告げたからでございます。

どんなにか、わたくしは、玄宗様にお逢いしたかったことでございましょう。逢えぬとなった今でも、いっそうさらにその想いはつのるばかりでございます。

できうることならば、この文に書かれていることの全てを、まだ生きていらっしゃるうちに、玄宗様に直接わたくしの口からお話し申しあげたかった……

玄宗様に、恨まれようが、たとえ殺されることになろうが、これはぜひともそうすべきことでございました。

晁衡殿——

不空様のことも、あなたへの文にこうしてしたためてしまった以上、もはやあなたに隠すべきものは何もありません。

わたくしの、生命の灯の消える前に、話を急ぎましょう。

昨夜のことでございます。

わたくしは、灯火を点《とぼ》して、はっきりしない眼をこすりながら、この文を書いておりました。

風の微かであるのをよいことに、窓を開けて、ゆるゆると夜気《やき》の流れ込んでくるのにまかせておりました。

建巳《けんし》の月《つき》（四月）も、半ばを過ぎており、長安より南にあるこの朗州では、もう、夜に窓を開けておいても寒さを感ずるほどではございませんでした。幾匹かの虫が窓から入り込んで、灯火の周囲を舞うのも、すでに死を覚悟しているわたくしにとっては、しみじみと心にしみるものであったのです。

と——

ふいに、風の流れが変わったのか、炎がゆらりと動き、わたくしの手元が文の上に作っている影が揺れました。

何かが、窓からの風を遮《さえぎ》ったようでした。

顔をあげて、窓の方へ眼をやったわたくしは、驚きました。

丸窓の外に、人の顔があったのです。

その顔が、笑いながら、わたくしを見ているではありませんか。

それは、わたくしに、玄宗様の死を告げた、あの年寄りの流人の顔でございました。

何事かと声をかけようとした時、その流人が、つるりと自分の顔を撫でたのでございます。

その途端、流人の人相が変わっておりました。

同じ老人の顔が、別の老人の顔に変じていたのです。

その顔は、かつて、わたくしのよく知っていた顔でございました。

細い、鳥のような頸《くび》。

つるりと禿《は》げあがった頭。

耳の左右にもつれている白髪。

その顔が、灯火の明りに照らされて、窓の外から、凝《じ》っとこのわたくしを見つめながら笑っているのでございます。

黄鶴でした。

五年前——

貴妃様、丹龍、白龍が忽然《こつぜん》と華清宮から姿を消してしまった後、自らもその姿を消していた黄鶴の顔がそこにあって、わたくしを眺めながらにたにたと笑っているではありませんか。

「黄鶴……」

わたくしは、思わずその名をつぶやいておりました。

「そうか。そうであったかよ、高力士殿、わたしの話を、あの晩、聴いておられたのですなあ……」

黄鶴が、低い声で笑いながら言いました。

笑っておりますが、その顔はやつれ、かつてのあの傲慢《ごうまん》な表情は、そこから消えておりました。

なんとも言えぬ、哀しげな表情が、そこにはあったのです。

「おまけに、あの針を抜いたのも、高力士殿であったのですな……」

「何故、それを？」

「読ませてもろうたのよ」

「読んだ？」

「ぬしが書いているそれを、昨夜、ぬしが眠ってから、忍び込んで読ませてもろうたのさあ……」

「なんと――」

わたくしは、声をあげておりました。

「おまえに、玄宗の最期《さいご》を知らせ、その晩のうちに、くびり殺してやろうと思うて、ここへ忍んできたのさ」

「――」

「すれば、ぬしは、もう、我が手を下すまでもなく、近ぢかに死ぬ身じゃ」

「おまえの言う通りだ。わが生命、もう長くない」

「見れば、妙におもしろいものを書いておったのでな。ぬしが眠るたびに、忍び込んでは、それを読ませてもろうていたのさ」

「では、これを、全て――」

「おう、読ませてもろうた」

黄鶴が言いました。

その声を聴いているうちに、わたくしの脳裏に、ふいにひとつの考えが浮かんでまいりました。

「まさか――」

と、わたくしは声を大きくしておりました。

「まさか、玄宗様を、おまえが亡きものにしたのではあるまいな」

すると、黄鶴は、ひくひくと、痙攣《けいれん》したように、その身体を揺すり始めました。

きひ、

きひ、

きひひひ、

黄鶴は、ひきつれたように、低い声で笑いながら、その顔から涙を流しておりました。

黄鶴は、笑いながら泣いていたのでございます。

十六

「馬鹿な……」

黄鶴は、涙を流し、笑いながら言いました。

「馬鹿な……」

黄鶴は、遠い天空に視線をさまよわせ、己れに言い聴かせるようにつぶやきました。

「どうして、このおれがあの男を殺さねばならぬのだ？」

「――――」

「殺すだけなら、あんな男など、おれはいつだって殺せたのだ。わかっているであろうに……」

黄鶴の言う通りでございました。

確かに、黄鶴は、宮廷内部に深く入り込んでおり、玄宗様の近くに侍《はべ》ることも度々ございました。もしも、黄鶴がその気であれば、何度も玄宗様を亡きものにする機会があったはずでございます。玄宗様を殺した後、自らの生命さえもいらぬということであるなら、玄宗様のお側にお仕えする多くの者にその機会はあったでしょう。

問題は、玄宗様のお生命を奪った後に、自分がいかに生きて逃げおおせることができるかどうかです。

しかし、黄鶴であれば、毒を盛ったり、妖《あや》しの呪法《ずほう》を使ったりして、いったい誰が玄宗様を殺したのかわからぬようにすることもできたはずでございました。

「よいか、あの男は、自ら滅んだのよ」

「滅んだ？」

「息子の粛宗《しゅくそう》に殺されたも同じよ……」

「なに？」

「ぬしもわかっておろうが。粛宗は、玄宗を疎《うと》んじておったではないか。ぬしと玄宗を引き離したのも粛宗だったはずだ。長安を出る前に、おまえは、なんとか玄宗に会おうとしたのではなかったか……」

黄鶴は言いました。

それは、まるで、ふいうちのような言葉でした。

そうでした。

ああそうでした。

どんなにか、わたくしは玄宗様に会いたかったことでしょうか。

あの時、わたくしの黔中《けんちゆう》行きを止められる者がいたとしたら、それは玄宗様ただひとりであったのです。

もしも、わたくしの黔中配流《はいる》を止めることができぬとしても、玄宗様のお顔をひと目見てからと思っていたのです。

しかし、結局それも叶《かな》わぬこととなりました。

「あの男、安禄山に殺されず、息子の粛宗に殺されおったわ……」

「おお……」

「放っておけば、滅ぶものを、このおれもわざわざなんと、なんと、つまらぬことをしてしまったことか――」

黄鶴は、力なく己れを嘲笑《あざわら》うかのように言った。

「そもそも、あの李輔国《りほこく》めが……」

「そうよ。まさか、おれもあの李輔国がここまでやるとは思わなんだ」

この李輔国は、そもそも、黄鶴たちが宮廷の内部に深く入り込んだ時、まだ、名前すら知られていない人物でございました。

天宝年代に、閑廏使《かんきゅうし》の官に就いていた王鉷《おうこう》が、この李輔国に畜牧の才のあるのを認め、これを推薦して東宮の属官としたのが、出世の始まりであったのです。

この李輔国を、玄宗様も知るようになり、よろしく可愛がっていたのを――

「李輔国め、皇太子とくっついたのさ」

「その通りよ」

わたくしは言いました。

李輔国は、皇太子と親しくなり、これを操ったのでございます。

安禄山の乱と、楊国忠のことで、わたくしも李輔国までは頭がまわらなかったのでございます。

わたくしたちが、それらの件で頭を悩ませていた時、李輔国は、自分が権力を手中にするための謀りごとをめぐらせていたのでした。

馬嵬駅の事件の後に、皇太子が、蜀へ落ちようとされていた玄宗様と別れ、諸臣とともに北の霊武《れいぶ》へゆくことになったというのも、その裏で李輔国が謀ったことでございました。

玄宗様は、わたくしと南の蜀へ――皇太子様は李輔国と北の霊武へ。

霊武へ着き、すぐに皇太子が天子の位におつきあそばされたのも、李輔国の影響が強くあったのは言うまでもありません。

皇太子様が天子となり、玄宗様が上皇となられた時には、もうわたくしにはできることはいくらも残ってはいなかったのです。

天子となられるのと同時に、皇太子様は粛宗を名のられましたが、これによって李輔国も今の地位に就いたのでした。

わたくしと玄宗様を引き離したのも、李輔国でございます。

玄宗様という力を背後に持っていたからこそのわたくしであり、口はばったいようでございますが、逆にこのわたくしがいたればこその玄宗様でもあったのでございます。

玄宗様とわたくしが離れたら、わたくしはもはやあの高力士ではなく、玄宗様も玄宗様ではありません。

「このおれも、あの李輔国のことまでは読みきれなんだ……」

黄鶴は、低くつぶやきました。

もう、その顔にも、口元にも笑みはございませんでした。

「人を操るつもりが、結局、操られてしもうたわ」

「操られた？」

「おう」

「誰に？」

「誰にではない。おぬしを操ったつもりがおぬしに操られ、玄宗を操ったつもりが玄宗に操られ、白龍を操ったつもりが白龍に操られ、丹龍を操ったつもりが丹龍に操られ――」

「――」

「結局、おれがこのおれに操られたということさ……」

「あの者たちと、一緒ではないのか」

わたくしが問いますと、

「いいや」

黄鶴が、首を左右に振りました。

「一緒ではない。一緒ではない。あやつらは、あやつらは……」

「どうしたのだ?」

「あやつら三人は、わしから逃げたのよ」

あやつら三人――というのは、楊玉環、白龍、丹龍の三人でございます。

「逃げた?」

「わしは、あやつらに裏切られたのさ」

「裏切られた?」

「そうよ」

「何があったというのだ?」

わたくしが問いますと、いったん、何かを言おうと唇を開きかけ、そしてその唇を閉じ、
苦しそうにそこでその身をよじったのでございました。

いったい、この男とあの三人との間に、何があったのでしょうか。

そもそも、この黄鶴は、いったいどのような目的があって、このようなことをなさんとしたのでございましょうか。

この人物が、このように、苦悶《くもん》に身をよじるということなど、いったいこれまで想像できたでございましょうか。

わたくしが、それを眺めていると、黄鶴はそれに気づき、

「不様《ぶざま》なこのおれを見たな……」

黄鶴がつぶやきました。

「ああ……」

わたくしはうなずきました。

「……しかし、黄鶴よ」

わたくしは、奇妙なものを覚えながら言いました。

「不様がなんだというのだ。おまえが、不様というのなら、このわたしはどうなのだ。あの宮廷で、力を恣《ほしいまま》にしたこのわたしの、この今の姿はどうだ……」

「――――」

わたくしは、はじめて、おそらく、黄鶴に会って、その時はじめて、この今目の前にいる人物に対して、親しみのごときものを覚えたのでございました。

何故でしょう。

怖さでも、畏怖《いふ》でも、不気味さでもなく、今、まさにこの人物によって自分の生命が縮められるかもしれぬという時に、なんとも奇妙な親しみのごときものを、わたくしはこの黄鶴に対して抱いたのでした。

この人物もまた、わたくしと同様に、この同じ時代を共に生き、自分では動かすことのできぬ大きな力の前に、打ち拉《ひし》がれているのでした。

力であるのか、運命であるのかはわかりませんが、その中で、己れの才をたよりにもがき、そして、今、ここに老いさらばえた姿を、わたくしと同様にさらしているのでした。

ああ——

その時、わたくしの眼から、熱いものがこぼれてまいりました。

晁衡殿。

それは、涙でございました。

わたくしは、泣いていたのでございます。

「何故、泣く、高力士——」

黄鶴は言いました。

「何故、泣くのだ、高力士」

「わからぬ」

わたくしは言いました。

「わからぬ。わからぬが、涙が溢《あふ》れて止まらぬのだ」

わたくしは、黄鶴を見つめました。

「聴け――」

声を、大きくして、わたくしは言いました。

「聴け、黄鶴！」

しかし、それは、おそらく、黄鶴ではなく、このわたくし自身に向かって叫んでいたのでしょう。

黄鶴にだけでなく、このわたくし自身にも、わたくしはそれを言い聴かせたかったのでしょう。

「およそ、この世に、不様でない人間などいるであろうか。およそこの世に、不幸でない人間などいるであろうか。運命に弄《もてあそ》ばれぬ人間などいるであろうか」

「――――」

「聴け、黄鶴よ」

「――――」

「我らは、奇《く》しくも、再びここに相まみえた。たとえ、ぬしであろうと、わたしは再びここで会えたことを悦《よろこ》ばしく思っている」

それは、わたくしの本当のところでございました。

「わたしの生命は、もう長くない。ただ独り、この地で果つるものと思うていた。それが、ぬしに会えた。たとえ、そこに姿を現わしたのが、あの安禄山であろうとも、今のわたくしは、嬉しく思うだろう」

黄鶴は、沈黙しております。

「言え、黄鶴」

「何をだ？」

「ぬしのことをだ」

「おれのことを？」

「何故に、ぬしは、楊玉環を、宮廷に入れたのだ。ぬしの、真《まこと》のねらいは、いったい何であったのだ」

それが、その時のわたくしの知りたいことでございました。

「言うた後で、このわたしを殺すがいい。ならば、ぬしの語ったことを知る者は、それで、この世からいなくなる。たとえ、ぬしが手を下さずとも、わたしは死ぬ。死ぬ人間に、思うところがあれば語ってゆけ。わたしが聴こう」

わたくしが言いますと、黄鶴は、からからと、昔のように声をあげて笑い出しました。

「おい、高力士、今、ぬしの話をしていた粛宗もまた死んだぞ」

突然に、黄鶴は言いました。

「なに!?」

「今は、代宗《だいそう》の代《よ》じゃ」

「――――」

「よかろう。語ってやろうではないか。ぬしに、教えてやろうではないか」

「おう」

「そもそも、楊玉環を宮廷に入れたは、このわしが血を、唐王朝に入れるためよ」

「なんとな!?」

「聴け」

そう言って、黄鶴は、その驚くべき言葉を口にしたのでございました。

「そもそも、楊玉環は、わが娘よ」

十七

一瞬、わたくしは自分の耳を疑いました。

なんということを言うのでしょう。

黄鶴は、こともあろうに、あの楊玉環――貴妃様が、自分の娘だというのです。

「まさか」

わたくしは声に出しておりました。

仮にも、大唐帝国の皇帝、玄宗様の貴妃となるお方のことでございます。このわたくしも、楊玉環という女性のことについては事前に調べさせて、その報告も受けております。

寿王《じゅおう》様の女官となる前――

そもそも楊玉環様は、開元七年に蜀《しょく》の地でお生まれになられた方でございます。その父は蜀州の司戸という役職にあった楊玄琰《ようげんえん》という人物でございます。貴妃様御自身の口から楊玄琰なる人物のことは、わたくしもうかがっております。この人物について調べてきた者たちが記すところによれば——

貴妃の父楊玄琰は少《わか》き時、常に一刀《いっとう》あり。道塗《どうと》の間に出入りするごとに、多くこの刀を佩《お》ぶ。或は前に悪獣、盗賊ある時は、すなわち佩《お》ぶる所の刀、鏗然《こうぜん》として声あり。人を警《いま》しむるがごとし。玄琰これを宝とす。

とございます。

この父の玄琰も母も、貴妃様幼少のおりに病にてこの世を去り、とうにこの世の人々ではありません。

孤《ひと》りとなった楊玉環のもらわれていった先が、叔父の楊玄璬《げんきょう》のもとであったのでございます。

「では、おまえは、自分が死んだはずの楊玄琰であるというのか」

「いつわしがそのようなことを言うた」

「では、楊玄琰は、実は貴妃様の本当の父ではないということか」

「いかにも」

「おまえが、貴妃様の真《まこと》の父親であると——」

「そうだ……」

黄鶴は、深い哀しみを込めた声でうなずいたのでございました。

「いったいどのようなことがあったのだ？」

わたくしは訊《き》きましたが、黄鶴はそれには答えませんでした。

「このわしは、てっきり、寿王が皇太子となるものと読んでいた」

「なに!?」

「寿王の母者である武恵妃《ぶけいひ》が、専《もっぱ》ら玄宗の寵愛《ちょうあい》を受けておったではないか。その息子の寿王こそが、皇太子となり、やがては大唐国の皇帝となるものと、このわしは思っておったのさ」

「その頃、皇太子は李瑛《りえい》様であった——」

「なんの。そんなのは、玄宗の意志ひとつでいかようにもなる——それは、高力士殿、そなたがよく御存知のことではないか」

その通りでございます。

黄鶴の言う通り、李瑛様は失脚し、こともあろうに、実父である玄宗様の命によって、むごたらしくも殺されてしまったのでした。

それは、晁衡殿、あなたも長安で眼にし、耳にしたことでございます。

それを、裏で操っていたのが武恵妃様でございました。

あの頃、朝廷は、ふたつの派に分かれておりました。

そのひとつの派が、皇太子李瑛様とその母君であらせられた趙麗妃《ちょうれいひ》様。

もうひとつの派が、寿王様とその母君であらせられた武恵妃様でございました。

そして、これは、李瑛様を擁立しようとする張九齢《ちょうきゅうれい》を中心にした科挙《かきょ》出身の官僚たちと、寿王様を擁立しようとする、李林甫《りりんぽ》を中心とした門閥《もんばつ》官僚たちとの争いでもあったのでございます。

前々から、皇太子李瑛様は、自分より武恵妃様の息子である寿王様を可愛がっている玄宗様に対して、よい気持ちを抱いてはおりませんでした。

機会があれば、やはり玄宗様のお子である鄂王《がくおう》、光王《こうおう》らと会って、不満を洩らしたりしていたのですが、これを、武恵妃様が、三王に謀叛《むほん》の心ありと玄宗様に訴え出たのでございます。

結局、このことがきっかけとなって、皇太子李瑛様、鄂王様、光王様の三王は、玄宗様より死を賜《たま》わることとなってしまったのでございました。

「わしは、寿王が皇太子になるものと読んで、楊玉環が寿王のもとにゆくよう、裏で働いた。次には、邪魔になる李瑛を亡きものにするため、武恵妃を操った。そして、皇太子李瑛が死んで、思わく通りに寿王が皇太子となる寸前に、なんと、武恵妃がこの世を去ってしまったのだ」

淡々と、乾いた声で、黄鶴はわたくしに語りました。

「それでも、このわしは、寿王が皇太子になるものと思っておった……」

黄鶴の声が、ふいに、暗い熱を帯びたものになってまいりました。

「そこへ、出てきたのが、いったい誰であったか――」

黄色い、妖しく光る双眸《そうぼう》がわたしを睨《にら》んでおります。

「誰だと思う、高力士殿――」

黄鶴は、わたくしに問うてまいりました。

その問いに、わたくしは答えられませんでした。

黄鶴の問いの意味がよくわかっているからこそ、答えられなかったのでございます。

「なあ、誰だと思う？」

さらに、黄鶴は、わたくしに問うてまいりました。

それでも、わたくしは、口をつぐんでおりました。

「答えられよ、高力士殿――」

黄鶴はそう言って、喉の奥で、ひくひくと笑いました。

「おまえだよ」

黄鶴は言いました。

「そこへ、しゃしゃり出てきたのが、おまえだったのだ、高力士殿――」

「――」

「おまえが、いきなり横から出てきて、玄宗めに、おそれながらと申し出たのが、忠王《ちゅうおう》の李璵《りよ》であったのだ。おまえが、寿王がなるはずであった皇太子の地位に、李璵をすえたのではないか」

「――――」

「そこまでは、このわしも読めなんだ。張九齢でもなく、李林甫でもなく、まさか宦官《かんがん》の高力士殿が、そのようなことをなさるとはなあ――」

黄鶴は、楽しそうな声でつぶやきました。

黄色い眼が、わたくしの表情をうかがうようにこちらを見つめております。

「それで、李璵めを、おまえが皇太子にすえたのだ」

黄鶴の眼が、わたくしを見つめております。

「おもしろいものだなあ、高力士殿――」

「――――」

「結局おまえは、おまえが擁立した李璵によって、長安を追われ、玄宗と別れ、この地に果てようとしているのだからなあ。なんという不思議。なんというおもしろさ。これだから、これだから、人の世はおもしろいのう……」

黄鶴の眼から、涙が溢れてまいりました。

「わしは、皇太子擁立の一件では、おまえさまを恨んではおらぬよ」

「――――」

「あそこで、わしは、考えを変えたのだからな。高力士は、我が敵とすべきではないと。

我が組むべき相手こそ高力士殿であるとな——」

「それで、おぬし、貴妃様をこのわたしに——」

「おう、そうさ」

黄鶴は言いました。

「おまえが、その考えを、このわしにくれたのさ」

「考え?」

「玉環を嫁がせる相手は、皇帝そのものでいいのではないかとな」

「——」

「玄宗に、楊玉環を嫁がせようと、このわしは謀ったのさ——」

「——」

「しかし、ただひとつの誤算があった」

「誤算?」

「うむ」

「なんだ」

「それは、貴妃に、子ができなかったことよ」

「——」

「貴妃が、玄宗の子を孕《はら》まなかったことが、このわしの誤算と言えば、誤算であったのさあ——」

十八

なるほど、そういうことであったかと、わたくしはひとつ腑《ふ》に落ちたのでございました。貴妃様にお子ができ、そのお子がもしも男子でありましたなら——そして、安史《あんし》の乱がなかったら、あるいはそのお子が、この唐の天子《てんし》となっていたやもしれません。

「高力士よ……」

黄鶴が言いました。

「ひとつ言え」

「何を言えと?」

「不空に何を相談したのだ。あの不空めは、いったい何をおまえに言うたのだ」

黄鶴は、そうわたくしに問うてきたのでございました。

晁衡殿。

それこそが、これまで、あなたへのこの文に書こうとして、なかなか機会を得なかったことでございます。

「これまでおまえの書いたものを読ませてもろうたが、まだ、それを書いてはおらなんだ」

問われて、わたくしは、一瞬沈黙いたしました。

すると──

「言え、高力士よ」

黄鶴が、静かな声で言いました。

「ぬしが生命《いのち》、もう、長くはない。いずれ、遠からず逝《ゆ》く……」

「────」

「このわしもまた、逝くものだ。逝くものが逝くものに、何をしゃべられぬことがあろうか──」

「わかった」

黄鶴の言葉に、わたくしは決心しておりました。

「話そうではないか、黄鶴──」

わたくしが言うと、黄鶴が、闇の中で身を乗り出すのがわかりました。

晁衡殿、その時、わたくしが黄鶴に語ったことを、そのままここに書き記しましょう。

それが、そのまま、あなたにお話し申しあげたかったことでございますから。

十九

陳玄礼が、わたくしのところへやってきて、長安を出てゆくおりに、楊国忠を討つということをうちあけていった話はすでにいたしました。

それを、わたくしは、全てわたくしの胸の中に飲み込んだのでございます。

しかし、告白しておけば、わたくしは、そのことを、ただお一方《ひとかた》にだけ、お話ししたのでございます。

今は、多くの方が故人であり、今さらこのことをどなたかにうちあけたからとて、どういうさしさわりがあるものでもございません。

もうおわかりと思いますが、その方が、不空様であったのです。

わたくしが、黄鶴の話すことを偶然に耳にし、陳玄礼がやってきた日の、その翌日。

宮中に、たまたま、不空様がいらしておりました。

河西《かせい》の開元寺《かいげんじ》にいらっしゃったのですが、実はこの日、玄宗様に呼ばれて、宮廷まで足を運んでいたのでございます。

何故、呼ばれたのかといいますと、安禄山の乱に対して、叛賊《はんぞく》鎮圧のための修法を、直接に命ずるためでございました。

わたくしは、長安をすぐにも出ねばならないことや、黄鶴の話を聴いてしまったこと、陳玄礼から秘事をうちあけられてしまったことなどで、気が動転しており、その日に不空様がいらっしゃることを、うっかり忘れていたのでございます。

宮中で、不空様をお見かけした時に、すでにわたくしの気持ちは決まっておりました。

不空様に、このわたくしが抱えているものについて、お話し申しあげることをでございました。

ただひとりの胸に仕舞っておくには、あまりにも事が大きすぎ、わたくしにはどうすることもできなかったのです。

誰かに相談しようにも、宮中内の誰かにこの話をしたら、たちまちにして、その話は宮中全体に広まってしまうでしょう。

わたくしは、前々より、不空様を信頼しておりました。

もしも不空様にお話し申しあげて、それで事が露見してしまうのであれば、それはもう仕方のないことでございます。

これまでにも、わたくしは、不空様に内々の相談に乗っていただいたり、密事《みそかごと》をお話し申しあげたりしたことがありましたが、それが、不空様のお口から洩れたことは一度だってございませんでした。

それよりも何よりも、わたくしは、昨夜のことを、誰にも言わずにいることが苦しくて苦しくてたまらず、誰かにこのことについて話をせずにはいられなかったのです。

わたくしは、不空様をわたくしの部屋へお呼びし、人払いをしてから、昨夜のことをお話し申しあげました。

さすがに、陳玄礼の言ったことについては、わたくしも口にはできませんでした。

わたくしが、不空様にお話ししたのは、黄鶴のことでございました。

わたくしが、昨夜のことをお話し申しあげている間、不空様は、時おり相槌《あいづち》を打たれる他、あとは、ただ黙って、凝《じ》っとわたくしの言うことに耳を傾けて下さいました。

ひと通りの話の済むのを待ってから、

「実は、あの黄鶴については、わたしもこれまでずっと黙っていたことがございます」

このように不空様はおっしゃられたのでございます。

「それは何でしょう？」

わたくしは訊きました。

「高力士様が、わたしに昨夜の話をして下さった以上は、もはや、わたしにそれを黙っている理由はございません」

このように、前置きをしてから、不空様はその話を、静かに語って下さったのでございます。

解説

末國善己

『産霊山秘録《むすびのやまひろく》』や『妖星伝』など伝奇小説の名作を数多く残した半村良は、『国枝史郎伝奇文庫』三巻の「解説」で、伝奇小説の魅力を「ストーリーが次々にふくれあがって行く面白さ」にあるとしている。確かに伝奇小説の醍醐味《だいごみ》は、登場人物が増えたり、現在と過去の事件が錯綜《さくそう》したりして物語が入り組み、どこに連れて行かれるか分からないスリリングな展開にある。ただ、想像力の翼を自由にはためかせて書いた物語を収束させるのは難しいようで、伝奇小説の歴史を見ると、国枝史郎『神州纐纈城』や五味康祐『柳生武芸帳』といった未完の名作も少なくない。緻密《ちみつ》な構成に定評がある芥川龍之介も、美貌《びぼう》の姫をめぐり堀川の若殿と不思議な法力を使う沙門《しゃもん》・摩利信乃法師が対立する『邪宗門』は未完に（しかも、二人の直接対決の直前で）終わっているので、伝奇小説を完結させることがどれほど難しいかが分かるのではないだろうか。

本書『沙門空海唐の国にて鬼と宴す』は、遣唐使として唐に渡った空海と橘逸勢が、呪《じゅ》術《じゅつ》を使って唐王朝を滅ぼそうとする敵と戦う正統的な伝奇小説である。一九八八年に「SFアドベンチャー」で連載が始まった本書は、何度かの中断と発表誌を四回も変える紆余《うよ》曲折《きょくせつ》はあったものの、足掛け一八年をかけて見事に完結した。膨大な登場人物と時空を超える複雑な物語を鮮やかに収斂《しゅうれん》させた手腕は、希代のストーリーテラー夢枕獏の面目躍如たるところである。

　最近は、酒見賢一『陋巷に在り』、小野不由美〈十二国記〉、雪乃紗衣〈彩雲国物語〉、仁木英之〈僕僕先生〉など、中国を舞台にした伝奇小説や、中国史をベースにしたファンタジーも珍しくなくなった。しかし、本書の連載が始まった一九八〇年代後半は、中国ものといえば、吉川英治『三国志』や司馬遼太郎『項羽と劉邦』、あるいは陳舜臣『阿片戦争』などの歴史小説ばかりだった。史実の隙間に大胆なフィクションを折り込む伝奇的な手法を用いた本書は、中国を舞台にした時代小説や中華ファンタジーの先鞭《せんべん》を付けた重要な作品であることも、忘れてはならないだろう。

　唐の貞元《ていげん》二〇（八〇四）年、都の長安で、役人の劉雲樵の家に猫の妖物《ようぶつ》が現れ、徳宗の死を予言した。続いて徐文強の綿畑から、皇太子の李誦（後の順宗）が倒れるとの囁《ささや》き声が聞こえるようになる。空海と逸勢は、劉家に取《と》り憑《つ》いた妖物が、李白の「清平調詞《せいへいちょうし》」を歌っているのを聞く。詩人を目指す下級官吏の白楽天から、「清平調詞」が玄宗の寵姫《ちょうき》・楊貴妃を讃《たた》えるため約半世紀前に作られたと教えられた空海は、やがて安史の乱で長安を追われ、馬嵬駅《ばかいえき》で死んだはずの楊貴妃の秘事を知る。そして今回の妖物騒動が、すべて楊貴妃に端を発している事実を突き止めるのである。

作中には、空海、嵯峨《さが》天皇と並び「三筆」と称されている橘逸勢、後に玄宗と楊貴妃の恋を題材にした詩「長恨歌《ちょうごんか》」を作る白楽天など、実在の人物も数多く登場している。ただ彼らは、空海の同時代人という理由だけで、物語に登場しているのではない。

晩年に淳和《じゅんな》天皇の第二皇子・恒貞《つねさだ》親王に仕えた逸勢は、皇位継承争いに巻き込まれた親王を救うため東国への移送を計画するが、これを謀叛《むほん》と断じられ流刑に処され（承和《じょうわ》の変）、配流の途上で病死している。後に名誉を回復されるものの、無実の罪を着せられた逸勢は怨霊《おんりょう》になったと考えられ、没後約二〇年後に行われた御霊会で祀《まつ》られている。また白楽天の「長恨歌」は、安史の乱で仕方なく楊貴妃を殺した玄宗が、道士を使って楊貴妃の魂の居場所を探し出し、仙界で再会するまでを描いた幻想的な内容である。つまり著者が逸勢と白楽天を選んだのは、怨霊や道教との結び付きが強く、伝奇物語の登場人物として最も適した人物だったからなのである。

このほかにも、楊貴妃が安史の乱から逃れて日本に落ち延びたとの伝説、あるいは楊貴妃が愛した「茘枝《ライチ》」が重要なアイテムとして登場するなど、著者は史実と稗史《はいし》を踏まえながら奇想を紡いでいるので、緻密な計算に驚かされるはずだ。

唐では、儒教、道教、仏教が盛んだったが、唐王朝を築いた李淵《りえん》が老子の末裔《まつえい》を称したこともあって、宮廷では道先仏後（仏教より道教を優先する）の原則が定められていた。特に玄宗は道教を優遇し、楊貴妃に道教の修行をさせているほどである。

また長安は、外国人でも科挙に合格すれば朝廷の要職に就くことができたほど国際化されていた。そのため世界中から人々が集まり、唐の正史『新唐書』には、「天竺《てんじく》」（インド）、「波斯《ペルシア》」（ササン朝ペルシャ）、「払菻《ふつりん》」（諸説あるが、東ローマ帝国とする説が有力）などと外交関係があったと記されている。本書の完結から約三〇年後に即位する武宗が外来宗教を禁じるまで、歴代の皇帝は各国から伝わった宗教にも寛容だったため、長安には、マニ教、ゾロアスター教、景教（ネストリウス派のキリスト教）、回教（イスラム教）の寺院が建ち並んでいたようである。

コスモポリタニズムを体現した唐が舞台だけに、中華ファンタジーでお馴染《なじ》み道教の道士や法力を使う仏教僧はもちろん、波斯の幻術師やゾロアスター教の呪術師なども登場。言葉を使って相手の意思を操る一種の催眠術から、虫や小動物を共食いさせ生き残った最強の一匹を使って相手を呪詛《じゅそ》する蠱術《こじゅつ》まで、バリエーション豊かな呪術が描かれており著者の博覧強記に驚かされるが、世界中から集まった個性豊かな術者たちが、空海の戦いをより過酷にしていくことになるので、サイキックウォーズの迫力も圧倒的だ。

当初は、唐という国家の呪殺を目論《もくろ》む敵が悪の権化のように思えたが、そこまでの憎しみを持つようになった理由が、楊貴妃への愛を突き詰めた結果であることが分かる中盤以降になると、敵にも同情すべき事情があることが分かってくる。しかも、唐の高官・柳宗元に呪法の正体を暴くように依頼された空海は、善と悪、正と邪、愛と憎といった人間の価値観を超越する宇宙の真理ともいえる「密」（密教）を極めようとしているので、愛も、悪も、憎しみも永遠に続かないと考えている。そのため、空海は決して敵を殲滅《せんめつ》しようなどとはせず、あくまで調和を回復するために戦うのである。

こうした空海の思想は、西欧的な善悪二元論の対極にある。自分の価値観を絶対に正しいとは考えず、多様性を認め、たとえ敵であっても一定の理解を示し、許容する精神は、日本人（というよりも広く東洋哲学）の美徳であった。だが、明治維新から始まる急速な近代化によって、こうした思想はいつの間にか忘却されていった。グローバリゼーションの波が世界を単一の価値観で覆い尽くそうとし、その流れへの反発が世界的に広まっている現在、空海が敵に示す寛容さは、もう一度、東洋の伝統を見つめなおし、そのなかに新たな意義を発見する契機になるように思えてならない。

空海は、敵との戦いを通して「密」とは何かを逸勢に説明している。三巻までは、二人のコミカルな会話から断片が伝わるだけだが、それでも「密」が、生きとし生けるすべてを愛し、慈しむ哲学であることはよく分かるはずだ。第四巻では、空海たちが、すべての決着を付けるため玄宗と楊貴妃が愛の日々を送った華清宮へ向かい、空海が欲した「密」の全貌も明かされるので、最後のページを読み終えた時には、命がいかに尊く、生きていることがどれほど素晴らしいかが実感できるだろう。

さて、壮絶な呪術戦が繰り広げられる伝奇小説、唐朝の秘史を明らかにする歴史推理、唐王朝を呪う犯人を探すミステリーなど、エンターテインメントのありとあらゆる要素が詰め込まれた傑作も、残り一巻で完結である。波瀾万丈《はらんばんじょう》な物語がいつまでも続いて欲しいと思うのは読書好きなら誰もが持つ願望であろうが、完結を惜しみつつも、クライマックスに向けて盛り上がる第四巻も是非、玩味《がんみ》していただきたい。

本書は、二〇一〇年に徳間文庫として刊行されたものです。

沙門《しやもん》空海《くうかい》唐《とう》の国《くに》にて鬼《おに》と宴《うたげ》す

巻ノ三

夢枕《ゆめまくら》 獏《ばく》

平成23年 11月25日　初版発行
平成30年 2月15日　14版発行

発行者●郡司 聡

発行●株式会社KADOKAWA
〒102-8177　東京都千代田区富士見2-13-3
電話 03-3238-8521（カスタマーサポート）
http://www.kadokawa.co.jp/

角川文庫 17133

印刷所●株式会社暁印刷　製本所●株式会社ビルディング・ブックセンター

表紙画●和田三造

ISBN978-4-04-100016-8　C0193

角川文庫発刊に際して

角川源義

第二次世界大戦の敗北は、軍事力の敗北であった以上に、私たちの若い文化力の敗退であった。私たちの文化が戦争に対して如何に無力であり、単なるあだ花に過ぎなかったかを、私たちは身を以て体験し痛感した。西洋近代文化の摂取にとって、明治以後八十年の歳月は決して短かすぎたとは言えない。にもかかわらず、近代文化の伝統を確立し、自由な批判と柔軟な良識に富む文化層として自らを形成することに私たちは失敗して来た。そしてこれは、各層への文化の普及滲透を任務とする出版人の責任でもあった。

一九四五年以来、私たちは再び振出しに戻り、第一歩から踏み出すことを余儀なくされた。これは大きな不幸ではあるが、反面、これまでの混沌・未熟・歪曲の中にあった我が国の文化に秩序と確たる基礎を齎らすためには絶好の機会でもある。角川書店は、このような祖国の文化的危機にあたり、微力をも顧みず再建の礎石たるべき抱負と決意とをもって出発したが、ここに創立以来の念願を果すべく角川文庫を発刊する。これまで刊行されたあらゆる全集叢書文庫類の長所と短所とを検討し、古今東西の不朽の典籍を、良心的編集のもとに、廉価に、そして書架にふさわしい美本として、多くのひとびとに提供しようとする。しかし私たちは徒らに百科全書的な知識のジレッタントを作ることを目的とせず、あくまで祖国の文化に秩序と再建への道を示し、この文庫を角川書店の栄ある事業として、今後永久に継続発展せしめ、学芸と教養との殿堂として大成せんことを期したい。多くの読書子の愛情ある忠言と支持とによって、この希望と抱負とを完遂せしめられんことを願う。

一九四九年五月三日

角川文庫ベストセラー

沙門空海唐の国にて鬼と宴す　全四巻
夢枕　獏

唐の長安に遣唐使としてやってきた若き天才・空海と、盟友・橘逸勢。やがて二人は、玄宗皇帝と楊貴妃の悲恋に端を発する大事件にまきこまれていく。中国伝奇小説の傑作！

秘帖・源氏物語　翁―OKINA
夢枕　獏

光の君の妻である葵の上に、妖しいものが取り憑く。六条御息所の生霊らしいが、どうやらそれだけではないらしい。並の陰陽師では歯がたたず、ついに外法の陰陽師・蘆屋道満に調伏を依頼するが――。

幻獣少年キマイラ
夢枕　獏

時折獣に喰われる悪夢を見る以外はごく平凡な日々を送っていた美貌の高校生・大鳳吼。だが学園を支配する上級生・久鬼麗一と出会った時、その宿命が幕を開けた――。著者渾身の〝生涯小説〟、ついに登場！

キマイラ2　朧変
夢枕　獏

体内に幻獣キマイラを宿した2人の美しき少年――大鳳と久鬼。異形のキマイラに変じた久鬼を目前にした大鳳は、同じ学園に通う九十九や深雪の心配を振り切り、自ら丹沢山中に姿を隠した。シリーズ第2弾！

キマイラ3　餓狼変
夢枕　獏

体内にキマイラを宿す大鳳と久鬼。2人を案じる玄道師・雲斎は、キマイラの謎を探るため台湾の高峰・玉山に向かう。一方キマイラ化した大鳳と対峙した九十九は、己の肉体に疑問を持ち始める。シリーズ第3弾。

角川文庫ベストセラー

キマイラ4 魔王変　夢枕　獏

丹沢山中で相見えた大鳳と久鬼。大鳳の眼の前で久鬼は己のキマイラを制御してみせる。共に闘おうと差し伸べた手を拒絶された久鬼は、深雪のもとへ。一方大鳳は行き場を求め渋谷を彷徨う。怒濤の第4弾！

キマイラ5 菩薩変　夢枕　獏

キマイラに立ち向かう久鬼麗一。惑い、街を彷徨する大鳳。一方、二人の師、雲斎はキマイラの謎を知る手がかり、鬼骨にたどりつくべく凄絶な禅定に入る。己のすべてを賭けた雲斎がそこで目にしたものは。

キマイラ6 如来変　夢枕　獏

自らの目的を明かし、久鬼玄造、宇名月典善と手を組んだボック、典善のもと恐るべき進化を遂げた菊地、明かされた大鳳の出生の秘密…。そしてキマイラ化した大鳳はついに麗一のもとへ。急転直下の第六弾！

キマイラ7 涅槃変　夢枕　獏

キマイラとは人間が捨ててきたあらゆる可能性の源。雲斎に相見えた玄造によって、キマイラの謎の一端が語られる。一方、対峙する大鳳と久鬼。闘いをためらう大鳳に、久鬼は闘う理由を作ったと告げるが――。

キマイラ8 鳳凰変　夢枕　獏

第3のキマイラ、巫炎が小田原に現れる。彼は味方なのか――。大鳳に心をあずけながら九十九に惹かれていく深雪。キマイラの背景にあるものの巨大さに気づいた雲斎。そして語り出した巫炎。シリーズ第8弾！

角川文庫ベストセラー

キマイラ9 狂仏変　夢枕獏

大鳳の父であると告白した巫炎はキマイラ制御の鍵、ソーマの謎の一端を語り、去る。一方、ある決意を固めた大鳳は山を下り、久鬼玄造の屋敷へ。絶体絶命の危機に陥ったその時、大鳳の前に現れたものとは?!

キマイラ10 独覚変　夢枕獏

雲斎の下に帰り着いた大鳳。ソーマから薬を作る法を求め、高野山へ向かう九十九。ついに体をキマイラに乗っ取られた久鬼。意志の力もソーマも利かない久鬼に、狂仏《ニョンパ》はキマイラを支配する法を教えるという……。

キマイラ11 胎蔵変　夢枕獏

獣の身で横たわる大鳳を救うべく、雲斎は月のチャクラの活性化を試み、道灌と九十九は修行僧・吐月に、「雪蓮」について情報を求めた。問いに答え、吐月は2人に20年余り前のチベットでの体験を語るが──。

キマイラ12 金剛変　夢枕獏

キマイラ化した久鬼麗一に対峙し、恐怖を抱く菊地。大鳳吼と雲斎は亜室健之によって東京に呼び出された。円空山の留守を預かる九十九らのもとに、玄造と典善が歩み寄る。キマイラを巡り、男たちが集結する。

キマイラ13 梵天変　夢枕獏

20年ぶりに吐月と再会を果たした久鬼玄造は、典善と九十九、菊地らを自宅に招いた。そこで玄造が見せたのは、はるか昔に大谷探検隊が日本に持ち帰ったキマイラの腕だった。やがて玄造の過去が明らかになる。

角川文庫ベストセラー

キマイラ14 縁生変	夢枕　獏	若き日の久鬼玄造と梶井知次郎が馬垣勘九郎から譲り受けた能海寛の『西域日記』と橘瑞超の『辺境覚書』。2冊の本に記されていたのは、過去に中国西域を旅した彼らが目の当たりにした信じがたい事実だった。
キマイラ15 群狼変	夢枕　獏	夜ごと羊たちが獣に喰い殺されていく。その正体を暴くため、馬垣勘九郎は橘瑞超たちと泊まり込みで様子をうかがう。だが奇妙な鳴き声が聞こえてきたその時、勘九郎の父の仇である王洪宝が襲ってきて……！
キマイラ16 昇月変	夢枕　獏	橘瑞超の『辺境覚書』にはキマイラの腕を日本に持ち帰るまでの、驚愕の出来事が記されていた。あまりにも奥の深い話に圧倒される吐月や九十九たち。その時玄造の屋敷に忍びこんだ何者かの急襲を受け……!?
キマイラ17 玄象変	夢枕　獏	「キマイラ」をめぐる数奇な過去を語り終えた玄造は、キマイラ化した麗一が出没するという南アルプスの山中へと向かう。そこでは異能の格闘家・龍王院弘も、再起を図って獣の道を歩んでいるのだった……。
キマイラ18 鬼骨変	夢枕　獏	久鬼玄造と九十九三蔵はキマイラ化してしまった久鬼麗一を元に戻すべく南アルプスの山麓で対峙する。一方、別の集団は、大鳳を手中におびきよせるべく、織部深雪を狙っていた……風雲急を告げる18巻！

角川文庫ベストセラー

大帝の剣4	大帝の剣3	大帝の剣2	大帝の剣1	呼ぶ山 夢枕獏山岳小説集	
夢枕 獏	夢枕 獏	夢枕 獏	夢枕 獏	夢枕 獏	

呼ぶ山 夢枕獏山岳小説集

山を愛し、自らも山に登ってきた著者の作品群より、山の臨場感と霊気に満ちた作品を厳選し、表題作を併録。山の幻想的な話、奇妙な話、恐ろしい話など山のあらゆる側面を切り取った、著者初の山岳小説集！

大帝の剣1

時は関ヶ原の戦塵消えやらぬ荒廃の世。身の丈２メートル、剛健なる肉体に異形の大剣を背負って旅を続ける男がいた。その名は万源九郎。忍術妖術入り乱れ、彼とその大剣を巡る壮大な物語が動き始める──！

大帝の剣2

大剣を背にした大男・万源九郎は豊臣秀頼の血を引く娘・舞と共に江戸に向かい、徳川方に命を狙われることに。その頃、最強の兵法者・宮本武蔵や伴天連の妖術使い・益田四郎時貞も江戸に集結しつつあった……。

大帝の剣3

舞を救うため、大剣を背にした大男・万源九郎は天草四郎を追う。宮本武蔵、佐々木小次郎、柳生十兵衛、真田忍群、伊賀者──追う者と追われる者 敵味方入り乱れての激しい戦いの幕が切って落とされる！

大帝の剣4

万源九郎が持つ大剣、ゆだのくるす、黄金の独鈷杵、三種の神器がそろうとき、世界に何が起こるのか!?神器を求める者たちの闘いは、異星人や神々をも巻き込み、さらに加速する！　圧倒的スケールの最終巻。

角川文庫ベストセラー

時をかける少女〈新装版〉　筒井康隆

放課後の実験室、壊れた試験管の液体からただよう甘い香り。このにおいを、わたしは知っている――思春期の少女が体験した不思議な世界と、あまく切ない想いを描く。時をこえて愛され続ける、永遠の物語！

日本以外全部沈没　パニック短篇集　筒井康隆

地球の大変動で日本列島を除くすべての陸地が水没！　日本に殺到した世界の政治家、ハリウッドスターなどが日本人に媚びて生き残ろうとするが。時代を超越した筒井康隆の「危険」が我々を襲う。

ビアンカ・オーバースタディ　筒井康隆

ウニの生殖の研究をする超絶美少女・ビアンカ北町。彼女の放課後《オーバースタディ》は、ちょっと危険な生物学の実験研究にのめりこむ、生物研究部員。そんな彼女の前に突然、「未来人」が現れて――！

甲賀忍法帖　山田風太郎ベストコレクション　山田風太郎

400年来の宿敵として対立してきた伊賀と甲賀の忍者たちが、秘術の限りを尽くして繰り広げる地獄絵巻。壮絶な死闘の果てに漂う哀しい慕情とは……風太郎忍法帖の記念碑的作品！

伊賀忍法帖　山田風太郎ベストコレクション　山田風太郎

自らの横恋慕の成就のため、戦国の梟雄・松永弾正は淫石なる催淫剤作りを根来七天狗に命じる。その毒牙に散った妻、篝火の敵を討つため、伊賀忍者・笛吹城太郎が立ち上がる。予想外の忍法勝負の行方とは!?